초한지
인문학

경희대학교 동아시아 서지문헌 연구소 서지문헌 연구총서 09

꿈꾸는 자가 천하를 얻는다

초한지
인문학

楚漢志 人文學

The humanities of the Cho and Han Dynasty

閔寬東 著

學古房

인문학이란 무엇인가?

　인문학이라 하면 인간에 대한 폭넓은 이해를 통해 삶의 목표와 가치를 성찰하고 동시에 인간과 사회 전체를 조망하여 새로운 인문학적 가치를 창출하는 학문을 의미한다. 그러기에 인문학이란 그저 단순한 지식의 탐구에 그치는 "학문적 인문학"이 되어서는 안되고 우리의 실생활에 응용되고 활용되는 "실용적 인문학"이 되어야 한다. 즉 학문이 학문으로 그치는 것이 아니라, 학문과 지식이 우리의 실생활에 녹아들어 실용적으로 응용되고 활용되어야 하며, 또 미래의 비전까지도 제시할 수 있는 인문학이 되어야 한다는 것이다. 그렇다면 인문학을 왜 해야 하는가? 결론부터 요약하자면, 철학은 우리에게 사유하고 분석할 수 있는 사고력을 키워주고, 역사는 우리에게 옳고 그름을 판단할 수 있는 판단력을 키워주며, 문학은 우리에게 상상을 통한 창의와 창조력을 배양시켜주기 때문에 바로 인문학이 강조되는 이유이다.

여기에 상상력과 판단력과 사고력을 모두 배양하기 적합한 텍스트가 바로 소설《초한지》이다.《초한지》에는 우리가 살아가는 이 시대에 배워야 할 삶의 지혜와 처세술, 그리고 고사성어와 명언명구들이 수 없이 많이 담겨있는 역사 연의류 소설이다. 그러기에 이 시대를 살아가는 현대인이라면 꼭 한번은 읽어야 할 필독서이고 교양서이다. 이러한 관점에서 본 필자는《초한지》를 활용하여 〈초한지 인문학〉이라는 강좌를 구상하였다. 본 강좌는 단순히 스토리에 치우치는 스토리텔링 방식이 아니라, "어떻게 살 것인가?"라는 철학적 사유에 대하여, 또 인간의 삶과 처세의 방법 등에 대하여, 그리고 문화 콘텐츠의 활용까지도 그 영역을 넓혀보고자 하였다.

《초한지》는 중국 진시황의 흥망성쇠와 서초패왕 항우 및 한나라 고조 유방의 건국과정을 그린 역사적 사실에 허구를 가미하여 만든 연의류 소설이다. 연의류 소설이란 역사적 사실을 부연 설명하여 흥미롭게 꾸며 만든 소설로《초한지》(일명 서한연의)는 바로 사마천의《사기》와 반고의《한서》, 사마광의《자치통감》등을 바탕으로 만든 소설이다. 이 책은 비록 부분적인 이야기는 허구가 가미되었지만 비교적 큰 틀의 이야기는 역사 내용에 충실하여 많은 역사적 지식과 상식을 습득할 수 있다. 또 내용상 각 인물을 통하여 처세술과 권모술수 및 삶의 지혜를 배울 수 있는 것이 장점이다. 특히 이 책은 조선시대 이래 국내에서 환영받은 중국 3대 연의류 소설(《열국지》·《초한지》·《삼국지》)로 지금까지도 일반 대중의 주목과 각광을 받고 있는 소설 가운데 하나이다.

《초한지 인문학》의 구성은《초한지》에 대한 전반적 개황을 소개하고, 주로《초한지》내용의 전개 순서에 따라 제1회부터 제101회까지 스토리텔링의 방식으로 진행하며, 스토리의 핵심 테마를 끄집어내어 집중적인 분석과 설명을 하였다.

큰 테마의 분류 : 1. 프롤로그(초한지의 꿈) 편·2. 킹메이커 여불위의 꿈·3. 진시황의 꿈·4. 영웅시대, 꿈꾸는 자가 천하를 얻는다.·5. 관중왕의 꿈과 동상이몽·6. 한중왕과 서초패왕의 꿈·7. 한초삼걸의 꿈·8. 북벌의 꿈·9. 동진의 꿈·10. 일인자와 이인자의 꿈·11. 사면초가로 무너지는 항우의 꿈·12. 황제의 꿈·13. 삶과 죽음, 어떻게 살 것인가? 등의 편으로 나누어 내용상의 핵심 키워드를 위주로 논점을 소개하고 분석하였다. 여기에 역사적 지식 및 문화적 교양, 그리고 다양한 고사성어들을 파트별로 분석하여 소개하고 또 인문학적 차원에서 인간의 사회생활에서 행해지는 본질 문제와 그 방안을 중점적으로 분석하고 소개하였다.

필자는 2021년 "삼국지 인문학"이라는 테마로 K-MOOC에 선정되어 촬영하고 시연을 하면서 인문학 강좌에 대한 확장의 필요성을 절실하게 느끼게 되었다. 이러한 취지에서 또다시 준비한 것이 바로 "초한지 인문학"이다. 필자는 인문학 시리즈를 집필하기로 계획하면서 서명에 대하여 많은 고민을 해왔다. 최종적으로 《삼국지 인문학》에 이어 이번에도 《초한지 인문학》이라는 서명으로 결정을 하였다. 그 이유는 인문학의 중요성을 다시 한 번 강조하기 위함에서이다. 즉 인문학은 무엇이며, 또 인문학이 왜 중요한지, 그리고 인문학을 왜 해야 하는지를 강변하고 싶었다.

태산명동에 서일필泰山鳴動鼠一匹이라는 성어가 있다. 혹 취지는 거창하나 부족한 학식이 독자들에게 학문적 누를 끼치지는 않을까 한편으로는 걱정스럽다. 겸허한 자세로 독자들의 질정을 받아들이고자 한다.

　　본 《초한지 인문학》은 2023년 한국형 온라인 공개강좌K-MOOC에 선정되어 촬영과 동시에 간행을 기획하였다. 이 과정에서 많은 자료들을 제공해 준 주식회사 오베네프OPEN_BENEFIT의 박충렬 선생님과 임직원 일동에게 감사를 드린다. 마지막으로 출판을 흔쾌히 받아준 학고방 하운근 사장님 및 임직원 일동과 그리고 제자 옥주 양과 양바름 군에게도 감사의 뜻을 전한다.

2023.10.10

필자 민관동 씀

프롤로그

초한지의 꿈

Key Word

3대 연의류 소설 · 시대적 배경 · 초한지(연의)와 서한연의西漢演義 · 유입과 수용
· 인문학적 미학

서초패왕 항우와 한중왕 유방의 꿈

진시황이 천하를 통일하고 자신의 위용을 과시하기 위해 천하를 주유할 때의 일이다. 때마침 이 모습을 멀찌감치 지켜본 두 영웅이 있었는데 바로 한나라의 황제 유방과 초나라의 패왕 항우였다. 그때 유방은 "사내대장부로 태어나 한번쯤 저 정도는 되어야지…"라고 말하였고, 항우는 "저놈의 자리를 내가 대신하리라."라고 하였다. 모두 황제가 되겠다는 꿈을 표현한 것이지만 유방은 완곡하게 돌려 자신의 꿈을 간접적으로 표현하였고 항우는 직설적이고 매우 노골적으로 본인의 꿈을 표현하였다.

과연 그들의 꿈은 어떻게 실현되었을까?

결론부터 말하자면 항우는 패왕霸王이 되었지만 황제가 되지는 못하였다. 황제皇帝의 꿈을 이룬 사람은 바로 유방이었다.

그러면 그들의 성패成敗는 어디에서 갈리었을까?

그것은 바로 성격에서 결정되었다고 할 수 있다. 즉 감정이 앞선 항우는 실패하였고 이성이 앞선 유방은 결국 황제의 꿈을 이루었다.

필자는《초한지 인문학》을 집필하면서 키워드를 꿈으로 설정하였다. "꿈꾸는 자가 천하를 얻는다."라는 말이 있다.

초한지에 등장하는 수많은 영웅들….

그들은 무엇을 꿈꾸며 천하에 도전하였을까?

그 영웅들의 꿈을 통해 초한지의 꿈을 찾아보고자 한다.

프롤로그 1

왜 초한지인가?

① 초한지의 출현과 배경

《초한지》는 일명 《서한연의》西漢通俗演義라고도 하는데, 이 작품의
내용은 동주東周의 전국시대戰國時代 말기에서 서한西漢 초기까지 대
략 100여 년의 역사를 기술한 역사 연의류 소설이다. 이 소설의 전반부
는 진시황의 출신 내력과 진나라의 천하통일 과정을 기술하고 있으며,
중반부는 주로 초나라와 한나라의 전쟁 과정과 유방에 의한 천하통일
을 묘사하였고, 후반부에는 한신을 포함한 여러 개국 공신들의 토사구
팽, 그리고 한 고조의 죽음과 여태후의 발호 등, 한나라 초기의 역사를
부연하여 서술하고 있다. 그러기에 엄밀히 따지자면 《서한연의》라고 하
기보다는 《진초한연의秦楚漢演義》라고 함이 오히려 더 타당해 보인다.

역사 연의류 소설이란?

《초한지》는 진시황의 천하통일과 흥망성쇠 그리고 천하의 패권을 놓
고 서초패왕 항우와 한 고조 유방의 세기적 격돌을 서술한 역사 연의류

소설이다. "역사 연의소설"이란 역사소설과 연의소설이 결합된 합성어
이다. 또 연의演義란 어떤 사실에 의거하여 그 사실을 쉽게 이해할 수
있도록 부연하여 설명한다는 뜻이기에, 역사 연의라는 의미는 바로 역
사적 사실을 부연하여 설명한다는 뜻이다. 연의소설에는 크게 왕조의
흥망성쇠를 중심으로 '역사적 사건'을 위주로 서술하는 유형과 '역사적
인물'을 위주로 묘사하는 두 가지 유형이 있다.

　또 역사 연의소설에는 저작 의도에 따라 지난날의 역사적 사실을 그
대로 재현하려는 의도와 새로운 역사해석을 목표로 허구적 요소를 가미
하려는 의도의 양면성이 존재한다. 다시 말해 어떤 의미로든지 '역사성'
만을 중요시하려는 작품이 있는가 하면, 반대로 단지 '역사'라는 옷을
빌릴 뿐 '역사성' 묘사 그 자체보다는 '허구적 창작'에 치우치는 작품이
존재한다는 의미이다. 그러한 의미에서 《초한지》와 《열국지》는 《삼국
지》보다는 비교적 역사적 사실에 더 충실한 연의소설이라 할 수 있다.

3대 연의소설

　조선시대 이래 국내에서 가장 환영을 받은 3대 연의소설이라 하면
《열국지》와 《초한지》 그리고 《삼국지》를 꼽을 수 있다.

　《열국지列國志》는 일명 《동주열국지》라 하는데 춘추전국시대를 배경
으로 만든 연의류 소설이고, 《초한지楚漢志》는 일명 《서한연의》라 하는
데 주로 진나라의 흥망성쇠와 한나라의 건국과정을 묘사한 소설이다.
그리고 《삼국지三國志》는 일명 《삼국연의》라고 하며 후한 말기와 위나
라·촉한·오나라의 삼국시대를 거쳐 진晉나라로 건국되는 과정을 묘사
한 소설이다.

중국의 역사 연대표

三皇五帝 → 夏 → 殷(商) → 周(西周 → 東周[春秋+戰國]) →
                                              열국지

秦 → 漢(西漢 → 新 → 東漢) → 魏晉南北朝 → 隋 → 唐 →
초한지   삼국지

五代十國 → 宋(北宋 → 南宋) → 元 → 明 → 淸 → 中國

이상의 역사 연대표를 근거로 역사적 배경을 살펴보면, 동주의 춘추
전국시대는 유가와 도가를 포함한 제자백가의 출현으로 철학이 크게
주목을 받던 시대이고, 한나라 때에는 사마천의 《사기》와 반고의 《한
서》 등이 출현하면서 사학이 주목받던 시대였다. 또 그 후 위진남북조
시대는 유협의 《문심조룡》이 출현하면서 문학이 토대를 구축하였던 중
요한 시기이다. 이 시기는 중국의 철학과 사학 및 문학, 즉 중국의 문
· 사 · 철이 뿌리를 내린 시기이기에 중국 고대 학술의 초석이 되었던
시기였다.

이러한 시기에 흥미로운 연의소설을 통해 역사 및 다양한 학술과 지
식의 습득이 가능하였기에 중국은 물론 조선의 문인들에게도 애호되는
필독서로 등장하였다. 특히 조선의 개국 이래 문인들 사이에서는 이 시
기에 대한 신지식과 학문적 욕구가 강했기에 《열국지》·《초한지》·《삼
국지》와 같은 연의류 소설에 크게 열광하였다.

② 초한지 출현의 시대적 배경은?

《초한지》를 이해하려면 우선 춘추전국시대의 시대적 배경에 대한 이해가 필요하다. 주나라는 크게 서주시대와 동주시대로 분류된다. 다시 동주시대는 크게 춘추시대春秋時代와 전국시대戰國時代로 시대가 구분된다. 본래 춘추시대라는 이름은 孔子가 지은 역사서《춘추春秋》라는 데서 유래되었다. 즉 사마천이《사기》를 집필하면서 역사적 공백기인 이 시기를 춘추시대라 명명하였고, 또 그다음 전국시대의 전국은 유향의《전국책戰國策》에서 인용하여 명명된 것이다.

춘추시대는 철학사상 분야에서 크게 주목받던 시기로 특히 제자백가諸子百家가 출현하여 백화제방百花齊放 백가쟁명百家爭鳴을 다투던 시기로 공맹의 유가儒家, 노장의 도가道家 그리고 묵가墨家, 법가法家, 명가名家, 음양가陰陽家, 종횡가縱橫家, 농가農家, 잡가雜家, 소설가小說家 등이 활약했던 학술의 황금시대가 열렸다. 또 정치적으로는 크게 춘추春秋 오패五霸가 있었는데, 제 환공과 진 문공 그리고 초 장왕과 오 부차 그 외 월 구천이 한 시대의 패자로 세력을 크게 떨쳤던 시기였다.

그리고 그다음 시기가 바로 전국시대이다. 전국시대에는 당대를 주도했던 7웅7雄이 있었는데, 위나라魏·제나라齊·진나라秦·한나라韓·조나라趙·연나라燕·초나라楚 등이 있었다. 그중에서 진나라와 제나라 및 초나라가 초강대국이었으며 특히 야심많은 진나라의 행동에 따라 소진의 합종설合從說과 장의의 연횡설連橫說이 크게 주목받던 시대였다. 또한 전국이 온통 약육강식의 전쟁으로 점철되었던 시기이기에 손자병법과 오자병법 등의 병법서가 각광을 받으며 출현하였던 시기이기도 하다.

또 시가 문학에 있어서, 북방에 시경詩經이 있다면 남방에는 초사楚辭가 있었는데, 초나라의 문인으로 합종설을 주장하다 귀양 간 굴원에 의하여 출현한 것이 바로 초사이다. 굴원의 대표작으로 이소離騷가 있으며 단오절端午節 또한 굴원을 배경으로 유래된 절기이다.

❸ 초한지(서한연의)의 저자와 출판은?

사실 중국에는 《초한지》나 《초한연의》라는 서명은 존재하지 않는다. 모두가 《서한연의》라고 부른다. 이 문제에 대해서는 뒤에서 다시 논하기로 하고 여기서는 《서한연의》의 판본과 저자에 대하여 논하기로 한다.

《서한연의》의 발전양상을 살펴보면, 그 원류는 송대의 화본소설에서 시작된 것으로 추정된다. 현존하는 판본 가운데 가장 오래된 것은 《전상평화오종全相平話五種》 중 〈속전한서평화續前漢書平話〉(一名〈여후참한신呂后斬韓信〉)라고 할 수 있다. 이 판본의 작자는 미상이고 일반적으로 원대 강사 설화인이 사용한 화본으로 추정되며 원나라 영종 지치년간(1321-1323년) 건안 우씨의 신간본으로 나온 판본이다.

그 후 한동안 《서한연의》에 관한 출판기록이 없다가 명대 후기에 이르러서야 《전한지전全漢志傳》이 출현하는데, 이 판본은 명대 만력 16년(1588년)에 청백당에서 웅대목熊大木이 간행한 것으로 서한부분 6권과 동한부분 6권으로 총 12권으로 구성되어 있다.

그다음에 출현한 판본은 《양한개국중흥지전兩漢開國中興傳志》으로 명대 만력 33년(1605년) "노청당첨수민장판盧淸堂詹秀閩藏板"이라는 출판기록이 보이며 총 6권(서한부분 4권, 동한부분 2권)으로 출간되었다.

그 후 명말에 검소각劍嘯閣에서《동서한통속연의東西漢通俗演義》(一名《양한연의전》)가 나왔는데, 이는 견위가 쓴《서한통속연의》(8권 101則)와 사조가 쓴《동한십이제통속연의》(10권 146則)를 합쳐서 꾸민 판본으로 총 18권 225則으로 재편집된 합본이다. 검소각 비평본이 나온 이후에 이 판본이 통행본으로 자리를 잡았다.

검소각 비평본 서한연의

그리고 명 만력 40년(1612년)에는 《서한연의전西漢演義傳》이 견위甄偉 편찬으로 대업당에서 출간되었다. 《서한연의》 가운데 가장 널리 알려지고 많이 회자된 판본이 바로 《서한연의전》이다. 《서한연의전》과 비슷한 시기에 대업당 간행본으로 사조謝詔가 쓴 《동한십이제통속연의東漢十二帝通俗演義》(일명 《동한연의전》)가 나왔는데, 총 10권으로 되어 있다.

④ 초한지인가 서한연의인가?

국내에서는 언제부터인지 《서한연의》와 《초한지》라는 서명이 함께 혼용되기 시작하여 최근에 이르러서는 대부분이 《서한연의》 대신에 《초한지》라는 제목으로 출판해 오고 있다. 오히려 고본 영인본 외에는 《서한연의》라는 제목을 찾아보기 어렵다. 이는 내용이 주로 초·한의 패권 다툼과 한나라의 건국까지만 묘사되어 있기에 실제 제목과 부합되지 않아 모두가 《초한지》로 개명한 것으로 추정된다.

필자가 관련 기록을 가지고 분석한 결과 《초한연의》라는 서명은 분명 존재하였던 것으로 보인다. 그러나 국내 학계에서는 《초한연의》라는 명칭이 국내에 전래 되면서 새롭게 붙여진 명칭으로 해석하고 있다. 그 이유가 중국에는 《초한연의》라는 서명의 판본이 따로 존재하지 않는다는 이유와 《서한연의》의 내용이 주로 초나라 항우와 한나라의 유방의 대결구도를 그리고 있기에 국내에 유입되면서 자연스레 붙은 이름이라는 것이다. 그러나 《선조실록》(선조 2년[1569년])과 후대에 언급된 《초한연의》의 서명에 대해서는 명료하게 규명하지를 못하였다.

필자는 이러한 문제를 포함하여《초한연의》의 실체가 있었다는 근거를 다음과 같이 제시하고 있다.

(1) 〈속전한서평화〉(1321~1323년)에서《전한지전》(1588년)까지 약 260여 년간의 공백기가 너무 길며 전래되는 판본이 전무한 상태라는 점은 일실된 판본이 존재하였을 가능성을 더욱 높여준다. 특히 1522년에《삼국지통속연의》(가정본)가 출간된 후 1548년의 섭봉춘본 등《삼국연의》의 붐과 함께 시작된 역사연의류 소설의 출간은 성황을 이룬 시기였다. 그 외 1552년《대송중흥통속연의》, 1553년《당서지전통속연의》 등으로 이어지며 연의류 소설의 성황을 이루었다는 점을 감안하면《초한연의》의 출현 가능성은 충분하다고 사료된다.

(2) 《조선왕조실록》은 일반 잡서와는 성격이 다른 품격있는 책이다. 이러한 책에《초한연의楚漢衍義》라고 뚜렷이 기록된 점은 단순한 오류로 보기 어렵다. 또 "이 책은《초한연의》 등과 같은 책일 뿐만 아니라 이와 같은 종류의 책들은 한두 종이 아니다.非但此書. 如楚漢衍義等書, 如此類不一."라고 언급된 기록에서 당시《초한연의》 등과 같은 연의류 소설들이 상당수 존재하였음을 짐작할 수 있는 대목이다.

(3) 1595년 1월 오희문의《쇄미록》에 언급된 기록 또한《초한연의》의 실존 가능성을 높여준다. 즉 둘째 딸에게《초한연의》(한초연의로 오기)를 번역 필사하게 하였다는 내용이 나온다. 당시에 중국에서 유통되었던《전한지전》을 번역하면서 제목을《초한연의》로 고쳤다고 보기에도 무리가 따른다. 이러한 점을 감안한다면

당시에 《초한연의》라는 판본이 따로 실존하고 있었음에 무게가
실린다.

초한연의 필사본
(내용은 서한연의를 필사한 것이다.)

(4) 〈속전한서평화續前漢書平話〉의 속집이라는 서명으로 볼 때 정집 〈전한서평화前漢書平話〉가 존재하였다는 것이 확인된다. 또 〈속 전한서평화〉는 일명 〈여후참한신呂后斬韓信〉이라 불리며 내용 또한 천하통일 후 여후가 개국공신 한신 등을 제거하는 내용을 다루고 있다. 그러기에 정집의 내용은 당연히 "초한대전楚漢大 戰"부분에 해당된다. 이러한 관점에서 〈전한서평화〉가 후대에 《초한연의》로 발전하여 출간되었을 가능성이 크다.

(5) 《동한연의》는 후한 전시대를 모두 포괄하고 있지만 《서한연의》 는 항우와 유방의 초한대전을 위주로 서한초기의 역사만을 기술 하고 있어 크게 불균형을 이루고 있다. 특히 《서한연의》는 제목 과 내용이 불일치하는 점이 문제점이다. 오히려 《진초한연의》나 《초한연의》라 부르는 것이 오히려 더 적절해 보이기 때문이다. 그러함에도 불구하고 《서한연의》라는 서명이 출현하게 된 것은 《동한연의》와 구색을 맞추려 의도적으로 《초한연의》를 《서한연 의》라고 견강부회하였을 가능성도 배제할 수 없다.

(6) 1700년대와 1800년대의 기록은 번역본을 소개하는 목록을 제외 하고는 모두 《서한연의》라고 하였다. 이는 견위의 《서한연의》 (1612년)나 검소각 비평본 《서한연의》가 널리 보급된 결과이다. 그러나 번역본에서는 대부분 이전부터 내려왔던 《초한연의》라고 명칭을 그대로 사용하고 있다. 이는 현존하는 조선 번역필사본에 서도 두드러지게 나타나는 현상이다.

이상의 근거로 볼 때 《초한연의》는 1569년 이전에 이미 국내에 유입 되었으며 대략 1600년대 초기까지 유통되었을 가능성이 있다. 그 후

《서한연의》 판본이 국내에 유입되면서 《초한연의》 대신에 《서한연의》라는 서명으로 통칭 된 것으로 추정된다.

그러나 번역본 소설에 대해서는 여전히 이전에 유통되던 《초한연의》라는 서명을 그대로 따르고 있는데 이는 번역내용이 주로 항우와 유방의 초한전쟁을 그리고 있기에 자연스럽게 《초한연의》 또는 《초한지》라는 이름으로 통용된 것으로 사료 된다. 또 현존하는 번역본 가운데 《서한연의》라는 서명보다는 《초한연의》라고 쓴 서명이 대부분을 차지하는 것도 이러한 설을 뒷받침해주고 있다.

프롤로그 2
초한지의 수용과 미학

1 초한지의 국내유입과 수용

《초한지》의 국내유입과 수용

《초한지》의 국내유입은 조선왕조실록의 《선조실록》(권삼, 선조 2年 [1569년])에 나타나는 것으로 보아 1569년 이전에 유입된 것이 확실해 보인다. 《선조실록》에서 "이 책은 《초한연의楚漢衍義》 등과 같은 책일 뿐만 아니라 이와 같은 종류의 책들은 한 두 가지가 아니라 수종이 나왔으며, 모두가 의리를 심히 해치는 것들입니다.非但此書. 如楚漢衍義等書, 如此類不一, 無非害理之甚者也."라고 언급되어 있기 때문이다. 또 근래 국내에서 1560년대 초중기 조선간본의 《삼국지통속연의》가 출간된 사실로 보아 《초한지》도 《삼국지》와 비슷한 시기에 유입되었을 것으로 추정된다.

당시의 문헌들에 근거하면, 특히 임진왜란 전후에는 다른 연의류 소설들과 함께 국내에 유입되어 적지 않은 독자층을 형성한 것으로 보인다. 사실 조선 초중기의 문인들은 대부분 중국통속소설을 폄하하거나 멸시하는 분위기였고, 그렇지 않으면 그저 소일거리나 심심풀이 정도로 밖에는 의미를 두지 않았던 분위기였다. 그러나 일부 문인층과 규방의 여성들 사이에서는 이와는 조금 다른 문학 관념과 뜨거운 독서 열기가 있었던 것으로 확인된다. 이러한 성숙된 문학관이 우리 고소설의 형성과 발전에 적잖은 기여를 하였음은 누구도 부인할 수 없는 사실이다.

《서한연의》는 중국에서 유입된 판본 외에도 국내에서 필사된 필사본도 다수 있으며 또 국문으로 번역된 번역본도 여럿 존재한다. 그 외에도 《장자방전張子房傳》, 《장자방실기張子房實記》, 《홍문연鴻門宴》, 《초한전쟁실기楚漢戰爭實記》, 《항우전項羽傳》, 《초한전楚漢傳》처럼 《서한연의》에서 가장 재미있는 부분만을 발췌하여 번역 및 번안 출판한 작품도 다수 있다. 이처럼 비록 부분 발췌의 번역본이기는 하지만 이렇게 다량의 작품들이 출판되었다는 사실은 당시 독자층의 애호가 적지 않았다는 것을 의미하는 것이기도 하다.

❷ 초한지의 번역은?

《초한지》의 번역 개황

국내 소장되어있는 《서한연의》 판본은 중국 원판본 외에도 원문필사본과 번역필사본 및 번역출판본으로 분류된다. 원문필사본과 번역필사본은 대부분 검소각비평본劍嘯閣批評本《서한연의西漢演義》를 근거로 축약 필사하였거나 번역 필사한 판본으로 확인된다. 번역필사본은 이미 16세기 말부터 번역 관련된 기록과 자료들이 나오지만, 번역 출판본은 조선시대 1907년이 되어서야 전라도 완주지방의 완판본으로 처음 출간되었다. 그 후 일제강점기에 내용을 축약한 책들이 다수 출현하였다.

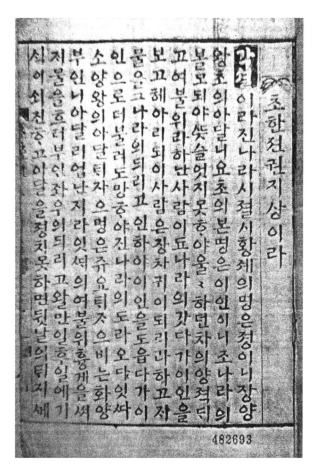

번역출판본 초한전

광복 이후 본격적인 출판이 이루어지면서 번역자의 이름이 밝혀지는데, 그중 김팔봉의 출판본이 주목된다. 그는 여러 출판사를 달리하면서 출판한 행적을 보여주는데 이는 당시 출판사의 영세성을 간접적으로 대변해주는 것이기도 하다. 그리고 번역양상을 살펴보면 사실 번역을 하였다고 하지만 실제로는 모두가 창작에 가까운 개작이 주를 이루고 있어 사실상 번역으로 보기 어려운 작품들도 상당수 있다.

　예를 들면 김팔봉은 본인이 《서한연의》를 원본으로 삼아, 처음에는 《통일천하》라는 이름으로 나왔다가 다시 이를 개작하여 《초한지》라는 이름으로 출판하였다고 밝히고 있다. 그러나 그 번역양상을 살펴보면 번역이라기보다는 줄거리만 유지한 채 완전 개작이라고 하는 것이 더 타당해 보인다. 그리고 정공채의 《대초한지》도 원본 《서한연의》는 그저 다른 역사 서적과 함께 참고만 했을 뿐 원본의 내용과는 전혀 다르게 전개되고 있는 양상을 보인다.

　그 외 정비석의 《소설초한지》와 김홍신의 《소설초한지》 역시 원문과는 상관없이 소설가의 필치대로 재미있게 꾸민 작품들이다. 또 김상국의 《신설초한지》는 《서한연의》가 역사에 지나칠 정도로 치우쳐 자신은 중국에서 가장 널리 애독되고 있는 《한신전》을 국내 처음으로 번역한 것이라고 그의 책 서문에서 밝히고 있다. 그 외에도 김기진과 박용진도 《서한연의》를 원전으로 삼아 번역하였다고 하나, 엄밀히 따지면 작자의 의도대로 개작한 작품으로 보는 것이 타당해 보인다. 이처럼 《서한연의》의 번역본 가운데 학술적 가치를 중시한 완전번역본은 하나도 없는 것이 안타까운 실정이다.

주요 작가의 번역 양상

근래에 출간된《초한지》의 번역가로 김팔봉, 정비석, 김상국, 김홍신, 유재주, 이문열 등을 꼽을 수 있는데 그중 정비석, 김홍신, 이문열의 번역양상을 살펴보면 다음과 같다.

정비석의 번역은 비교적《서한연의》의 순서와 틀을 따르려고 노력한 흔적이 보인다. 여불위와 자초(장양왕)의 만남부터 진시황의 천하통일, 항우와 유방의 대결, 유방의 죽음과 여태후의 권력 장악까지를 기술하고 있다. 그나마 원문 내용에 가장 충실한 것으로 평가된다.

김홍신의 번역은 진시황의 등극부터 한나라의 건국까지를 기술하고 있으며, 원본《서한연의》와는 관계없이 새롭게 구성하여 쓴 소설이다. 문체가 너무 가벼워 고전을 읽는 맛이 다소 떨어지는 느낌이다.

이문열의 번역은《서한연의》와는 관계없이 새롭게 재창작한 소설로 삼황오제부터 역사를 소개한 후 진시황부터 본격적으로 기술하여 한나라 문제까지 묘사하였다. 원문에 있는 이좌거의 거짓투항과 구리산 십면매복 등을 삭제하고 원문에 없는 상당수 부분을 추가하여 구성이 다소 산만하고 집중도가 다소 부족해 보인다.

❸ 초한지의 내용 개략

《초한지》를 읽다 보면 서로 다른 버전에 당혹스러운 경우가 종종 발생한다. 이러한 원인은 번역가마다 원문에 충실하지 않고 나름의 창작을 가하였기 때문이다. 필자는 일반적으로 공통된 내용을 근거로 12강으로 분류하였다.

제1강 킹메이커 여불위의 꿈

킹메이커 여불위의 계략으로 이인이 왕이 되고 그의 아들 정이 육국을 병합하여 천하통일을 이룬 뒤 진시황은 중국 최초의 황제로 등극한다.

제2강 진시황의 꿈

천하통일 후에 진시황은 장생불사의 신선술에 빠진다. 또 무리한 만리장성과 아방궁의 축조로 민심이 이반되고, 진시황 역시 죽음을 맞이한다.

제3강 영웅시대

조고의 횡포와 진승의 난을 시발로 전국각지에서 민란이 일어나고 항우와 유방도 이 대열에 참여하여 독자적인 세력을 구축한다.

제4강 관중왕의 꿈과 동상이몽

항우와 유방은 관중왕을 목표로 치열한 경쟁 끝에 유방이 승리하였지만 결국에는 항우가 서초패왕이 되고, 유방은 항우에 밀려 한중왕으로 좌천되어 파촉으로 떠나게 된다.

제5강 한중왕과 서초패왕의 꿈

진나라를 멸망시킨 항우는 잔인한 보복을 하고 함양을 버리고 고향으로 천도하며, 홍문연에서 탈출한 유방은 파촉으로 들어가 재기를 준비한다.

제6강 한초삼걸의 꿈

장량은 인재를 찾으러 떠났다가 한신을 만나 유방에게 추천을 한다. 유방은 한신을 파촉대원수로 임명하고, 한신의 재능을 알아본 소하는 한신과 함께 북벌을 향한 만반의 준비를 한다.

제7강 북벌의 꿈

유방은 파촉을 기반으로 세력을 키운 뒤에 한신을 대장군으로 삼아 북벌을 단행하고 다시 함양 일대를 장악한다. 또 유방은 독자 세력을 구축하며 각지의 인재들을 끌어 모은다.

제8강 동진의 꿈

민심과 세력을 모은 유방은 기세를 몰아 동진하여 항우와 초한대전을 벌인다. 그러나 막강한 항우의 공격에 일진일퇴를 거듭하며 정국은 예측할 수 없는 혼란스러운 국면에 직면하게 된다.

제9강 일인자와 이인자의 꿈

유방과 항우는 최후의 승리자가 되기 위해 혈전을 벌이고 한신은 한·촉·제로 천하를 삼분하라는 괴철의 건의에 일인자와 이인자 사이에서 고민한다. 그러는 사이 유방과 항우는 홍구에서 평화조약을 맺는다.

제10강 사면초가로 무너지는 항우의 꿈

홍구의 평화조약을 파기한 유방은 한신과 장량 등의 지략으로 위기를 극복하고 전세를 뒤집어 사면초가가 된 항우는 결국 장렬하게 생을 마감한다.

제11강 황제의 꿈

천하를 통일한 유방은 건국 후 최대의 걸림돌인 한신을 제거하고 나라의 기반을 공고히 구축한다. 한신을 제거한 후 다시 진회, 팽월, 영포 등 창업 공신들을 차례로 제거하며 제국의 기틀을 다진다.

제12강 삶과 죽음, 어떻게 살 것인가?
유방이 죽자 후계자 문제로 인한 정국이 혼란에 빠지나, 결국 여태후가 권력을 장악하게 된다. 그 후 여태후의 죽음과 여씨 집안의 몰락으로 이어진다.

❹ 초한지의 문학성과 예술성

《초한지》의 문학성

《초한지》는 문학적 구성과 예술적 미학이 빼어난 작품이다. 특히 선명하고 뚜렷한 인물형상 및 심리묘사와 그리고 내용의 갈등구조 등을 성공적으로 그려내고 있다. 특히 등장인물들의 다양한 캐릭터를 매우 성공적으로 그려내어 문학성은 물론 예술성까지 제고시켰다.

예를 들면 포악무도한 유아독존 진시황, 천하장사로 힘과 의리의 상징적 이미지를 구축하였으나 지략과 지모가 부족한 항우, 포용력과 권모술수를 겸비한 기회주의자 유방, 정치력은 부족하지만 최고의 전략전술가인 한신, 당대 최고의 책략가로 지략과 지모를 갖춘 장량, 최고의 행정전문가이며 충성심이 강한 영원한 이인자 소하, 항우의 최고 군사 책사이며 책략가인 범증 등 뚜렷한 인물형상을 성공적으로 묘사하여 흥미를 배가시켰다.

그 외 작품구성의 갈등구조와 심리묘사에 있어서도 상당한 성과를 거두고 있다. 즉 호해와 조고의 갈등, 항우와 유방의 갈등, 항우와 범증,

유방과 한신, 유방과 여치 등의 갈등구조와 그들 간의 심리묘사는 독자
들로 하여금 잠시도 긴장의 끈을 풀어놓지 못하게 하고 있다.

《초한지》의 예술성

《초한지》는 단순한 흥미 위주의 소설이 아니라 다양한 예술성을 내
포하고 있다. 먼저 문장의 묘사기법과 빼어난 문장체, 그리고 다양한
예술적 표현을 꼽을 수 있다. 즉《초한지》에는 고사성어와 명언명구 및
병법들이 수없이 출현한다. 고사성어에는 일자천금一字千金, 지록위마
指鹿爲馬, 사면초가四面楚歌, 토사구팽兎死狗烹, 다다익선多多益善, 목후
이관沐猴而冠, 금의야행錦衣夜行, 약법삼장約法三章, 홍곡지지鴻鵠之志,
홍문연鴻門宴 등이 유래되었다. 이러한 고사성어는 다양한 스토리텔링
을 통하여 인문 교양의 재창출을 만들어 준다.

또 명언명구로 망진자호야亡秦者胡也, 패전지장불어병敗戰之將不語
兵, 수자부족여모豎子不足與謀, 왕후장상영유종호王侯將相寧有種乎 등
수많은 명언명구를 등장시켜 독자들에게 지적 욕구의 충족은 물론 수
많은 호기심과 흥미를 불러일으키는 동기를 만들어 주고 있다.

그 외《초한지》는 전쟁소설이기에 수많은 병법이 등장한다. 사항지
계詐降之計, 이이제이以夷制夷, 허허실실虛虛實實, 반간계反間計, 이간계
離間計, 완병지계緩兵之計, 원교근공遠交近攻, 암도진창暗渡陳倉, 배수진
背水陣, 심리전心理戰 등 다양한 병법과 진법 등이 나와서 흥미를 배가
시켜준다.

결론적으로 《서한연의》는 비록 부분적인 이야기는 허구가 가미되었지만 비교적 큰 틀의 이야기는 역사 내용에 충실하여 많은 역사적 지식과 상식을 습득할 수 있고, 또 내용상 각 인물을 통하여 처세술과 리더십 및 삶의 지혜를 배울 수 있는 것이 장점이라고 할 수 있다.

특히 조선시대는 문인들이 중국의 유학을 수용하는 과정에서 중국의 문학·사학·철학에 대한 지적 욕구가 강했던 시기였다. 이러한 과정에서 어려운 고전문헌이 아닌 쉬운 문체로 풀어쓴 소설이 비교적 접근이 용이하고 또 읽기도 쉬웠기에 《열국지》·《초한지》·《삼국지》 등과 같은 연의류 통속소설이 크게 주목을 받았던 이유이며 또 독자의 환영을 받았던 이유이기도 하다.

⑤ 초한지의 문화적 가치와 미학

《초한지》의 배경이 되었던 진나라와 초나라, 한나라의 시대는 중국문화 형성에 많은 영향을 주었다. 우리가 주지하다시피 중국을 일컫는 '차이나'는 진秦나라에서 유래가 되었다. 또 다른 한자의 표현으로 지나支那라고도 하였다. 또 한漢나라의 한漢자는 한족漢族, 한자漢字, 한문漢文, 한학漢學, 한시漢詩, 한지漢紙, 한인漢人 등 국제화에 많은 기여를 해왔다.

그 외에도 장기將棋의 유래에서 초한시대의 문화적 가치와 미학을 찾을 수 있다. 장기는 바둑과 함께 중국 고대의 오락문화로 정착한 놀이문화 중의 하나이다. 장기판 자체가 초楚·한漢으로 되어있는 것에서, 초패왕 항우項羽와 한왕 유방劉邦의 각축전을 모방한 것으로 장將/王

(楚·漢), 차車·포包·마馬·상象·사士·병졸卒/兵으로 구성되어 이들 간의 무궁무진한 진법陣法 싸움으로 만들어진 게임이다.

본래 장기는 약 3000년 전 고대 인도에서 처음 시작되었다고 한다. 이것이 유럽으로 전파되어 '체스'가 되었고 동양으로 전파되어서는 '장기'로 발전하였다. 중국 장기의 연원은 춘추전국시대로 거슬러 올라간다고 전해지며 오늘날 유행되는 장기는 10세기 중엽에 후주後周의 무제(951~953)가 만든 것이라 전해진다. 그러나 같은 장기일지라도 중국과 한국 및 일본의 장기는 게임의 운용방법이 확연하게 다르다.

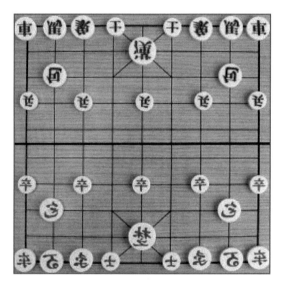

장기판

장기가 우리나라에 유입된 시기는 대략 삼국시대 초기 한사군漢四郡 시대로 추정하는 것이 일반적인 통설이다. 그 후 초한전楚漢戰을 가상

하여 우리 체질에 맞는 장기의 운용방법을 개량하여 지금 우리가 두고
있는 한국 장기로 발전시켰다. 장기에 대한 문헌 기록은 김부식의《삼
국사기》에 최초로 언급되어 있는데, 이 책에 의하면 백제 개로왕과 승
려 도림道琳이 바둑과 장기를 즐겼다는 기록이 있고 후대 서거정徐居正
의 필원잡기筆苑雜記에는 김석정金石亭과 김예몽金禮蒙이 상희대국象
戱對局을 한 기록 등이 나온다. 장기의 다른 명칭으로 혁기奕棋·상기象
棋·상희象戱 등 다양한 명칭을 가지고 있다.

중국의 역사

역사란 사전적 의미로 보면 인류 사회의 변천과 흥망의 과정. 또는 그에 대한 기록을 의미한다. 역사를 배우는 이유는 단순히 과거 사실에 대한 학습이 아니라 과거에 일어났던 어떤 사건의 진정성과 교훈성을 인지하고 해석 및 평가를 통하여 재구성할 때 진정한 역사의 의미를 확립하는 것이다.

한·중·일 숙명론적 함수관계비교(한중관계 역사 / 한일관계 역사 비교)

	BC1600	BC1200	BC800	BC722	BC403	BC207
중국	삼황오제 ➝ 하나라 ➝ 은(상) ➝ 주(서주) ➝ 동주(춘추 + 전국)					
한국	고조선 ―――――――――――――――――――――――――➝					
일본			기원전400 – 서기300(야요이시대) –			

BC221-206	BC207-서기220	(서기 약168-250)	서기221-588	서기589
➝ 진 ➝ 한(서한+동한) ➝ 삼국시대(위·촉·오) + 위진남북조 ➝ 수				
➝부여 삼한시대 ➝ 고구려 = 신라 = 백제 = 가야시대 ➝ 삼국시대 ➝				
3-7세기 고훈시대(야마토정권)				

–618	서기618-907	서기907-960	서기960-1279	1271-1368	1368–
➝ 당 ➝ 오대십국 ➝ 송(북송 + 남송) ➝ 원 ➝ 명 ➝					
➝ 통일신라 ➝ 후삼국 ➝ 고려(전기 + 후기) ➝ 조선(전기)					
➝ 8C(나라시대) ➝ 8C말 ➝ 12C말(헤이안시대) ➝ 12 ➝14(가라쿠마시대)					
➝ 14 ➝16(무로마치시대)					

1662	1664-1911	1911-1949	1949	현재
➝ 청 ➝ 중국 ➝ 대만/중공(동서분단시대)				
➝ 조선(후기) ➝ 일제 ➝ 남한/북한(남북분단시대)				
16C모모야마시대➝ 1603-1867(에도시대) ➝ 메이지 ➝ 쇼와 ➝ 헤이세이				

중국의 역사 연대표

나라	연대	건국자
삼황오제 三皇五帝	삼황 : 복희씨伏羲氏 · 신농씨神農氏 · 여와씨女媧氏 오제 : 황제黃帝 · 전욱顓頊 · 제곡帝嚳 · 제요帝堯 · 제순帝舜	
하夏 나라	BC 2070 ~ BC 1600	우왕이 건립
상商 나라	BC 1600 ~ BC 1046	一名 : 은殷나라. 탕왕이 건립
주周 나라	서주西周시대 : BC 1046 ~ BC 771	문왕이 건립
	동주東周시대 : 춘추春秋시대 BC 770 ~ BC 476년 전국戰國시대 BC 475 ~ BC 221년	
진秦 나라	BC 221 ~ BC 206	진시황 건립
한漢 나라	서한西漢 : BC 206 ~ 서기 23	유방이 건립
	신新나라 : 서기 8 ~ 서기 23	왕망이 건립
	동한東漢 : 서기 25 ~ 서기 220	광무제가 재건함
위진 남북조 魏晉 南北朝 시대	위진남북조魏晉南北朝시대 : 221 ~ 589 　※ 삼국시대 : 위魏나라 : 220 ~ 265. 조조 건립 　　　　　　　촉蜀나라 : 221 ~ 263. 유비 건립 　　　　　　　오吳나라 : 222 ~ 280. 손권 건립	
	※ 진晉나라 : 서진西晉 : 265 ~ 316. 사마염 건립 　　　　　　 동진東晉 : 317 ~ 420	
	남북조南北朝 　남조南朝　　　　　　　　북조北朝 　송宋 420 ~ 479　　　 북위北魏 386 ~ 534 　제濟 479 ~ 502　　　 동위東魏 534 ~ 550 　양梁 502 ~ 557　　　 북제北齊 550 ~ 577 　진陳 557 ~ 589　　　 서위西魏 535 ~ 556 　　　　　　　　　　　 북주北周 557 ~ 581	

나라	연대	건국자
수隋 나라	581 ~ 618	문제가 건립
당唐 나라	618 ~ 907	고조 이연이 건립
오대십국 五代十國 시대	오대십국五代十國 시대 : 907년 - 960년 ※ 오대 : 후량·후당·후진·후한·후주 ※ 십국 : 오월·민·형남·초·오·남당·남한·북한·전촉·후 촉	
송宋 나라	북송北宋시대 960 ~ 1127	조광윤이 건립
	남송南宋시대 1127 ~ 1279	고종 재건
원元 나라	1271 ~ 1368	징기스칸이 건립
명明 나라	1368 ~ 1644	주원장이 건립
청淸 나라	1644 ~ 1911	누르하치가 건립
중국 中國	중화민국中華民國 : 1912년 건국	손문이 건립 : 장개석 국민정부 대만천 도
	중국인민공화국中國人民共和國 : 1949年 10月 1日 成立	모택동이 건립 : 모택동 공산정부

오호십육국五胡十六國 시대 : 4세기부터 5세기 초

흉노匈奴·갈羯·저氐·강羌·선비鮮卑의 오호五胡가 세운 열세 왕조와 한족漢族이 세운 세 왕조. 전조前趙·후조後趙·전연前燕·후연後燕·남연南燕·북연北燕·전진前秦·후진後秦·서진西秦·하夏·성한成漢·전량前涼·후량後涼·북량北涼·남량南涼·서량西涼

킹메이커 여불위呂不韋의 꿈

진秦나라 소왕은 왕손인 이인異人(자초/장양왕)에게 장군 왕홀과 왕전 등 10만 대군을 이끌고 조趙나라를 정벌하도록 명하였으나 조나라의 인상여와 염파 장군에게 대패하여 결국 자초는 인질로 조나라에 남게 되었다. 당시 조나라의 거상巨商 여불위呂不韋는 자초가 기화奇貨임을 알고 자초에게 전 재산을 투자하여 결탁한다. 즉 진나라에 들어가 세자 안국군 효문왕과 화양부인 효문왕비를 설득하여 자초를 적자嫡子로 세우는데 성공하고, 또 이인을 조나라에서 탈출시켜 진나라로 귀국시킨다.

여불위는 자초가 자신의 아이를 잉태한 주희에게 관심을 보이자 주희를 자초에게 헌상하였는데, 후에 태어난 아이가 바로 정(진시황)이다. 세월이 지나서 진 소왕은 안국군(효문왕)에게 왕위를 넘겨주고, 얼마 후 또 안국군이 요절하자 다시 자초에게 왕위가 넘어오게 되었다. 그 후 자초가 죽자 드디어 정(진시황)이 왕권을 이어받게 된다. 이때 승상이 되어 대권을 장악한 여불위는 진나라 통일의 토대를 마련하고 전국을 통일시키는 대업을 이룬다. 그러나 여불위는 킹 메이커로의 대업을 이루지만 진시황의 집중적 견제를 받게 된다.

얼마 후 진의 최초 황제로 등극한 진시황은 진나라의 정권이 공고해지자 킹 메이커 여불위를 제거하고 새로운 이상향을 꿈꾼다.

꿈꾸는 영웅들

주나라는 서주西周 시대와 동주東周 시대로 구분하는데 서주시대 말기에 이르러 암군暗君 유왕幽王의 출현으로 나라가 급격히 기울기 시작하였다. 급기야 미녀 포사褒姒의 출현은 서주의 몰락을 재촉하는 계기가 되었다. 외적 견융의 침략으로 황급히 천도하면서 서주 시대는 망하고 동주시대가 열리게 되었다. 동주 시대는 일명 춘추전국시대라고도 한다.

춘추전국시대는 크게 춘추시대와 전국시대로 양분하는데 춘추시대는 대략 BC 770~BC 476년까지, 전국시대는 대략 BC 475~BC 221년까지를 말한다. 이는 사마천이 역사의 공백을 메우기 위해 분류한 시대 구분이다. 사마천의 《사기史記》에 의하면 '춘추春秋'는 공자의 저서 《춘추春秋》에서 따오고, '전국戰國'은 유향의 《전국책戰國策》에서 따왔다고 한다.

춘추시대는 수많은 인재들이 출현한 시대이다. 특히 철학사상 분야에서 괄목한 만한 인재가 출현하였는데 이것이 곧 제자백가의 출현이다. 제자백가는 유가儒家·도가道家·음양가陰陽家·법가法家·명가名家·묵가墨家·종횡가縱橫家·잡가雜家·농가農家·소설가小說家 등으로 분류된다. 이들은 당대의 학술문화를 주도하였던 세력으로 특히 유가와 도가가 주도하였다.

그러나 전국시대로 들어서자 정치와 사회의 기강이 무너지면서 유가와 도가의 도덕적 근간은 점점 약화 되었고, 오히려 강력한 통치에 필요한 법가 사상과 단기간에 부국강병의 성패를 좌우하는 종횡가 그리고 당장 국가 보존에 필요한 손자병법과 오자병법 같은 병법서들이 각광을 받는 사회로 일변하였다.

이러한 시대적 요구는 유능한 인재의 출현과 새로운 영웅의 출현을 갈망하는 영웅시대의 토대를 만들어 주었다. 이러한 영웅들은 킹메이커로서의 야망을 간접적으로 실현하거나, 아니면 자신이 직접 군주가 되려는 방식으로 꿈을 이루고자 하였다.

❶ 귀곡선생의 4제자(손빈과 방연/소진과 장의)

전국시대 후기는 영웅을 꿈꾸는 군웅할거群雄割據 시대이다. 특히 영웅의 꿈을 꾸는 4명의 인재들이 바로 귀곡선생의 4제자인 손빈(BC 382~BC 316)과 방연(BC?~BC 342) 그리고 소진(생졸년 미상 : 대략 BC 334~BC 320 경 활약)과 장의(생졸년 미상 : 대략 BC 328~BC 309 경 활약)이다.

손빈과 방연(라이벌의 지략대결과 위위구조)

손빈孫臏은《손자병법》의 저자인 손무孫武의 후손으로서 근래에 발굴된《손빈병법》의 저자이기도 하다. 그는 귀곡자鬼谷子라는 스승 밑에서 방연龐涓과 동문수학을 하였다. 손빈과 방연은 의기투합하여 의형제를 맺었던 사이였다.

두 사람 중 방연이 먼저 위나라에 들어가 공을 세우며 높은 벼슬에 이르렀다. 후에 손빈이 찾아왔을 때 방연은 언젠가는 손빈이 자신의 라이벌이 될 것을 우려하여 손빈에게 죄를 씌워 두 다리를 자르는 형벌을 받게 하고 늘 감시를 하였다. 방연의 본심을 알아챈 손빈은 거짓으로 미친 체하며 기회를 기다렸다.

손빈은 우연히 제나라 전기 장군과 연결되어 제나라로 간신히 탈출하였다. 제나라로 탈출한 손빈은 어느 날 다음과 같은 지략을 제시하였다. "비슷한 수준의 상, 중, 하 말이 있는 경우 항상 이기는 방법이 있습니다. 상대가 상급의 말을 내보내면 나는 먼저 하급의 말을 내보내어 패하게 합니다. 그다음 상대가 중급의 말을 내보내면 나는 상급의 말을 내보내어 이기게 됩니다. 또 마지막에 상대가 하급의 말을 내보내면 나는 중급을 말을 내보내어 이기게 됩니다. 이러면 항상 2:1로 승리를 할 수 있습니다." 이러한 지략으로 그는 전기 장군의 군사軍師가 되었다.

어느 날 위나라의 방연은 혜왕을 설득하여 조나라를 공격하였다. 그러자 조나라 왕은 황급히 제나라에 구원을 요청하였다. 이때 전기 장군이 조나라로 출정하려 하자 손빈은 "조나라가 위급하다고 반드시 조나라로 군대를 보낼 필요는 없습니다. 오히려 위나라 수도가 비었으니 위나라를 치면 전쟁이 끝납니다." 과연 손빈의 말대로 갑작스런 제나라의 침략에 다급해진 방연이 부대를 회군하여 철수하는 바람에 조나라를 구할 수가 있었다. 이것이 바로 병법 위위구조圍魏救趙이다. 즉 "위나라를 포위하여 조나라를 구원한다."라고 알려진 병법이다.

그 후 세월이 지나 위나라와 조나라가 연합하여 한나라를 공격하자 이번에는 한나라가 제나라에게 구원을 요청하였다. 이에 손빈은 또다시 출정하여 방연과 겨루게 되었다. 제나라 군대는 후퇴하면서 거짓으로 날마다 아궁이 화덕 수를 줄여나갔다. 그것을 본 방연은 화덕 수가 줄어든 것은 제나라 병사들에 문제가 발생했기 때문이라고 판단하여 황급히 손빈의 군대를 추격하였다. 방연이 이끄는 병력이 어느 계곡에 이르렀을 때 "방연이 여기에서 죽으리라."라는 문구를 발견하게 된다. 이때 갑자기 매복하고 있던 손빈의 군대가 방연을 향해 일제히 화살을 퍼부었다. 결국 방연은 회생이 불가하다고 판단되자 스스로 목숨을 끊었다.

이처럼 손빈과 방연은 같은 스승 밑에서 배웠지만 가는 길이 서로 달랐다. 또 소진과 장의 역시 한 스승님 밑에서 배웠던 동문이지만 끝내 라이벌의 굴레에서 벗어나지 못하였다. 오직 자신의 야망과 꿈을 실현하기 위해 살다가 죽은 외로운 영웅들이었다.

소진과 장의(합종설과 연횡설)

전국시대 최고의 웅변가를 꼽으라면 소진蘇秦과 장의張儀를 빼놓을 수가 없다. 소진과 장의 역시 귀곡자의 문하생이다. 그런데 소진이 먼저 정계에 진출하여 출세 가도를 달렸다.

뒤늦게 출세를 위해 여러 나라를 떠돌며 유세하던 장의는 초나라 재상의 식객으로 있다가 도둑으로 누명을 쓴 일이 있었다. 온몸이 만신창이가 되어 집으로 돌아온 그는 돌연 입을 벌려 혀를 쑥 내밀더니 "내 혀가 아직도 그대로 붙어 있소?"라고 물었다. 아내가 "아직 그대로 있습니다."라고 하자 장의는 크게 안심하며 "다른 것은 없어도 되지만 혀만 있다면 됐소"라고 했다는 일화가 전해진다. 유세가는 다른 건 몰라도 혀만 살아있으면 된다는 일화로 '설상재舌尙在'라는 고사성어가 여기에서 유래되었다.

이처럼 조금 늦게 시작한 장의는 하는 일마다 잘 풀리지 않았다. 심지어 친구인 소진에게조차도 인격적으로 심하게 무시를 당했다. 장의는 모욕을 삼키고 당시 최강국 진나라로 발걸음을 옮기며 복수를 다짐하였다. 특히 진나라로 간 것은 바로 소진의 합종책合從策을 깨기 위한 것이었다. 그러나 소진은 사람을 시켜 장의가 진나라에서 중용될 때까지 돌봐주었다. 이후 장의는 진왕을 설득하는 데 성공하여 높은 벼슬을 얻었다. 장의의 뒤를 봐주던 사람이 자초지종을 장의에게 이야기해 주자, 이때 모든 사실을 안 장의는 자신의 무능을 크게 뉘우치며 소진이 죽기 전까지는 절대 그의 합종책을 깨지 않겠다고 선언하였다. 사실 소진은 장의가 작은 성공에 안주할 것을 염려해 고의로 박대하였던 것이었다.

그 후 소진이 죽자 장의는 소진이 구축한 합종책을 차례차례 무너뜨리기 시작하였다. 장의가 진나라를 위해 수립한 대외 책략은 바로 연횡책連橫策이었다. 즉 소진의 합종설에 대응하여 진나라는 횡으로 6국과 각각 외교 관계를 수립하고 약한 나라부터 하나씩 각개격파하는 계책을 말한다. 이 연횡책은 후대에 범수范雎의 원교근공遠交近攻 계책과 함께 진나라 외교정책의 근간으로 천하통일의 토대가 되었다.

② 전국시대의 사군자四君子

사군자는 전국시대를 대표하는 명문귀족의 종주宗主이다. 이들은 널리 인재들을 우대하고 대규모로 현사들을 배양하였던 4인의 군자들을 지칭하는 말이다. 이들은 당대에 막강한 세력을 구축하여 명성을 떨쳤던 세력집단으로, 제나라의 맹상군孟嘗君(BC 260~BC 240), 조나라의 평원군平原君(?~BC 250), 위나라의 신릉군信陵君(?~BC 244), 초나라의 춘신군春申君(?~BC 238)을 가리킨다. 진나라의 중국통일이 기원전 221년이니 약 30여 년 전 사람들이다.

맹상군(계명구도 / 교토삼굴 / 명불허전)

맹상군은 제나라 위왕의 막내아들인 전영의 넷째 아들이다. 전국 4군자 가운데 식객이 가장 많았고 명성도 가장 컸다. 맹상군에게서 유래된 고사성어로 "계명구도鷄鳴狗盜"란 말이 있다. 진나라 소양왕이 맹상군을 초빙하였는데 진나라 대신들이 맹상군을 탄핵하여 목숨이 위험해졌다. 이때 소양왕의 총비인 연희에게 구원을 요청하였으나 총비는 맹상군이 선물로 소양왕에게 바친 보물인 호백구를 요구하였다. 그러나 호백구가 소양왕에게 바친 것 한 벌 뿐이라 난감해하던 차에 맹상군의 식객 하나가 소양왕의 침실로 몰래 들어가 호백구를 훔쳐내 총비에게 준 결과, 그녀의 도움으로 진나라 궁실에서 무사히 탈출하였다. 도망에 성공한 맹상군은 진나라 국경인 함곡관에 겨우 도착했지만 성문이 닫혀있었다. 아침 닭이 울어야만 성문을 여는 진나라 법 때문에 나가지 못하고 주저하다가 식객 중 한 명이 닭 우는 소리를 내자 성문이 열려

무사히 탈출할 수 있었다.

맹상군에게서 유래된 또 하나의 고사성어는 "교토삼굴狡免三窟"이다. 식객 중 풍환이라는 자가 있는데 그는 "교활한 토끼는 도망가기 위해서 굴을 3개 만듭니다."라고 하며 제나라 민왕이 언젠가는 토사구팽할지 모르니 미리 살길을 만들어야 한다고 진언 한데서 유래되었다.

그 외 사마천의 《사기》에서 맹상군에 대하여 평가하길 : "세상에 전하기를 맹상군이 객을 좋아하고 스스로 즐거워하였다고 하니 그 이름이 헛된 것이 아니었다.世之傳孟嘗君好客自喜 名不虛矣"라고 덧붙였다. 여기에서 "이름은 헛되이 전傳해지지 않는다."라는 뜻의 고사성어 명불허전名不虛傳이 유래되었다.

평원군(모수자천 / 낭중지추)

조나라 평원군은 조나라 혜문왕의 동생으로 본명은 조승이다. 모수자천毛遂自薦과 낭중지추囊中之錐의 고사성어로 유명하다. 평원군은 모수 등의 많은 식객을 두며 인재를 양성하였다. 나름대로 조나라를 강하게 만들려고 노력을 하였지만 큰 성과는 없었다.

진나라가 한나라를 공격해 한나라 북쪽 상당군이 고립되자 상당군은 조나라에 귀부하였다. 이에 진나라가 분노해 전면전으로 조나라를 공격하였다. 장평 전투에서 진나라 백기 장군이 조나라 군사 45만 명을 생매장하자 조나라의 국력은 급격히 쇠락하였다. 다음 해 조나라 수도 한단이 포위되자 평원군이 초나라에 구원을 요청하는 사신을 선발하던 중 모수毛遂라는 식객이 자신을 데려가 달라고 스스로 추천을 하였다. 평원군은 "모름지기 현명한 선비가 세상에 있는 것은 비유하자면 주머니

속에 있는 송곳과 같아서 그 끝이 금세 드러나 보이는 법이오.夫賢士之處世也, 譬若錐之處囊中, 其末立見."라고 하며 모수가 빈객으로 있은 지 3년이나 되었으나 그의 명성을 들어본 적 없다며 거절하였다. 그러자 모수는 "저는 오늘에야 당신의 주머니 속에 넣어달라고 부탁하는 것입니다. 저를 좀 더 일찍 주머니 속에 넣었다면 그 끝만이 아니라 송곳 자루까지 밖으로 나왔을 것입니다."라고 하였다. 결국 모수는 일행에 선발되어 초나라로 갔고 초나라와의 교섭에서 큰 활약을 하였다.

신릉군(승천하지 못한 이무기)

신릉군은 위나라 왕의 동생이며 본명은 위무기이다. 한 고조 유방이 가장 존경했던 인물이라고 전한다. 그는 인재를 몹시 소중히 여기고 자신을 낮추는 겸손한 인물이며 또 진나라에 대항하여 6국 간의 합종설을 주장하였던 인물이다. 진나라가 조나라를 침략하여 풍전등화의 상황에 빠지자, 어차피 조나라가 망하면 이웃인 위나라도 망한다는 사실을 인지하고 위나라 군주의 인수를 훔쳐 그 군대를 가지고 조나라를 구하였다. 그 후 위나라가 위기에 빠지자 또 군대를 이끌고 위나라로 돌아와 진나라를 격파하였다. 그러나 너무 높은 공적과 명성으로 인하여 위나라 왕의 견제를 받아 파직을 당한다. 관직에서 물러난 후에는 비관하여 술만 마시다 숨을 거두었다. 사군자 중에서도 병법과 군사, 그리고 전략 전술에 가장 뛰어나다고 평가된다. 특히 위나라를 위해 많은 군공을 세웠으며 위태롭고 어지러운 시국을 잘 헤쳐간 정치가로 평가된다.

춘신군(평민출신의 충성과 야망)

춘신군은 본명은 황헐이며 4군자 가운데 유일하게 평민 출신이다. 초나라 고열왕을 태자 시절부터 섬겼는데 고열왕이 진나라의 인질로 잡혀가자 목숨을 걸고 고열왕을 구출한 뒤 자신은 진나라에 붙잡혔다. 진나라 왕은 황헐의 용기에 감탄하여 그를 풀어주었다. 초나라로 돌아와서 그는 춘신군으로 봉해졌고, 또 초나라의 재상이 되었다. 합종책을 주장하며 다른 6국과 연합하여 진나라로 쳐들어갔지만 성공하지 못하였다. 고열왕이 후계가 없자 식객인 이원의 여동생을 취하여 임신시키고 그녀를 고열왕에게 선물한다. 그는 고열왕이 죽고 그 아들이 왕이 되면 사실 자신의 아들임을 밝히고 자신이 모든 권력을 독차지할 속셈이었으나 고열왕이 죽자 첩의 오빠였던 이원이 보낸 자객에 의해 살해당한다.

❸ 인상여의 화씨지벽과 염파의 문경지교 및 노발충관

조나라 혜문왕惠文王 때의 인상여藺相如와 염파廉頗 장군은 조나라를 상징하는 대표적 인물이다. 인상여는 문인이며 염파는 무인으로 조나라의 영웅들이다. 이들에게서 연유된 고사성어로 화씨지벽和氏之璧과 문경지교刎頸之交 등이 있다.

조나라는 세상에도 드문 화씨지벽和氏之璧이라는 고귀한 옥을 가지고 있었다. 진나라의 소양왕이 이 소문을 듣고 15개 성과 화씨지벽을 바꾸자고 요청했다. 혜문왕은 혹 소양왕이 약속을 어길까 걱정되어 대책 회의를 열었다. 이때 인상여가 지모와 용기가 있으니 그를 보내기로 중지를 모았다. 인상여는 진나라로 가서 화씨지벽을 소양왕에게 바쳤으나 소양왕은 15개 성에 대한 언급조차 없었다. 이에 인상여는 "구슬에 한 군데 흠집이 있으니 알려 드리겠습니다."라고 속여 돌려받은 후 즉시 "우리는 신의를 지키느라 옥을 지참했으나, 왕께서는 약속을 지킬 것 같지 않으니, 이 구슬은 일단 소생이 가지고 있겠습니다. 그렇지 않으면 소생의 머리와 더불어 이 구슬을 부숴 버리겠습니다."라고 하였다. 소양왕은 화가 났지만 신의 없는 왕이라는 비난이 두려워 정중하게 놓아주었고 옥도 온전하게 조나라로 돌려보냈다. 완벽귀조完璧歸趙는 화씨지벽이 처음의 완전한 상태로 조나라로 돌아간 것처럼 완벽이라는 고사성어도 여기에서 유래되었다.

그리고 이때 인상여는 진나라 소양왕의 무례한 행동에 격노하였는데 얼마나 분노하였는지 머리털이 곤두서 갓을 추켜올리고 나왔다고 하여 노발충관怒髮衝冠(혹은 怒髮上衝冠)이라는 고사성어도 여기에서 유래되었다.

인상여가 화씨지벽을 진나라로부터 잘 보존하여 가져오자 그 공이 인정되어 상대부에 임명되었다. 그러나 염파 장군은 이를 시기하여 인정하지 않았다. 이후 또 인상여는 혜문왕을 보좌하여 민지 회담에서 큰 공을 세우게 되어 벼슬이 상경에 이르게 되었는데, 그 지위가 염파 장군보다 더 높았다. 염파는 전쟁터에서 목숨을 바쳐 공을 세운 자신보다 말만 잘하는 인상여가 더 높은 직위에 있다는 사실에 불만을 품고는 "인상여를 만나면 반드시 가만두지 않으리라."라고 벼르고 있었다. 이 말을 전해 들은 인상여는 그 후부터 염파를 피하여 다녔다. 인상여의 부하들은 염파보다도 높은 직급에 있는 인상여가 오히려 염파가 두려워 피해 다닌다는 사실에 크게 실망하였다. 그러자 인상여는 "강한 진나라가 감히 조나라를 어찌하지 못하는 것은 오직 우리 염파와 나 두 사람이 있기 때문이다. 만약 이 두 마리 호랑이가 서로 싸우면 모두 살아남지 못한다. 내가 그렇게 하는 것은 바로 나라의 급한 일이 먼저이고 사사로운 원한은 나중이기 때문이다."라고 하였다.

나중에 염파는 이 말을 듣고 크게 각성하였다고 한다. 그리고는 자신의 웃통을 벗고 가시나무를 등에 진 채 인상여의 집 문으로 찾아가 사죄하였다고 한다. 마침내 두 사람은 서로 상대를 위해 목을 내놓아도 아깝지 않은 우정을 나누었는데 여기에서 "문경지교刎頸之交" 혹은 "문경지우刎頸之友"라는 고사성어가 유래되었다.

4️⃣ 법가사상가 한비와 이사의 라이벌 게임

진나라(BC 221~BC 206)의 통치이념은 법가사상이다. 진시황은 강력한 법으로 일사불란하게 제국을 통치하였다. 이러한 토대를 제공한 인물이 상앙商鞅이었다. 그의 본명은 위앙衛鞅으로 법가사상을 대표하는 인물이다. 그는 본래 위나라 사람이었으나 관직을 얻지 못하자 진나라로 귀의하여 진나라의 부국강병에 토대를 마련한 출중한 인물이다.

그 후에 진시황 시기에는 한비韓非와 이사李斯가 법가사상을 주도하였다. 보통 한비자라고 불리는 그는 본명이 한비이다. 한비는 한나라의 왕족 출신으로 오직 자신의 조국인 한나라를 위해 간언을 하였으나 군주는 받아들이지 않았다. 한비가 쓴 책이 진나라에서도 유행하게 되었는데, 이때 이 책을 읽은 진시황은 "이 책을 쓴 사람을 만나 사귈 수만 있다면 죽어도 여한이 없겠다."라고 한 기록이 전해진다. 천하통일의 야망을 꿈꾸던 진시황이 바로 이 책에서 비전을 보았기 때문이다. 그러나 한비를 알아본 진시황의 안목으로 인해 오히려 한비는 커다란 불행에 빠졌다.

당시 진시황의 핵심 참모였던 이사李斯는 순자荀子의 제자로 한비와 동문수학을 한 사이였다. 진시황이 찾고자 하는 인물이 한비라는 사실을 안 이사는 끝내 진시황에게 한비를 긍정적으로 소개하지 않았다. 혹시나 한비의 재능에 가려 자기의 앞길에 장애가 될 것을 우려했기 때문이다. 즉 진시황이 한비를 등용한다면 자신의 정치적 입지가 크게 좁아질 것이기에 한비를 적극적으로 모함하기 시작하였다. 진시황은 결국 이사의 모함에 빠져, 한비에게 독약을 보내 자결하도록 만들었다.

진나라의 법가 사상가이자 정치가로 한 시대를 풍미했던 이사는 여불위의 천거로 출사하여 시황제를 모셨던 인물이다. 시황제가 천하를 통일한 후에는 도량형의 통일과 분서갱유焚書坑儒 및 군현제의 시행 등 중앙집권제 확립에도 관여하였다. 그러나 시황제 사후, 이사는 환관 조고와 함께 시황제의 유언장을 조작하여 호해를 진 이세황제秦 二世皇帝로 즉위시켰다. 결국에는 조고의 모략으로 누명을 쓰고 참형을 당하였으며, 삼족이 멸문을 당하는 비참한 최후를 맞이하였다.

여불위의 꿈

① 킹메이커란?

킹메이커Kingmaker란 다른 사람을 왕이나 황제 등과 같은 리더로 만들 수 있는 정치적 능력과 영향력을 가진 사람을 의미한다. 킹메이커라는 말은 15세기 영국의 리처드 네빌 백작에서 유래되었다고 한다. 1455년부터 약 30여 년 동안 왕좌를 놓고 벌어진 영국의 장미전쟁에서 네빌 백작은 헨리 6세를 폐위시키고 요크 왕가의 에드워드 4세를 왕위에 올렸는데, 이후 세상 사람들은 네빌을 킹메이커라 부르기 시작하였다. 현대적 관점에서는 대통령이나 수상 등의 최고 권력자를 탄생시키는 핵심 참모를 킹메이커라 칭한다. 그러나 최근에는 꼭 대통령 같은 최고 권력자가 아니더라도 기관단체의 장이나 회사 등에서 최고 권력자를 옹립 혹은 선출하는데 지대한 공헌을 한 전략 참모를 지칭하기도 한다.

킹메이커는 비록 공식적으로는 왕이나 황제 혹은 대통령이 아니지만, 최고 권력자보다도 강한 권력을 가지고 실익을 챙기는 경우가 허다했다. 그러기에 후에 최고 권력자에게는 위협이 되는 장애로 바뀌는 경우가 많았다. 역사적으로 볼 때 킹메이커들은 대체로 토사구팽당하는 경우가 다반사이다.

국내의 킹메이커

한국의 킹메이커로는 고대부터 최근에 이르기까지 다양한 인물이 존재한다. 국내의 킹메이커로는 가장 먼저 부여의 소서노를 꼽을 수 있다. 소서노는 고구려의 동명성왕과 백제의 온조왕을 왕으로 만든 한국 역사의 최고 킹메이커라 할 수 있는 여걸女傑이다. 그리고 신라 시대에는 태종 무열왕을 왕위로 올리고 그를 도와 삼국을 통일시킨 김유신을 꼽을 수 있다. 고려에는 왕건을 도와 개국한 창업 공신으로 배현경, 복지겸, 신숭겸을 들 수 있으며, 조선에는 이성계를 도와 조선을 개국한 정도전이 단연 으뜸이다. 그 후 태종 이방원의 핵심 참모 하륜과 세조를 왕위에 올린 한명회 등이 있다.

현대의 킹메이커는 이전처럼 막강한 권력을 가지거나 절대적 실익을 차지하기가 쉽지 않다. 핵심 참모로서 주로 전략적 조력자 역할을 한다고 볼 수 있다. 일반적으로 언론에서 꼽는 현대의 킹메이커로는 박정희·김영삼·김대중 대통령 시대에 활동한 영원한 이인자 김종필을 꼽을 수 있으며, 노태우·김영삼 대통령 시대의 조력자로 김윤환을 꼽을 수 있다. 근래에는 언론에 따라 다소 이견이 있지만, 박근혜·문재인·윤석열 대통령의 킹메이커로 김종인을 꼽기도 한다.

중국의 킹메이커

중국 최초의 킹메이커로는 이윤을 꼽을 수 있다. 그는 상나라의 전설적인 재상으로 하나라의 걸왕을 축출하고 상나라의 탕왕을 천하의 주군으로 만들었다고 알려진 인물이다. 그 후에는 주나라 문왕과 무왕을 왕으로 만든 강여상(강은 성이고, 여는 씨이며, 상은 이름)을 꼽을 수 있다, 그는 일명 태공망 혹은 강태공 그 외 강자라고 알려진 인물이다.

그리고 역사 연의류 소설《열국지》·《초한지》·《삼국지》에 나오는 킹메이커를 살펴보면《열국지》에서는 춘추시대 제 환공을 주군으로 만든 포숙아도 킹메이커라 할 수 있다.《초한지》에서는 장양왕과 진시황을 제왕으로 만든 여불위가 중국의 가장 대표적인 킹메이커라 할 수 있다. 또 유방을 한나라 황제로 만든 소하·장량이 있다.《삼국지》에서는 제갈량(유비), 순유(조조), 주유(손책과 손권) 등을 꼽을 수 있다. 이들 가운데 중국을 대표하는 가장 상징적인 킹메이커로는 단연코 여불위를 뺄 수가 없다.

❷ 여불위의 대야망과 기화가거奇貨可居

여불위(?~BC 235)는 전국시대 한韓나라의 거상이자 진秦나라의 상방으로 그는 상인이자 정치가라고 할 수 있다. 전해지는 말에 의하면 여불위는 어느 날 아버지와의 대화에서 :

"농사를 지으면 몇 배를 남길 수 있나요?". "열배 정도…".

"보석을 구해 좋은 가격에 팔면 몇 배의 이문이 남죠?". "백배 정도…".

"한 나라의 왕을 만들면 몇 배의 이익이 날까요?". "그건 계산할 수가 없다."

이상의 대화에서 여불위는 킹메이커가 되어 무한 가치의 장사에 관심을 드러내기 시작하였다고 한다.

진시황의 킹메이커 여불위

여불위는 조나라로 장사를 하러 갔다가 그곳에서 우연히 인생을 역전시킬 절호의 기회를 맞게 된다. 즉 진나라 소양왕의 태자였던 안국군安國君의 아들 이인異人이 조나라의 볼모로 잡혀있다는 사실을 알게 된다. 이인을 만난 여불위는 이인을 보고 "이 진귀한 물건은 가히 사둘 만하구나!奇貨可居"라고 하고는 그동안 장사로 모은 전 재산을 털어 이인을 조나라에서 진나라로 구출하고, 또 정치적으로 지원하여 끝내 그를 진나라의 왕으로 만들었다. 이처럼 진기한 물건을 사두면 훗날 더 큰 이익을 얻을 수 있다는 뜻의 고사성어 기화가거奇貨可居가 바로 여기서 유래하였다.

이처럼 여불위는 진나라 태자의 서자에 불과하고, 또 조나라에 볼모로 잡혀있는 이인(후에 자초子楚로 개명)에게 투자를 한 것이다. 먼저 자초를 조나라에서 구출하여 진나라로 모셔온 다음, 자신의 막강한 재력을 이용하여 자초를 효문왕의 적통자로 만들었다. 여불위에게는 행운까지 따랐다. 즉 효문왕이 일찍 죽자 자초가 진나라 왕이 되었는데 그가 바로 장양왕이다. 장양왕 또한 얼마 못 가서 죽었다. 불과 13세의 나이에 왕위에 오른 진시황을 대신하여 여불위는 진나라의 정치와 군사는 물론 경제와 문화 방면에도 최대 강국으로의 초석을 만들었다. 여불위는 진시황에게 권력을 빼앗기기 전까지 진나라의 실세로 군림했던 강력한 권신이었다. 이러한 점에서 중국 역사는 물론 세계의 역사에서도 그 유례를 찾아보기 힘든 킹메이커로 인정받는 것이다. 이처럼 거상巨商 여불위는 킹메이커로 등장하여 진시황과 함께 천하통일의 꿈을 이루게 되었다. 그들의 꿈은 중국 역사의 거대한 흐름마저 바꾸어놓았다.

❸ 일자천금一字千金과 여씨춘추呂氏春秋

진시황의 천하통일은 상앙의 변법개혁에서 시작되었다고 보는 시각과 진시황의 역동적인 힘에 의하여 가능했다고 보는 시각도 있지만, 사실 진나라의 천하통일을 가능케 한 토대는 바로 킹메이커 여불위에 의해 만들어졌다는 사실을 부인하기는 어렵다.

여불위는 문화활동에도 크게 관심을 가졌다. 당시 진나라는 문화적인 측면에서 위나라·초나라·조나라·제나라를 따라가지 못하는 수준이었다. 여불위는 진나라가 문화·사상 면에서 그들만 못한 것을 매우 부끄럽게 여겼다. 특히 전국시대의 4군자(제나라의 맹상군, 조나라의 평원군, 위나라의 신릉군, 초나라의 춘신군)들의 활동에 주목하였다. 이에 여불위도 이를 모방하여 그의 식객이 3천 명이 되었다고 한다. 이사가 진시황에게 등용된 것이 여불위의 추천에 의한 것이라 한다면 아마 이사도 여불위의 식객이었을 것으로 추정된다.

여불위는 그의 식객을 이용하여 20여 만자에 이르는 책을 펴냈는데 이 책은 천지와 만물, 그리고 고금의 사건을 모두 망라했다고 하여 서명을 《여씨춘추呂氏春秋》라 하였다. 어찌 보면 장사꾼이라는 콤플렉스에서 벗어나기 위해 《여씨춘추》 저술에 더 연연했는지도 모를 일이다. 자신의 이름을 영원히 남기기 위해 일종의 백과사전에 해당하는 유서 《여씨춘추》라는 책을 편찬한 것이다. 또 공자孔子의 저서 《춘추春秋》라는 책을 모방하여 서명을 만든 사실도 매우 당돌하고 도발적이다. 그러나 여기에는 문화강국을 꿈꾸는 여불위의 꿈과 킹메이커 여불위의 꿈이 모두 담겨있는 총서이기도 하다.

특히 여불위가 승상에 오르고 나서 자기의 빈객을 모아 저술한 《여씨춘추》를 보고는 매우 자신감이 생긴 듯하다. 이 책에 대한 우쭐한 마음과 자신감이 얼마나 뛰어났는지, "누구라도 이 책의 문장에서 한 글자라도 더하거나 뺄 수 있는 사람이 나온다면 천금을 주겠다."라는 내용의 방을 내걸었다. 여기서 빼어난 문장을 가리키는 일자천금一字千金이라는 고사성어가 유래되었다. 여불위의 이러한 의도는 아마도 절대 권력자인 자신의 과시욕이거나 또는 유능한 인재의 확보를 위한 것이 그 목적일 수도 있다. 그러함에도 불구하고 흥미로운 사실은 후대에 이 책이 명저로 인정받고 있지는 않다는 사실이다. 또 그 후에도 천금의 상금을 받아갔다는 기록도 없다.

④ 킹메이커 여불위의 삶과 죽음

장양왕이 죽자 진시황의 어머니인 조 태후는 혈기가 왕성한 나이에 남편을 잃은 탓도 있었겠지만 지나치게 남자를 밝혔다고 한다. 본래가 여불위의 첩이었기에 과부가 된 이후에는 자주 여불위를 찾았다. 그러나 여불위 입장에서는 선왕의 정비와 간통했다는 사실이 밝혀질까 매우 걱정되었다. 그리하여 자신을 대신할 사람을 은밀히 구하였는데 마침내 노애를 발견하고는 거짓 환관으로 위장시켜 입궁시켰다. 노애는 정력이 대단하여 단숨에 태후의 총애를 받았으며, 급기야 조 태후와 노애 사이에서 아이까지 태어났다. 이때부터 노애의 지나친 욕심이 드러나기 시작하였다. 노애는 자기 자식을 왕으로 만들기 위해 반란을 일으키려다 발각되어 자신은 물론 아이들까지 모두 사형을 당했다. 조태후는 비록 참형은 면했지만 죽을 때까지 별궁에 유폐되었다.

여불위는 이 사건에 직접 관련은 없었지만 도의적인 책임을 지고 파직을 당하였다. 중앙정부의 실권을 사실상 장악한 진시황은 이 사건을 이용해 여불위를 완전히 중앙정부에서 축출하였다. 재기가 어렵다는 사실을 깨달은 여불위는 결국 독약을 마시고 자살하였다.

여불위에 관한 기록은 사마천의 《사기》와 유향의 《전국책》 그리고 《설원》 등에서 확인된다. 《사기》에는 그에 대한 평가로 "소위 이름만 알려진 자所謂聞者"라 폄하하고 있다.

일개 상인의 신분으로 곁가지 왕족을 일국의 왕과 황제로 만들고 또 자신은 정치의 최고 실력자로 성장하였다는 점에서는 그가 범상치 않은 인물임에 틀림이 없다. 그러나 그가 권력의 유지를 위하여 군주를 농락하다가 비참한 최후를 맞이한 부분에 대해서는 후세의 평이 그리

긍정적이지 않다. 그러나 킹메이커로서 성공한 여불위와 진시황의 출생 비밀과 관련된 그의 이미지는 독자들에게 흥미로움은 물론 또 다른 신비감을 불러일으키는 변수로 작용하고 있다.

합종설合從說과 연횡설連橫說

소진蘇秦의 합종설은 당시 가장 강한 진秦에 대항하여 연燕·위魏·제齊·조趙·초楚·한韓의 6국이 연합하여 진秦을 견제하자는 학설이고, 장의張儀의 연횡설은 소진의 합종설과 반대로 6국이 진秦에 복종하여 섬기며 진나라는 횡으로 6국과 각각 외교 관계를 수립하고 약한 나라부터 하나씩 각개격파하는 계책을 말한다.

위위구조圍魏救趙

위나라를 포위하여 조나라를 구한다는 뜻으로, 적에 대한 직접적인 공격방법보다 적의 약점을 찔러 아군 스스로 돌파하도록 하는 병법이다.

원교근공遠交近攻

진나라 책사 범수가 제시한 외교정책으로 먼 나라와 가까이하고 가까운 나라를 먼저 공격한다는 병법이다.

계명구도鷄鳴狗盜

맹상군과 관련된 고사성어로 닭 울음소리를 잘 내는 사람과 개처럼 변장하여 도둑질을 잘하는 사람을 의미하는데 본의는 하찮은 재주를 가진 사람도 때론 쓸모 있을 때가 있다는 의미이다.

교토삼굴狡兎三窟

맹상군과 관련된 고사성어로 교활한 토끼는 위기를 대비해 숨을 굴 세 개를 파놓는다는 뜻이다.

명불허전名不虛傳

맹상군과 관련된 고사성어로 이름은 헛되이 전해지지 않는다는 뜻으로, 명성이 널리 알려진 데에는 그럴 만한 까닭이 있다는 의미이다.

모수자천毛遂自薦

평원군과 관련된 고사성어로 모수가 스스로 자신을 천거했다는 뜻이다. 즉 부끄러움 없이 자기를 내세우는 사람을 빗대어 이르는 말이다.

낭중지추囊中之錐

평원군과 관련된 고사성어로 주머니 속의 송곳이라는 뜻이다. 의미는 뾰족한 송곳은 가만히 있어도 스스로 뚫고 나오듯이 뛰어난 재능을 가진 사람은 반드시 드러나게 되어있다는 의미를 비유한 말이다.

화씨지벽和氏之璧과 완벽귀조完璧歸趙

인상여와 연관된 고사성어로 조나라의 진귀한 옥인 화씨벽을 의미하며 이것으로 옥새를 만들었다. 완벽귀조는 인상여가 진나라에서 화씨벽을 완벽完璧하게 조나라로 가지고 왔다고 하여 물건을 완전한 상태로 원래의 주인에게 돌아옴을 의미한다.

노발충관怒髮衝冠

인상여와 연관된 고사성어로 노여움으로 머리카락이 서서 관을 찌르고 나온다는 뜻으로 매우 격노함을 이르는 말이다.

문경지교刎頸之交

조나라 인상여와 염파 장군에서 유래한 고사성어로 서로 죽음을 함께 할 수 있는 막역한 사이를 이르는 말이다.

기화가거奇貨可居

여불위가 한 말로 진기한 물건으로 사둘 만한 가치가 있다는 뜻이다. 사람이나 물건에 투자하여 큰 이익을 얻을 때 이르는 말이다.

일자천금一字千金

여불위가 한 말로 《여씨춘추》에 나온다. 글자 한 자에 천금의 가치가 있다는 뜻으로 매우 빼어난 문장을 비유할 때 쓰인다.

신선술神仙術과 황로학黃老學

신선사상神仙思想은 동주의 전국시대 때부터 이미 중국에서 크게 유행하였는데 일명 신선방술이라 하였다. 방술方術을 행사하는 사람을 방사方士라고 하는데, 방사와 황제 사이가 밀접하게 된 것은 진시황의 구선 행위와 매우 관계가 깊다. 또한, 후대의 한 무제漢武帝 역시 신선방술과 관계가 깊은 인물이다. 이처럼 역대의 제왕이나 제후들은 현세의 권력과 쾌락이 영원하기를 바라는 염원을 가지게 되었고, 또 이러한 염원은 신선神仙을 갈구하거나 불로장생不老長生을 추구하는 사상으로 발전하였다.

그리고 황로학파는 한나라 초기에 종교 교단의 형태로 토대를 다지기 시작하며 출현하였는데, 중국 삼황오제의 황제와 도가의 노자를 숭상하는 학파로 출발하였다. 특히 한나라에 이르러 철학사상의 대세였던 유가에 대응하기 위해 만들어진 새로운 형태의 도가사상이 곧 황로학의 학파로 만들어지게 된 것이다. 황로학파는 청정무위를 주장하면서, 기본적으로는 도가사상을 바탕으로 만들어졌지만 법가적 요소와 기타 사상이 가미된 형태로 발전하였다. 이처럼 철학적 요소와 종교적 요소가 결합하면서 노자와 장자의 사상과는 또 다른 면모를 갖추기 시작하였다. 즉 도교는 황제黃帝와 노자老子를 신격화한 중국 토착 종교이지만 그렇다고 도교와 도가가 같은 의미는 아니다. 도교는 종교이지만 도가사상은 철학사상이기 때문에 엄연한 차이가 있다.

이처럼 진나라와 한나라 때부터 크게 유행한 "신선술"과 "황로학"은 후대에 도교의 토착 종교형태로 변신을 하였다. 즉 도교는 도가사상의 노장 철학을 근본으로 받아들이고 여기에 음양오행설과 신선사상을 더하여 불로장생과 영생을 최고 목표로 추구하는 방향으로 발전하였다. 특히 후한 말기 때 장도릉張道陵에 의해 그 종교적인 틀이 갖추어지며 중국의 민간 신앙으로 뿌리를 내리기 시작하였다.

후한의 순제 때 장릉에 의해 창시된 오두미교五斗米敎(종교를 믿는 신자가 입단하기 위해서는 5말의 쌀을 바친 것에서 연유되었다.)는 노자를 교주로 삼아 도교의 토대를 형성시켰고, 동시대 영제 때에 장각이 세운 "태평도太平道"는 "오두미교"와 쌍벽을 이루며 초기 도교의 형성과 발전을 주도하였다. 이처럼 초기 도교는 신비한 신선방술과 장생불사를 목적으로 하는 교파종단으로 시작된 것이다.

후한 말기에 도탄에 빠진 오두미교들이 반란을 일으키는데 이들이 바로 황건적의 난이다. 《삼국지》의 처음 부분에 바로 "황건적의 난"과 "십상시의 난"이 나오면서 소설 《삼국지》가 시작된다.

그 후 오두미교는 당송시대를 거치며 크게 발전하여 지금의 도교로 발전하였다. 도교는 유교와 함께 2000여 년 동안 중국의 정신문화를 지배하며 많은 영향을 끼쳤으며 급기야 주변국까지 전파되어 동양문화의 한 축으로 발전하였다.

진시황秦始皇의 꿈

Key Word

천하통일天下統一 · 진시황제秦始皇帝 · 방약무인傍若無人 · 장생불로長生不老 ·
망진자호야亡秦者胡也 · 천록비결天籙秘訣 · 만리장성萬里長城 · 분서갱유焚書坑儒 ·
훈고학訓詁學

　천하통일의 꿈을 이룬 진시황은 시시각각으로 다가오는 죽음 앞에 불안해지기 시작하여 마침내 영생永生의 꿈을 추구하기 시작한다. 즉 장생불사의 신선술神仙術에 빠져 사방천지에 불사지약을 널리 구하였다. 심지어 서불(서복)에게 500여 명의 선남선녀를 데리고 동해에 가서 장생불로長生不老 약을 구해 오라고 명하기도 하였으나 서불은 끝내 소식이 없었다.

　그러던 어느 날 우연히 한 노생이 바친 《천록비결天籙秘訣》에 쓰여진 "亡秦者胡也(진을 망하게 하는 것은 호라.)"라는 문구를 믿고(胡를 북방의 오랑캐로 판단) 몽염 장군에게 80만 명을 동원하여 만리장성을 축조하게 한다. 그러나 무리한 정책에 유생들의 반대가 빗발치자 진시황은 이사의 건의를 받아들여 분서갱유焚書坑儒를 단행하여 유생들의 원한을 크게 사는 계기가 되었다.

　또 만리장성萬里長城 외에도 아방궁阿房宮과 자신의 무덤인 진시황릉秦始皇陵 등 대규모 토목사업을 일으켜 백성들의 분노와 민심 이반이 시작되는 계기가 되었다. 진시황의 사치스러운 생활과 방탕은 백성의 봉기로 이어지게 되었으며 또 장량이 꾸민 창해역사滄海力士 등의 저격과 같은 암살의 두려움에 시달리게 되었다. 진시황은 자신의 존재를 천하에 알리고자 천하를 주유하다가 갑자기 득병하여 파란만장한 생을 마감하게 된다. 진시황은 큰아들 부소에게 자신의 황제 자리를 넘기라는 유언을 남기고 삶을 마감하였다.

진시황秦始皇의 천하통일天下統一

영웅인가? 폭군인가?

이는 항상 진시황에게 따라다니는 양면성의 이미지이다. 진시황은 중국을 통일시킨 위대한 인물이라 할 수 있지만 반면에 그의 폭군적 기행 역시 중국 역사에서 다수 발견된다. 호화로운 궁전의 상징 아방궁, 그리고 세계 불가사의 중 하나인 만리장성과 진시황릉의 병마용은 세계문화유산으로 선정되어있다.

진시황의 주요 업적으로 중국을 하나로 통일시켜 문화공동체를 만든 것 외에도 문자와 화폐 및 도량형의 통일, 그리고 봉건제를 타파하고 군현제를 실시하는 것 등 여러 가지를 꼽을 수 있다. 그러함에도 불구하고 폭정의 대명사로 세상에 널리 알려진 "분서갱유焚書坑儒"는 여전히 그를 폭군의 이미지로 발목을 잡고 있다.

① 진시황의 6국 통일

진시황은 장의의 연횡설에 의거하여 6국과 각각 외교 관계를 수립하고 가장 약한 나라부터 하나씩 각개격파하는 계책으로 천하를 정벌하기 시작하였다. 또 한편으로는 잠시 실추되었던 왕권을 회복시키며 진나라 최고의 실세로 떠올랐다. 그리고 자신의 정책 파트너 이사李斯를 만나면서 승승장구하기 시작하였다.

진시황은 군사를 일으켜 선왕 소양왕이 쌓은 기반 위에 6국을 통일할 원대한 꿈을 차근차근 수립하였다. 그 일환으로 먼저 6국의 대신들을 미리 매수하여 각국 사이를 이간시켰다. 각국이 서로 믿지 않으니 자연스럽게 합종설은 무기력해졌다. 또 대대적으로 원정을 위한 군비를 꾸준히 증강하였고, 수도 함양 일대에 정국거鄭國渠라는 운하와 촉 지방의 도강언을 건설하면서 6국과는 비교할 수 없을 정도로 경제력과 병력을 증강하였다. 진나라의 천하통일에 기여한 인물은 상앙商鞅, 장의張儀, 범수范雎, 이사李斯 등이 대표적인 인물인데 공통점은 모두가 다른 나라에서 진으로 귀화하여 진의 발전에 크게 이바지하였다는 점이다.

이후 진시황은 본격적인 정복 전쟁을 시작하였다. 특히 범수의 원교근공遠交近攻 정책에 따라 진나라와 인접했던 삼진(한·조·위)부터 공격하기 시작하였다. 제일 먼저의 공격대상은 한나라였다. 진나라는 한나라를 전면적으로 공격하여 기원전 230년에 한나라를 단숨에 멸망시켰다. 그다음이 삼진 중에 가장 강하고 또 진나라의 동진에 장애가 되었던 조나라였다. 조나라는 인상여와 염파 장군이 있을 때는 막강한 국력을 자랑하였으나 그들이 물러난 후에는 급격히 쇠락하였다. 결국 기원전 228년에 왕전 장군이 한단을 함락시키며 조나라도 멸망하였다. 또 기원전 225년에는 왕전의 아들 왕분을 시켜 위나라를 간단하게 멸망시켰다.

그 뒤 진나라는 20만 대군을 이끌고 초나라를 공격하였으나 초나라의 명장 항연에게 크게 패하여 주춤하였다. 다시 왕전의 계책대로 60만 대군을 이끌고 전면전을 한 결과 기원전 223년에 초나라를 멸망시킬 수 있었다. 결국, 이 전투에서 궁지에 몰린 항연(항우의 조부)은 자결을 하였다.

그다음 대상이 연나라였다. 한때 진나라의 볼모였다가 탈출한 연나라 태자 단丹은 형가荊軻를 보내어 진시황의 암살을 시도하였으나 실패하였다. 진나라는 이를 빌미로 연나라를 공격하였다. 연나라 왕은 태자 단의 목을 바치면서까지 용서를 구했으나 진나라는 왕분 장군을 보내어 결국 기원전 222년에 완전히 멸망시켰다.

전국시대 지도

출처: 위키백과 우리(ko.wikipedia.org)

마지막 남은 나라가 제나라였다. 진나라는 기원전 221년에 왕분 장군을 파견하여 마침내 제나라를 멸망시키며 천하통일의 꿈을 이루었다. 진시황의 재위 27년인 39살 그러니까 정복 전쟁 10년 만에 천하를 통일시키는 대업을 달성하였다.

❷ 황제의 유래와 진시황의 업적

황제의 유래

천하를 통일한 진나라 왕은 기존에 사용하던 진왕秦王의 명칭을 탐탁하지 않게 생각하였다. 그리하여 진왕을 대체할 호칭을 찾았는데 신하들은 '태황太皇'이라는 호칭을 제안하였다. 그러나 진나라 왕은 이를 거부하고 중국 전설상에 나오는 삼황오제三皇五帝에서 삼황의 황과 오제의 제를 따로 떼어내어 황제란 칭호를 만들었다. 황제의 의미는 "덕은 삼황보다 낫고 공적은 오제보다 높다."라는 뜻을 담고 있다. 그리고 자신은 진나라의 첫 번째 황제, 즉 진시황제秦始皇帝가 되었다. 그리하여 진나라의 황제는 자신부터 시황제(첫 번째 황제), 2세 황제(제2대 황제) 순으로 천년만년 이어지길 염원하였다.

진시황의 업적

진시황의 업적으로는 크게 강력한 중앙집권제(봉건제에서 군현제로)와 도량형 및 문자통일, 그리고 만리장성 축조 등을 꼽을 수 있다.

천하를 통일한 진시황제

정치적인 업적으로는 강력한 중앙집권제를 들 수 있다. 기존에 주나라가 실시했던 통치제도인 봉건제도를 폐지하고, 나라의 행정구역을 군과 현으로 나누어 중앙의 관리들을 파견하여 다스리는 군현제를 받아들여 중앙집권체제를 공고히 하였다. 군현제는 비록 진나라의 멸망과 함께 사라졌지만 한무제 시기에 부활하여 남송 시기까지 약 1,300년 가까이 중국의 행정제도가 되었다. 진시황은 이러한 중앙집권체제의 강화를 위해서 진나라 통치이념을 법가사상으로 하며 사상 개혁을 시도하였다. 이때부터 본격적으로 서적에 대한 탄압을 시행하였다. 그리하여 진나라는 역사책과 법령집과 그리고 농사, 천문, 점술, 의학 등 실용적인 서적을 제외하고 모든 서적을 태워버리라고 명령하였다. 특히 경서들을 태우라는 과정에서 유학자들과 정면으로 충돌이 일어났고, 이 사건은 바로 분서갱유焚書坑儒로 이어졌다. 결국, 분서갱유는 민심의 이반과 함께 각지에서 반란의 도화선이 되었다.

경제적인 업적으로는 개혁과 단일화 작업을 꼽을 수 있다. 비록 중국은 진시황에 의해 천하통일이 이루어졌다고 하지만 각지마다 사용하는 화폐와 문자, 그리고 도량형 등이 서로 달라 경제활동에 막대한 장애가 되었다. 즉 광대한 대륙의 원활한 통치와 행정의 효율성을 높이기 위해서는 이러한 개혁과 단일화 및 통일화 작업이 필수적이었다. 진시황이 최초로 중국 전역을 통일시킨 군주로 평가되고 있지만, 그중에서 문자와 언어의 통일화는 재평가되어야 할 중요한 업적이다. 그렇지 않았으면 현재의 유럽처럼 다국가로 분리 독립되었을 가능성이 농후하기 때문이다.

그 외에도 진시황은 대규모 토목 공사를 수차례 벌렸다. 대표적인 공사로는 아방궁의 건설과 자신의 무덤인 여산릉의 건설이다. 그리고 북방 흉노의 침략을 방어하고자 만리장성을 축조하였다. 만리장성은 기존 7국의 성벽들을 보수, 증축, 신축하여 건설한 장대한 성벽이다. 만리장성은 진나라 멸망 이후에도 명대까지 증축 및 보수작업이 이루어졌다. 그러나 이러한 무리한 토목 건축공사는 결국 경제의 도탄과 민심의 이반으로 작용하여 진나라의 붕괴를 재촉하였다.

③ 진시황을 노리는 사람들

6국을 통합하여 천하통일을 이루는 과정에서 진시황은 수많은 원수를 만들게 되었다. 졸지에 나라를 잃은 망국의 충신들은 진시황을 암살하고 나라를 재건하고자 은밀한 준비를 하였다. 이들이 바로 연나라 태자 단과 한나라 귀족 장량이다. 연나라의 태자 단은 형가荊軻를 보내 진시황을 저격하였고, 한나라 장량은 창해역사를 이용해 박랑사에서 저격을 시도하였으나 모두 실패하였다.

형가는 연나라 출신의 자객刺客으로 태자 단丹에게 천거되었다. 태자 단은 형가를 극진히 대접하여 자기 사람으로 만든 다음 진시황의 암살을 청탁하였다. 형가는 진나라를 반역한 번오기 장군의 목과 연나라의 요지인 독항督亢 땅의 지도를 들고 진시황과의 알현을 요청하였다. 알현 도중에 기회를 틈타 시해를 시도하였으나 실패하여 처형당하였다. 궁지에 몰린 연나라는 주모자인 태자 단의 머리를 바쳐 사건을 수습하려 하였으나 크게 노한 진시황은 즉시 연나라를 공격해 결국, 연나라는 멸망하였다.(BC 222년)

자객 형가에 대해 전해 내려오는 고사성어가 하나 있는데 이것이 바로 방약무인傍若無人이다. 즉 형가는 연나라 비파琵琶의 명수인 고점리와 단짝이었는데 일단 술판이 벌어지면 마치 주변에 아무도 없는 것처럼 개의치 않고 행동하였다고 한다. 여기서 나온 말이 바로 방약무인傍若無人으로 본래 거리낌 없는 당당한 행동을 표현하는 의미인데 지금은 제멋대로 방종하여 날뛰는 것을 의미한다. 이렇게 비범하면서도 자유분방한 형가를 전광田光이라는 사람이 눈여겨보고 있다가 연나라 태자 단에게 소개하였던 것이다.

또 다른 자객은 바로 창해역사蒼海力士이다. 진시황을 제거하기 위해 천하장사를 찾아다니던 장량은 동방에서 창해군이라는 역사를 얻었는데, 그가 사용하던 쇠 방망이가 무려 120근이 되었다고 한다. 그의 비범함을 안 장자방은 그와 함께 진시황을 저격할 계획을 구상하였다. 창해군은 철퇴를 들고 진시황이 행차하는 박랑사에 숨어 있다가 가장 화려한 진시황의 수레를 공격하였으나 하지만 진시황은 다른 수레에 타 있었기 때문에 결국 실패하였다.

그런데 흥미로운 사실은 창해역사가 우리나라 강릉 출신이라는 전설이 있다. 《한국민족문화대백과사전》에 따르면, 강원도에는 창해역사 설화가 전승되고 있는데 내용을 살펴보면 다음과 같다. 어느 날 한 사람이 강릉 남대천에 떠내려가고 있는 큰 두레박을 발견하였는데, 이를 이상하게 여겨 두레박을 건져 열어보니 그 안에는 얼굴이 검은 아이가 있었다. 그 아이가 커서 천하장사인 창해역사가 되었다고 전해진다.

이와 같은 여러 차례의 암살시도에 진시황은 항상 암살의 두려움에 시달렸다. 그러면 그럴수록 영원한 삶에 더 강한 집착을 하였다. 특히 영생을 위한 불로초 찾기에 혈안이 되었다가 나중에는 시황제 자신이 정복한 제국의 천하를 둘러보고자 여러 차례의 전국 순행을 떠났다. 그러던 중 하북성 사구의 순행 도중에 갑자기 병에 걸려 약 50여 년간의 파란만장한 생을 마감하였다. 이때가 바로 기원전 210년 7월이다.

④ 영생을 꿈꾸는 진시황

진시황은 천하를 통일하고 모든 것을 다 얻었다. 그러나 시시각각으로 다가오는 죽음 앞에 초조해지기 시작하였다. 그리하여 영원한 삶을 살기 위한 신선사상에 관심을 보이기 시작하였다. 불로장생不老長生을 위한 불사지약不死之藥, 즉 불로초에 강한 집착을 하기 시작하였다. 불로장생의 신선이 되기 위해 단약丹藥을 복용하였는데, 일반적으로 단약에는 수은과 납 성분이 들어있어 진시황이 수은 중독으로 죽었을 가능성을 제시하는 이유도 여기에 있다. 도교가 성행한 당나라 때에도 이런 단약을 먹고 죽은 황제가 꽤 있었다고 한다.

특히 서불이라는 사람이 동해에 살고있는 신선에게서 불로초不老草를 구해 오겠다며 공언을 하자, 진시황이 이에 미혹되어 서불(혹 서복이라고 함)에게 엄청난 양의 재물과 선남선녀 500명(혹 어느 기록에는 3000여 명이라고 나온다.)을 딸려 보냈다는 일화는 널리 알려진 설화이다. 이때 서불 일행이 도착한 곳이 제주도 어귀로 서불이 돌아갔다는 전설이 있는 곳이 바로 서귀포西歸浦("서복 일행이 서쪽으로 돌아간 포구"라는 의미)라는 지명이 붙여졌다고 전해진다.

그 외에도 이 당시에 제주도에 왔던 선남선녀들이 불로초를 찾지 못하자 진시황의 책임 추궁이 두려워 제주도에 그냥 눌러살았다는 전설 등 여러 종이 전해지고 있다. 그리고 제주의 이어도 전설과 동해의 여인국 전설 또한 이러한 신선사상과 무관하지 않다.

진시황의 영생을 향한 집착은 점점 강해져서 급기야는 사후세계를 위한 준비를 하게 되는데 이것이 바로 진시황릉의 축조이다. 이승에서 못다 이룬 영생의 꿈을 저승에 가져가서 펼치고자 한 것이다. 그리하여 이승의 모든 것을 저승으로 옮기는 작업이 곧 진시황릉의 건설이라 할 수 있다.

만리장성萬里長城과 분서갱유焚書坑儒

① 천록비결天籙秘訣과 망진자호야亡秦者胡也

불로초를 찾으러 떠난 서불이 3년이 지나도록 돌아오지 않자 진시황제는 불안해지기 시작하였다. 진시황은 다시 노생盧生이라는 다른 방술사를 보내 서불의 행방을 수소문하였다. 노생은 우연히 봉래산에서 선문고라는 선인을 만나 "이 책에 담긴 뜻을 해석해내면 능히 불로장생의 비결을 얻고 천수를 누릴 수 있을 것이다."라는 말과 함께《천록비결天籙秘訣》이라는 책을 건네받았다고 한다. 그리하여 노생은《천록비결》을 바로 진시황에게 바쳤으나《천록비결》은 기이한 문자로 이루어져서 해독을 할 수가 없었다. 진시황은 여러 학자들을 총동원하여 이 책을 해독하려 하였으나 결국 실패하였다. 다만 망진자호야亡秦者胡也 : 진을 망하게 하는 것은 호라.라는 한 글귀만 해독할 수 있었다.

이때 진시황은 진나라를 망하게 하는 것은 북방 오랑캐胡라는 뜻으로 받아들였다. 특히 당시 북방 흉노족들은 호시탐탐 남하하여 약탈을 일삼고 있었던 터라 이곳에 튼튼한 장성을 축조하기로 결심을 하는 계기가 되었다. 이러한 연유에서 만든 것이 바로 만리장성이라는 설화가 전해진다. 진시황은 사실 망진자亡秦者 호胡를 북방의 오랑캐로만 생각했지 자신의 아들인 진이세 호해胡亥를 뜻한다는 사실을 미처 알지 못하였다.

② 만리장성萬里長城과 아방궁阿房宮

진시황은 망진자호야亡秦者胡也라는 미신적 도참설의 글귀만 믿고 이때부터 대규모 토목 건축공사를 시작하였다. 만리장성의 축조와 아방궁의 건축, 그리고 동시에 진시황릉의 축조까지 수십만 명을 동원하는 바람에 국고가 크게 탕진되었다. 또 불로장생에 집착해서 막대한 국고는 바닥을 드러내기 시작하였다. 더군다나 진시황은 미신에 푹 빠져 최후에는 꿈속에서 본 홍의동자가 진나라를 빼앗을 거라는 해몽만을 믿고 천하주유의 순행 길에 올랐다가 병사하는 계기가 되었다.

만리장성은 중국과 이민족을 인위적으로 분리하는 구조물로 동쪽 산하이관에서 서쪽 자위관까지 총 연장선이 6,300km에 달하는 인공 성벽이다. 또 최초로 만리장성을 축조하기 시작한 것은 진시황이 아니라 춘추 전국시대이다. 기원전 220년에 진나라가 전국을 통일하면서 이러한 장성들을 북쪽의 국경선을 따라서 이어나가기 시작하였다. 그 후 한동안 방치되다가 1368년 명나라가 들어서면서 다시 만리장성 축성에 심혈을 기울였다. 즉 명나라는 칭기즈칸의 원나라와 북방의 이민족 등을 늘 위협적으로 느꼈기 때문이다. 현재 남아있는 만리장성의 상당 부분은 명나라 때 축조된 것이다. 만리장성은 세계에서 가장 긴 방어시설로 1987년 세계문화유산에 등재되었다.

세계문화유산 만리장성

　‘만리장성’이라는 말은 바로 사마천의 《사기》〈몽염열전〉에 기록된 "몽염이 쌓은 1만 여리"라는 어휘에서 탄생하였다. 기원전 213년 진시황의 명에 따라 만리장성 축조의 총책임자가 된 몽염 장군은 진시황제가 서거한 뒤(기원전 210년) 황제 호해와 환관 조고의 계략에 말려 황명을 받고 자결한 인물이다. 그런데 사마천은 《사기》에서 만리장성 축조에 동원된 몽염을 오히려 질타하고 있는 부분이 흥미롭다. "산악을 깎고 계곡을 메우고 지름길을 통하게 하였다. 이는 백성의 힘을 가벼이 여긴 것이 분명하도다. 백성을 위해 죽음을 무릅쓰고 간언해야 할 몽염 같은 대장군이 도리어 진시황의 야심에 영합하여 공사를 일으켰구나. 그러니 몽염이 죽는 것은 마땅하도다."

　이처럼 만리장성의 축조에는 수많은 백성들의 애환이 담겨있는 대공사였다. 그러기에 여기에서 연유된 민간고사들도 부지기수로 전해진다. 그 중 대표적인 민간고사가 맹강녀孟姜女 전설이다. 중국의 4대 민간고사民間故事에는 백사전白蛇傳, 견우와 직녀牛郎織女, 양산백과 축영대梁祝故事와 함께 맹강녀孟姜女 고사가 있다.

그 외 진시황은 기원전 200년대에 짓기 시작했다는 화려함의 극치라고 알려진 전설적인 궁궐인 아방궁을 건축하기 시작하였다. 그러나 아방궁은 궁전으로의 역할을 하기도 전에 불길로 사라졌다. 즉 기원전 207년 항우가 함양에 입성하여 아방궁에 불을 질렀는데 불길이 3개월 동안 꺼지지 않고 탔다고 한다. 아방궁이란 명칭은 그 위세가 대단하여 지금까지도 가장 화려하고 거대한 건축을 상징하는 개념으로 남아있다. 그러나 일반적으로 지나치게 크고 사치스럽다는 부정적 의미가 더 강하다. 주로 인생무상 같은 삶의 덧없음을 표현할 때 주로 쓰인다.

❸ 영생을 위해 만들어진 진시황릉

진시황은 나이가 들면서 미신에 크게 집착하게 되어 대규모 공사를 벌이게 되었는데, 그 대표적인 공사가 바로 진시황릉을 만드는 공사였다. 기록에 의하면 즉위 직후부터 짓기 시작하였으며 연인원 약 70만 명이 동원되었다고 한다. 이처럼 수십 년간 초대형 무덤을 만들었지만 결국 죽을 때까지 완성하지 못하고 아들 호해가 완성하였다.

진시황릉은 제왕이 죽으면 사람을 같이 묻는 순장 풍습을 대신하여 군사들의 모습과 실물 크기와 유사하게 도기 인형을 만들어 죽은 진시황을 호위하게 한 것이다. 즉 이는 죽어서도 영생을 꿈꾸는 진시황의 욕망과 간절한 염원의 상징물이기도 하다. 병마용의 군사들이 각기 다른 얼굴과 표정으로 보아 인형들은 실제로 진시황이 거느렸던 사람들을 그대로 본떠 만들었을 가능성이 크다. 병마용은 살아 있는 듯한 모습의 등신대로 제작되었으며 얼굴 부위에는 채색의 흔적도 보인다.

또 진시황릉 주변의 토양에서 매우 높은 수치의 수은이 검출되었다는 기록이 주목을 받고 있다. 이는 사마천의 《사기》에서 "수은으로 하천과 강, 바다를 가득 채웠다."라는 부분과 연관성이 있어 보이며, 또 진시황이 장생불로를 위하여 다량의 수은을 먹었다는 기록과도 관련이 있어 보인다. 일반적으로 진시황의 죽음도 수은 중독일 가능성이 있다는 설이 지배적이다.

진시황릉에서 나온 병마용

진시황이 죽고 불과 4년 만에 진나라가 멸망하였다. 일설에 의하면 항우가 이끄는 군대가 아방궁을 불태우고 진시황릉을 도굴하였다고 전한다. 그러나 《사기》에는 직접적인 기록은 없고, 단지 유방이 항우의 죄 10가지를 나열하면서 진시황릉 도굴을 간접적으로 언급할 뿐이다. 그러기에 항우가 진시황의 무덤을 도굴하지 않았을 가능성도 있다. 설사 도굴을 하였더라도 일부만 하였기에 현재까지 보존되고 있다는 가설이 더 설득력이 있다.

진시황릉의 병마용갱俑坑(인형이 묻힌 땅굴)의 발견은 1974년 여산 인근의 주민들이 우물을 만들고자 땅을 파던 중 발견되었다고 한다. 발굴한 4개 갱도 중 3곳에 모두 8천여 점의 병사와 130개의 전차, 520점의 말이 있으며 아직도 발굴하지 않은 문화재가 땅속에 가득하다. 나머지의 발굴은 후세의 몫으로 남겨두었다고 한다. 그 이유도 문화재 발굴의 과학적 능력이 부족하여 후세로 넘겼다는 설, 이미 모두 도굴되어 발굴을 포기했다는 설 등 다양하다. 진시황릉은 1987년에 유네스코 세계문화유산에 등록되었다.

❹ 분서갱유焚書坑儒와 훈고학訓詁學

분서갱유焚書坑儒는 진나라 진시황의 언론 통제 정책이다. 무력에 의한 천하통일은 정치에 많은 문제점이 드러났다. 당시의 유학자들이 주나라의 봉건제도를 찬양하며 진시황의 정치체제를 비난하였다. 이에 진시황은 사상통제의 필요성을 느끼게 되어 승상 이사의 건의를 받아들여 불필요한 서적을 불사르고, 이에 반발하는 유생들을 체포하여 약

460여 명을 생매장한 사건을 말한다.

사실 분서갱유는 기원전 213년과 기원전 212년에 일어난 별개의 두 사건으로, 분서와 갱유를 합하여 만들어진 합성어이다. 분서는 기원전 213년 함양에서 연회가 벌어졌는데 여기에서 사상과 정치 논쟁이 벌어졌다. 이 자리에서 이사는 옛 사상과 제도에 매달려 있으면 통치에 해롭다며 의약·점술·농업 등의 책을 제외한 나머지 제자백가의 책들과 진나라 역사서를 제외한 기타 서적들을 불태우자고 건의 한데서 유래되었다. 이것이 곧 분서 사건이다.

그로부터 1년 뒤 후생侯生과 노생盧生 등의 유생들이 진시황을 비난하자, 이 사건을 발단으로 유생 460여 명을 함양에 매장하였는데 이것을 후대에 갱유라고 하였다. 사실 이때는 대규모 토목건축 사업으로 민생이 도탄에 빠지며 민심이 본격적으로 이반되기 시작하였는데, 여기에 분서 사건은 유생들의 불만을 폭증시키는 계기가 되었다. 더군다나 제자백가의 서책들을 불태우라는 사상통제는 유생들의 집단반발로 이어지게 되었다.

분서갱유는 후대에 많은 문제점을 야기하였다. 분서갱유로 인하여 많은 유가의 경전들이 사라지게 된 것이다. 《서경書經》 등과 같은 서책들도 실전되어 후세에 그 내용이 전해지지 않게 되었다. 한나라 시대에 들어와 유학이 다시 중시되자 유생들은 유가의 경전들을 복원하기 시작하였다. 그러나 유가의 서책들은 대부분 분실되어 유생들의 기억과 암기에 의존하여 겨우 복원할 수 있었다. 이렇게 복원된 것을 금문今文이라 하였다. 그리고 세월이 지나 전한前漢 경제景帝 때에 곡부의 공자 후손 공안국의 집(공자의 옛집)을 수리하기 위해 벽을 허물다가 다량의 죽간이 발견되었다. 그 속에서 과두문자蝌蚪文字로 쓰여진 《서경書經》,

《예기禮記》, 《논어論語》, 《효경孝經》 등의 고대 전적들이 다수 발견되었다. 이것을 공자의 11세 후손인 공안국孔安國이 해석하여 주석을 붙였는데 이를 고문古文이라 하였다.

그러나 금문今文과 고문古文 사이에는 해석상의 차이가 다소 나타났다. 전한 말년에 유흠劉歆이 고문 경서를 가지고 별도의 해석을 시도하면서 금문파와 고문파 사이의 학문적 논쟁이 일어나게 되었다. 즉 금문 경서와 고문 경서를 비교해 가며 글자의 음이나 뜻을 연구하는 학문이 등장하였는데 이것이 바로 훈고학訓詁學이다. 간략하게 요약하자면 훈고학은 공자의 유가 사상에서 시작된 갈래로 진나라의 통치이념인 법가사상으로 통일하는 과정에서 흩어지고 산실된 유교 경전들을 다시 정리하여 그 뜻을 새롭게 해석하는 학문이라고 할 수 있다.

삼황오제三皇五帝

삼황三皇은 일반적으로 복희씨伏羲氏·신농씨神農氏·여와씨女媧氏를 말한다. 간혹 여신인 여와씨 대신 수인씨燧人氏 혹은 축융씨祝融氏를 넣는 경우도 있다. 복희씨는 물고기 잡는 법, 신농씨는 농사법, 여와씨는 인간 창조를 하였다고 전한다. 또 오제五帝로는 황제黃帝·전욱顓頊·제곡帝嚳·제요帝堯·제순帝舜으로 분류한다.

방약무인傍若無人

방약무인은 다른 사람을 전혀 의식하지 않고 제멋대로 행동하는 것을 이른다. 본래는 거리낌 없는 당당한 행동을 의미하였는데 현재는 제멋대로 방종하여 의미로 쓰인다. 안하무인眼下無人과 유사하다.

망진자호야亡秦者胡也

진秦을 망하게 하는 것은 호胡라는 도참설을 말한다. 진시황은 호를 북방 오랑캐로 추정하여 만리장성을 축조하였으나 실상 진을 망하게 한 것은 진이세 호해였다.

분서갱유焚書坑儒

기원전 213년 진시황은 천하를 통일한 후 난립된 사상의 통일이 필요로 하여 진의 기록과 실용서적 외에 기타 서적들을 소각해 버리라고 한 사건이 분서焚書이고, 이를 반대하는 유생들을 모두 생매장을 시켰는데 이 사건이 갱유坑儒이다.

훈고학訓詁學

분서갱유로 공자의 집안에 숨겨두었던 서적들이 전한 말기에 공자의 후손 공안국의 집을 수리하던 중 다량의 죽간 형태로 발견되었다. 전한 초기에는 다시 경학을 장려하였으나 문헌의 부재로 문인들의 기억을 통해 원전을 회복시켰는데 이를 주장하는 학자들을 금문今文파라고 하고, 공안국의 집에서 출토된 죽간을 추종하여 연구하는 학자들을 고문古文파라고 하였다. 이러한 경학연구를 훈고학訓詁學이라 한다.

상식 한 마당 3

중국의 4대 민간고사

중국의 4대 민간고사民間故事에는 견우와 직녀牛郎織女, 백사전白蛇傳, 양산백과 축영대梁祝故事와 함께 맹강여孟姜女 고사가 있다.

맹강녀孟姜女고사

맹강녀는 진시황 때의 여인이다. 그녀는 범기량이라는 남자와 결혼을 하였는데 얼마 후 남편이 만리장성 공사에 끌려가게 되었다. 맹강녀는 남편을 찾아 천신만고 끝에 만리장성에 도착하였으나 남편은 장성의 성벽 밑에 깔려 죽었다고 하였다. 이 소식을 듣고 맹강녀가 대성통곡을 하자 하늘이 감동하여 성벽이 무너져 시신을 찾을 수 있었다.(맹강녀곡도장성孟姜女哭倒長城이라는 말이 여기에서 유래되었다.) 이때 진시황이 맹강녀의 미모를 보고 첩으로 삼으려 하자, 맹강녀는 진시황에게 먼저 남편의 제사를 지내 줄 것을 요구하였다. 제사를 마치자 맹강녀는 산하이관 앞바다로 뛰어들어 자살하였다고 전해진다. 그 후 맹강녀는 중국 열녀烈女의 상징이 되었다.

견우와 직녀 牛郎織女

음력 7월7일을 칠석七夕이라 하는데 바로 견우와 직녀가 매년 한 번씩 상봉하는 날이다. 견우는 소를 기르는 목동이다. 어느 날 은혜를 입은 소가 죽으며 견우에게 선녀가 목욕하는 장소를 알려주며 그 선녀의 옷을 숨기고 그녀와 결혼하라고 알려주었다. 그리하여 노총각 견우는 옥황상제의 손녀인 선녀 직녀와 결혼을 하게 되었다. 이 사실을 안 옥황상제는 크게 노하여 견우는 은하수 동쪽에, 직녀는 은하수 서쪽에 떨어져 살게 하였다. 그러나 견우와 직녀는 사랑이 지극하여 간절하게 서로를 그리워하였다. 견우와 직녀의 안타까운 사연을 전해 들은 까마귀와 까치들이 해마다 칠월 칠석날에 이들을 만나게 해 주기 위하여 다리를 놓아주었으니 그것을 바로 오작교烏鵲橋라고 한다.

백사전白蛇傳

백사전은 송나라부터 전해져 내려오는 민간고사로 중국 항주 서호西湖의 뇌봉탑雷峰塔에 얽힌 전설이다. 홍콩에서 청사靑蛇라는 이름으로 왕조현과 장국영이 주연으로 나와 화제를 모았던 영화가 있었다.

백사전 내용은 허선이라는 서생과 인간으로 변한 백사 백소정의 사랑 이야기이다. 백소정은 아름다운 서호에서 노닐다가 우연히 허선을 만나게 된다. 백소정과 허선은 상대에게 연정을 품으며 점차 사랑으로 발전한다. 결국 두 사람은 하늘에 예를 올리고 부부의 연을 맺고 행복하게 살았다.

그런데 금산사의 도력이 높은 법사 법해는 백소정이 천년 묵은 요괴임을 허선에게 경고한다. 그러나 허선은 여전히 백소정을 사랑하여 어찌하지 못하자 법해는 허선을 금산사로 데려와 요괴와 격리시킨다. 허선은 다른 스님의 도움으로 금산사를 탈출하여 서호의 단교에서 백소정을 다시 만난다. 백소정은 자신이 천년 묵은 뱀이라는 사실을 고백하지만, 허선은 아내의 정체를 알고서도 그녀를 받아들인다. 집에 돌아와 백소정이 아들을 낳게 되는데, 백일째 되는 날 법해가 찾아와 백소정을 서호의 뇌봉탑雷峰塔 아래에 봉인시켜 놓는다. 백사전은 민간고사마다 각기 다른 다양한 내용의 버전을 가지고 있다.

양산백과 축영대梁祝故事

동진 때 축영대라는 숙녀가 있었는데 그녀는 어릴 적부터 시문을 좋아하였다. 그녀는 궁리 끝에 남장을 하고 서당에 들어갔고 그곳에서 양산백을 만나 친한 친구가 되었다. 처음에는 양산백도 축영대가 여자라는 사실은 알지 못했지만, 결국에는 남장을 한 여인이라는 사실을 알게 되었다. 그러나 두 사람의 우정은 사랑으로 변해버렸다. 얼마후 양산백은 축영대를 찾아가 청혼하려 하였으나 집안이 가난하여 축영대 집안에 제대로 청혼조차 할 수 없었다.

축영대는 다른 남자와 혼사가 진행되는 와중에 뒤늦게 찾아온 양산백과 눈물로 상봉을 한다. 두 사람은 비록 살아서는 함께할 수 없지만 죽어서라도 함께 하자고 약속한다. 고향으로 돌아온 양산백은 상사병으로 시름시름 앓다 세상을 떠났다.

혼례를 치르던 날, 축영대는 비통한 마음으로 양산백의 무덤을 찾아갔다. 그런데 갑자기 천둥과 비바람이 치더니 무덤이 둘로 갈라졌다. 갑자기 축영대가 양산백의 무덤으로 뛰어드니, 무덤이 다시 닫히고 무지개가 떠올랐다. 얼마 후, 축영대와 양산백은 한 마리 나비가 되어 세상 밖으로 날아갔다고 한다.

영웅시대英雄時代
꿈꾸는 자가 천하를 얻는다

진시황이 죽자 환관 조고는 이사와 공모해 유서를 조작하여 호해秦二世를 황제로 삼고, 진시황이 지목한 후계자 부소와 변방을 지키고 있던 당대 최고의 장수 몽염장군을 자결하게 만든다. 진이세秦二世로 등극한 호해胡亥의 치세는 무능과 폭정으로 이어지고 또 환관 조고의 횡포가 점점 심화되면서 민심은 크게 이반되기 시작한다. 급기야 진승과 오광의 난이 일어나는데, 이것을 기점으로 항량과 유방 등 영웅들이 전국 각지에서 봉기하기 시작한다.

그중 항량은 조카 항우와 범증 및 송의 등과 연합하여 초나라를 재건하고 초나라 회왕의 후손을 왕으로 세우며 초나라의 정통성과 대의명분을 쌓는다. 이러한 가운데 천하장사 항우는 새로운 영웅으로 두각을 나타내며 계포, 종리매, 범증, 한신 등의 인재들이 그의 휘하로 모여들며 큰 세력을 구축한다.

그리고 영웅적 자질을 갖추고 있던 유방 역시 패현에서 소하, 번쾌, 조참 및 하후영 등과 함께 거사를 도모하며 저변을 확보한다. 비록 세력은 약하지만 패공이 되어 점차 두각을 나타내기 시작한다.

항량이 진의 장수 장한에게 살해되자 송의가 상장군으로 임명되었다. 그러나 이에 불만을 가진 항우는 송의를 죽이고 초나라 병권을 장악하며 일인자로 부각되기 시작한다.

기우는 제국 차이나

❶ 중국의 환관과 조고

중국의 환관에 대해서는 은나라의 갑골문에 이미 강羌족의 전쟁 포로를 환관으로 만들었다는 기록이 있다. 통치자의 심부름꾼에 불과했던 환관들은 군주의 최측근에 있으면서 점차 군주의 총애를 받는 환관들이 등장하기 시작하였다. 그들은 24시간 군주와 함께 기거하는 장점을 최대한 활용하여 권력의 중심에서 자신의 영역을 하나둘씩 넓혀갔다. 일반적으로 환관에 대한 이미지는 부정적 이미지가 강하다. 이는 이들의 목표가 오직 돈과 권력에 있었기 때문이며 이는 충신보다는 간신이 더 많이 출현하게 된 배경으로 작용하였다.

역대 중국의 환관 중에는 진시황 때 온갖 권모술수로 권세를 휘둘렀던 조고가 있고, 후한 말기에는 정권을 장악하고 매관매직을 일삼은 10명의 환관 십상시가 대표적인 예이며, 촉한의 황호 역시 후주 유선을 현혹하여 정사를 그르친 환관이다. 또 조조의 할아버지 조등 역시 후한 말의 환관인데, 조등이 양자로 들인 사람이 바로 조조의 아버지 조숭이다.

당나라 때에는 고력사가 현종과 양귀비의 총애를 배경으로 전횡을 휘둘렀고, 또 명나라 황제 영종은 왕진이라는 환관의 감언이설만 믿고 몽골 원정에 나섰다가 대패하여 자신은 포로가 되었던 사건이 있었는데 이것이 바로 "토목의 변"이라 한다. 그 외 명나라 천계제 때의 대내총관 태감인 위충현 역시 막강한 세도를 부린 환관으로 유명하다. 명나라 때에는 약 10만 명에 달하는 엄청난 수의 환관이 존재하였다고 한다. 이들은 황제의 직속 행정관료이었기에 권력을 독점하며 온갖 비리와 악행의 소굴이 되기도 하였다.

그렇다고 환관 모두가 간신은 아니었다. 한나라 때 제지술을 발명한 채윤이라는 의로운 환관도 있었고, 명나라 때 정화는 황제의 명을 받아 해외 원정을 떠나 아랍은 물론 아프리카까지 진출하며 명나라의 위상을 제고시킨 환관이기도 하다. 그러나 대부분의 환관들은 부정적인 이미지로 이어지다가 1911년 신해혁명으로 청나라가 망하면서 역사에서 사라지게 되었다.

중국의 역사에서 가장 부정적인 이미지의 환관으로 꼽히는 내시 중의 하나가 바로 조고이다. 조고는 본래 조나라의 귀족 출신인데 죄를 짓고 진나라로 망명하였다고 한다. 진시황은 조고가 총명하고 법률에 능통하였기에 그를 총애하였다. 그리고 호해의 스승이 되어 많은 가르침을 주기도 하였다. 조고는 진시황과 호해에게 온갖 아첨을 하며 신임을 공고히 하였다.

특히 진시황은 암살의 위험성에 대비하여 조고 없이는 누구도 자신을 만날 수 없게 하였기에 조고의 권력은 비정상적으로 비대해졌다. 심지어 진나라의 천하통일에 큰 공을 세우고 율령 체계를 완성한 승상 이사마저도 조고의 눈치를 보아야 할 정도로 진나라 권력의 핵심으로 등장하였다.

② 조고와 이사의 유서 조작

진시황은 외지로 5번째 순행을 나갔다가 도중에 병을 얻게 되었다. 병세가 날로 위중해지자 죽음을 예감한 진시황은 큰아들 부소에게 태자 자리를 넘긴다는 조서를 꾸미라고 지시하였다. 그러나 조고는 부소가 태자가 되면 자신의 지위가 흔들릴 수 있다는 것을 예상하고 무능한 호해를 태자로 세우기로 작정하였다.

진시황이 세상을 떠난 후, 조고는 가지고 있던 조서를 호해에게 보여주며 황제의 자리에 오르라고 종용하였다. 호해 역시 황제가 되고 싶었지만 쉽게 결정하지 못하였다. 실행을 망설인 이유는 바로 승상 이사가 걸렸기 때문이다. 이사 역시 처음에는 조고와의 협력을 거부했으나, 결국 조고의 교활한 포섭으로 이사마저 유서 조작사건에 가담하게 되었다.

이렇게 하여 조고는 거짓으로 조서를 꾸미며 호해를 태자로 올리고, 큰아들 부소와 부소의 후견인이었던 몽염 장군을 자살하게 하였다. 그리고 이들은 서둘러 진시황의 장례를 성대하게 치르고, 호해를 진이세로 즉위시켰다. 그리고 조고는 진이세의 심복이자 책략가로 군림하였다.

진이세가 된 호해는 조고와 이사에게 모든 정치를 맡기고 사치와 향락에 빠져들었다. 진시황 때부터 이어져 온 폭정은 진이세에 이르러 점점 더 심해졌다. 조세와 부역 등의 고통이 극심해지자 결국 진승·오광의 난을 시발점으로 민란이 일어나기 시작하였다. 상황의 심각함을 인식한 이사가 진언을 했으나 오히려 황제의 노여움만 사게 되었다. 그때 조고는 진이세에게 이사가 역모를 꾸미고 있는 것 같다고 모함을 하였다. 조고의 흉계에 걸린 이사는 결국 반역죄로 몰려 죽임을 당하였다. 그리고 조고는 자연스럽게 승상의 자리에 오르며 전권을 장악하였다.

이처럼 조고는 우매한 호해를 교묘히 조종하여 승상 이사를 비롯한 그 밖의 수많은 신하들을 제거하고 자신이 승상이 되어 모든 실권을 장악하였다. 그러자 조고는 중신들 가운데 자기를 반대하는 세력을 가려내기 위해 호해에게 사슴을 바치며 "폐하, 말을 바치니 거두어 주시옵소서"라고 하자 호해는 "사슴을 가지고 말이라고 하느냐指鹿爲馬고 대꾸하였다." 여기에서 조고는 말이라고 한 사람과 사슴이라고 정직하게 말한 신하들을 기억해 두었다가 후에 죄를 씌워 제거해 버렸다. 그 후 궁중에는 조고의 말에 반대하는 사람이 하나도 없었다고 한데서 지록위마라는 고사성어가 유래되었다.

권력을 장악한 조고는 점점 야망이 커져 역심을 품게 되었다. 지방에서는 겨우 진승과 오광의 난을 수습하였으나 항우와 유방의 반군이 맹렬한 기세로 함양을 향해 공격해오고 있었다. 진나라는 전력을 다해 항우 군대에 대항하였으나 대패하고 정예 군사들 대부분을 잃게 되었다. 또 한편 유방의 군대 또한 함양의 인근 지역까지 진입하였다. 이 사실을 늦게 파악한 호해는 노발대발하며 조고를 힐책하였다. 문책을 두려워한 조고는 호해 황제를 시해할 계획을 세웠다. 이어 염락과 조성을 시켜 궁궐을 봉쇄하고 호해를 압박하였다. 호위무사도 없는 궁궐에서 호해는 스스로 자결을 택할 수밖에 없었다.

호해의 죽음을 확인한 조고는 황급히 옥새를 가져와 자신이 황제의 제위에 오르려고 흉계를 꾸몄다. 그러나 문무백관들이 조고의 뜻에 따르지 않으니 결국 조고가 바라던 황제의 꿈은 무산되었다. 조고는 이런저런 궁리 끝에 부소의 아들 자영을 후계자로 세우고, 또 황제라는 칭호를 폐하고 진왕秦王이라 부르게 하였다. 그러나 자영은 은밀하고 치밀하게 계획을 세워서 조고를 죽여버렸다. 이렇게 하여 조고는 진시황과 더불어 파란만장한 삶을 마감하게 되었다. 역사에서 나라를 흥하게 하는 데는 여러 명의 충신이 필요하지만, 나라를 망하게 하는 데는 간신 하나면 족하다는 말이 있다. 진나라의 흥망사가 바로 여기에 딱 어울리는 말이다.

❸ 진이세 호해와 진삼세 자영의 꿈

진이세는 황제에 오른 후 정통성 부족이라는 핸디캡을 극복하기 위하여 많은 극단적 조치를 단행하였다. 특히 자신의 권위를 높이기 위해 진시황 때부터 해오던 대규모 토목 공사와 시황제의 여산릉 공사, 그리고 완공되지 않았던 아방궁과 만리장성의 공사도 지속적으로 진행하였다. 이러한 무리한 토목 공사가 민심의 이반으로 이어지자 이사는 호해에게 아방궁 건립 등 토목공사의 중단과 조세의 완화를 주청하였다. 그러나 호해는 오히려 이사 등 수많은 충신을 숙청하였다. 이들이 제거되자 호해는 유흥에 빠져들었고 모든 국사를 조고에게 맡겨버렸다.

또 진이세 호해는 황위에 오른 후 형제들을 모두 죽여버렸다. 형제들뿐만 아니라 누이들까지 모두 잔혹하게 처형하고 심지어 선대의 대신들까지 숙청하였다. 이는 불안정한 자신의 입지를 강화하기 위해 공포정치를 강화한 것이라 할 수 있다.

결국, 호해의 사치를 위한 가혹한 수탈로 인하여 진승·오광의 난이 일어나게 되었고, 이것으로 인하여 진나라는 대혼란에 빠졌다. 처음에는 호해도 문제의 심각성을 파악하지 못했다가 유방이 관중으로 입성하면서 사실을 파악하였다. 호해는 크게 분노하여 조고에게 그 책임을 물으려 하였으나 오히려 조고는 이 틈을 이용하여 호해를 제거하고 자신이 황제가 되려고 하였다. 결국, 조고는 염락과 조성을 시켜 궁궐을 봉쇄하고 호해로 하여금 자결하도록 압박하였다. 이렇게 무능한 호해는 조고의 손에 의하여 황제가 되었다가 조고의 손에 의하여 죽음을 맞이하게 되었다.

조고는 자신이 황제가 되고자 하였으나 문무백관들의 거부로 실패를 하였다. 그러나 조고는 바로 진시황의 후손인 자영을 진왕으로 내세웠다. 왕위를 계승한 자영은 기회를 틈타 조고를 죽이고 진이세의 원수를 갚았다. 그리고 다시 진나라를 재건하려고 하였으나 나라를 살리기엔 역부족이었다. 이미 진나라의 군대는 붕괴된 상태였고 진나라가 멸망시킨 6국이 다시 건국된 상태에다가 항우와 유방의 연합군이 진나라 수도인 함양으로 입성하여 어찌할 방법이 없었다. 그리하여 자영은 겨우 45일간의 짧은 저항을 마지막으로 유방에게 항복하였다. 유방은 자영의 목숨을 살려주었으나 원한에 맺혀있던 항우는 자영을 무자비하게 죽이고 함양을 불바다로 만들어 버렸다.

④ 진승오광의 난

진나라는 과도한 조세와 부역 등으로 민심이 이반되면서 중앙 집권 정책에 대한 문제점과 호해의 무능으로 나라의 기반이 급격하게 흔들리기 시작하였다. 결국 민심의 폭발로 이어진 것이 바로 진승·오광의 난이다. 이 반란은 장한에 의해 겨우 진압되었으나 문제는 진승·오광의 난을 시발점으로 전국적인 봉기와 반란이 시작되었다는 것이다.

진나라는 기원전 221년에 천하를 통일한 후 불과 15년 만에 망하게 되는데 진 멸망의 첫 반란이 바로 양성 지방에서 남의 집 머슴을 하던 진승陳勝이라는 자였다. 그는 어느 날 머슴살이를 하는 자신을 한탄하며 신세타령을 하면서 "이놈의 세상을 뒤집어 놓고야 말겠다."라고 하자 주위의 머슴들이 일제히 비웃으며 그를 무시하였다. 그러자 진승은 탄식하며 : "제비나 참새가 어찌 기러기와 고니의 뜻을 알리오!燕雀安知鴻鵠之志哉!"라는 말을 하였다.

후에 진승은 오광吳廣과 함께 만리장성 수비로 징발되어 가는 도중 폭우로 인하여 정해진 날짜에 도착할 수 없었다. 그들은 책임으로 인한 참형이 두려워 결국 반란을 도모하였다. 마침내 진승·오광 두 사람은 군중들을 모아 놓고 "어차피 이래도 저래도 죽은 목숨이니 차라리 사내대장부답게 이름이나 날리자, 왕후장상이 어찌 씨가 따로 있단 말인가? 王侯將相 寧有種乎!"라는 명언을 하였다.

이 말을 듣고 수많은 백성들이 호응하고 동조하여 단숨에 세력이 크게 불어났다. 또 그들은 파죽지세로 주위를 공격하여 점령하고 막강한 세력을 구축하였다. 마침내 진승은 국호를 장초長楚라 하고 자신은 왕이 되었다. 후에 사마천은 《사기》에 진승을 제후의 반열에 기록하며 중국 역사상 최초의 농민 봉기로 그를 높이 평가하였다.

그 무렵 진승의 밑에 있다가 독자세력을 구축한 무신武臣이라는 사람이 조나라의 옛 땅을 평정하고 스스로 무신군武信君이라 하였다. 이를 본 모사꾼 괴통이라는 자가 범양 현령인 서공을 찾아가 "현령께서는 지금 매우 위험한 상황에 빠져있는데 제가 현령을 대신해서 무신군을 만나 서로 싸우지 않고 현령께서 대접을 받으며 항복할 수 있는 계책을 말해 주면 무신군은 틀림없이 현령 서공을 후대할 것입니다."라고 하였고 다시 그는 무신군을 찾아가 "범양 현령 서공이 항복을 한다고 하니 극진히 받아들이소서. 만약 귀공이 범양 현령 서공을 푸대접한다면 그들은 더욱 군비를 강화하여 마치 끓어오르는 못에 둘러싸인 무쇠 성金城湯池 같은 철벽의 수비를 하며 저항할 것입니다. 그러니 그들을 극진히 맞이하면 큰 이득이 있을 것입니다." 무신군은 쾌히 괴통의 제안을 받아들였다. 그리하여 무신군은 일거에 화북의 30여 성을 얻었다. 한편 전란을 모면한 범양 백성들은 서공의 덕을 크게 칭송하였다고 한다.

떠오르는 태양

진승·오광의 난을 기점으로 진나라 전역에 전국적인 봉기와 반란이 일어나기 시작하였다. 그리고 진시황 이전의 6국들은 서둘러 나라를 복원시켜 나갔다. 그중에서 가장 선두주자로 나선 영웅이 바로 항우와 유방 세력이었다

① 떠오르는 태양 항우

항우項羽(기원전 232~기원전 202)는 초楚나라의 군주로 한漢의 유방劉邦과 함께 천하를 놓고 자웅을 겨룬 초한전쟁의 주인공이다. 성은 항項이고 이름은 적籍이며 우羽는 자字다. 본명보다는 자字가 더 널리 알려져 일반적으로 항우項羽라고 부른다. 항우하면 생각나는 키워드로 만인지적萬人之敵, 서초패왕西楚霸王, 역발산기개세力拔山氣蓋世 등이 있는데 모두 항우를 상징하는 이미지에서 유래되었다.

항우는 임회군 하상현臨淮郡 下相縣(현재 강소성) 출생이며, 항우의 할아버지는 항연項燕이라는 초나라 대장군으로 진나라와의 마지막 전투

에서 패하고 자결한 명장이다. 항우가 태어난 시기는 전국시대 말기로, 초나라의 귀족 집안에서 태어났지만 조실부모하여 삼촌인 항량項梁 밑에서 성장하였다. 그는 키가 8척이나 되었으며 큰 솥을 들어 올릴 정도로 힘이 장사였다고 한다. 그러나 학문에는 관심이 적어 문자란 제 이름만 쓸 줄 알면 충분하고, 검술이란 1인을 상대하는 하찮은 것이라 여겨 오직 병법에만 관심을 가졌다고 한다.

서초패왕 항우

항우가 어린 시절 삼촌 항량이 살인을 저지르는 바람에 가족 모두가 회계會稽(현재의 소주)로 달아나 그곳에 정착하였다. 그때 마침 회계군으로 행차하는 진시황의 성대한 천하주유 행렬을 보자 항우는 "저놈을 물리치고 내가 황제 자리를 대신하리라."라고 호언장담하였다는 일화가 전한다. 이 말을 들은 항량은 기겁하며 항우를 나무랐지만 내심 속으로는 그의 맹랑함과 거대한 포부에 대견해 하였다고 한다.

기원전 209년에 진승·오광의 난이 일어나자 진나라는 큰 혼란에 빠지게 되었다. 이때 항우의 나이가 24살이 되던 해이다. 회계군의 진나라 군수 은통殷通은 당시 회계에서 인망과 세력을 겸비한 항량을 포섭하려 하였으나 항량은 역으로 은통을 제거하고 회계군을 장악하였다. 회계군을 장악한 때 항우는 부장이 되어 항량을 보좌하며 병사를 모아 큰 세력을 형성하였다. 항량과 항우가 거병했다는 소문이 퍼지자 각지에서 많은 영웅호걸들이 모여들었다. 그중 하나가 바로 최고의 책사 범증范增이다. 범증의 건의로 초나라 왕족 웅심熊心(초나라 회왕의 손자)을 왕으로 추대하여 명분과 민심을 얻으며 초나라의 토대를 재구축하였다. 그러던 중 항량이 진나라와 전투에서 사망하자 송의가 초나라 최고 사령관이 되었다. 항우와 송의는 보이지 않는 내부갈등으로 이어지다가 결국 항우는 송의를 죽이고 초나라의 대장군으로 등극하였다. 그 후 항우는 거록의 전투에서 초나라군을 진두지휘하며 진나라 장한의 군사를 격파하는 등 수많은 전과를 올리며 승승장구 하였다. 이처럼 항우는 수많은 군사를 대적할 수 있는 용맹과 무예가 출중한 만인지적萬人之敵이 되었다. 만인지적이라 하는 고사성어가 바로 여기에서 유래되었다. 후에 관우나 장비같은 대장군을 상징하는 성어로 사용되었다.

이처럼 항우는 적과의 전투에서 한번도 패하지 않고 승승장구를 하였지만, 그의 마지막 전투인 해하垓下 전투에서 한왕漢王 유방과 명장 한신韓信에게 포위되어 결국에는 자살로 생을 마감하였다. 이때 항우가 사랑했던 여인 우희虞姬와 헤어지는 스토리가 바로 유명한 패왕별희霸王別姬이다. 이처럼 중국의 역사를 통하여 수많은 스토리텔링의 주인공이 된 인물이 바로 영웅 항우이다. 항우는 중국 역사상 최고의 무예와 힘을 자랑하는 장수이며 그가 죽기 직전 지은 시 해하가垓下歌 역시 유명하다. 장수의 재능으로 항우는 중국 최고로 평가된다.

일반적으로 역사는 승자의 기록이라고 한다. 그기에 역사에서 박한 평가도 있지만, 개인적인 면모에서 비롯된 일화에서는 역사적 평론과 관계없이 매우 긍정적인 기록도 많다. 그에 대한 후대의 평가는 크게 긍정과 부정이 공존하는 양상을 보인다.

당나라의 시인 두목杜牧은 항우가 죽은 오강에서 그를 기리는 시를 지었는데 여기서 나온 명언이 바로 유명한 권토중래捲土重來이다.

勝敗兵家不可期승패병가불가기	병가의 승패는 기약할 수 없는 것이고
包羞忍恥是男兒포수인치시남아	부끄러움을 참는 것도 사내의 일이도다.
江東子弟多才俊강동자제다재준	강동의 자제 가운데는 준재가 많았으니
捲土重來未可知권토중래미가지	흙먼지 일으키며 다시 돌아올 수도 있지 않았을까?

그러나 송나라의 시인 왕안석은 또다른 입장을 견지하며 두목의 견해에 반박하는 답시를 남겼다. 강동의 젊은이들을 전쟁에 끌어가 희생시킨 항우, 그리고 그러한 무도한 학살자가 일으킨 전쟁의 로망을 그리는 시인을 비판하는 내용이다.

百戰疲勞壯士哀백전피로장사애　많은 싸움에 피로한 장사들 사기는 떨어지고
中原一敗勢難回중원일패세난회　중원에서 대패하니 대세가 이미 기울었네.
江東子弟今雖在강동자제금수재　강동의 자제들이 지금 남아 있다 할지라도
肯與君王捲土來긍여군왕권토래　과연 군왕과 흙먼지 일으키며 올 수 있을
　　　　　　　　　　　　　　까!

　이 시를 쓴 왕안석은 나라와 백성을 위해 신법의 개혁안을 제정했던 개혁파의 총수이며 신법으로 부국강병을 추구한 혁신 정치인이다. 이처럼 항우에 대한 평가는 긍정과 부정이 공존하며 지금도 여전히 인구에 회자 되고 있다.

❷ 떠오르는 태양 유방

　유방劉邦(기원전 247?~기원전 195)은 자가 계季이고 패현沛縣 땅에서 농부의 아들로 태어난 평민 출신이다. 젊은 시절에는 유협의 무리와 어울리다가 하급관리인 정장亭長이 된 인물이다.

　유방에 대하여 《사기》에는 한 가지 일화가 전해진다. 어느 날 진시황이 낮잠을 자던 도중 하늘에서 태양이 떨어지는 꿈을 꾸었다. 그때 어디선가 홍의동자와 청의동자가 나타나 떨어진 태양을 서로 가지기 위해 싸우는데 홍의동자는 청의동자에게 수차례 난타를 당하다가 기어이 일어나 단 한 번의 일격으로 청의동자를 물리치고 승자가 되었다. 진시황이 홍의동자에게 "너는 누구냐?"라고 묻자 그는 "나는 백제의 아들이며 이후 400년 왕조의 기틀을 다질 사람이다."라고 하였다. 여기에서 진시

황의 꿈은 바로 유방이 한나라를 건국한다는 것을 암시하는 일화이다. 후에 진시황이 패현 일대를 순행하다가 왕기王氣가 서려 있는 것을 보고 그 일대 사람들을 철저히 조사하였다는 기록과 무관하지 않다.

그리고 정장亭長 시절에는 유방이 집채만 한 커다란 구렁이를 단칼에 잡아 죽이고 대의를 세웠다는 참사기의斬蛇起義 소문이 빠르게 퍼졌다. 이러한 이야기는 유방이 바로 적제赤帝의 아들로 환생하였다는 건국신화로 전승되었다. 그 외의 신화로는 유방의 어머니가 교룡과 교합하여 유방을 낳았다는 신화, 그리고 망탕산에서 흰 뱀(흰 뱀은 오행설에서 진나라를 상징)을 베어 죽이고 일어났다는 신화 등으로 다양하다. 모두가 후대의 신격화 작업에서 꾸미어진 이야기들이다. 사실 역사는 승자의 기록이기에 많은 부분에서 유방을 신격화한 이야기가 발견된다.

그러나 실체로서의 유방은 내세울 것 없고 보잘것없는 백수건달 출신이다. 그러함에도 불구하고 그는 왕도와 패도를 알고 의리와 대의를 아는 사내대장부이기에 그를 믿고 따르는 자들이 많았던 것은 사실인 듯하다. 사실 중국의 역사에서 서민 출신이 황제에 오른 경우는 매우 드물다. 그 대표적인 인물이 바로 한나라의 유방과 명나라의 주원장을 꼽을 수 있다. 유방은 비록 서민 출신이었지만 성격이 대담하고 치밀하며 또 포용력까지 겸비한 인물이었다.

서민 출신 유방이 황제의 꿈을 키울 수 있었던 계기가 하나 있었다. 진시황이 중원을 순시하면서 패현 근처를 지날 때 우연히 유방도 그 행렬을 보았다고 한다. 휘황찬란하고 거창한 진시황의 가마 행렬과 웅장한 군사 행렬을 바라보며 자신도 모르게 "사내대장부로 태어나 한번쯤 저 정도는 되어야지…" 라고 하며 큰 꿈을 그리기 시작한 것이다.

그러나 사실 패현의 하급관리였던 유방에게는 머나먼 무지개와 같은 환상에 불과하였다. 정장이라는 하급관리였던 유방에게 운명적 기회와 행운이 찾아온 과정을 살펴보면 다음과 같다.

유방은 고향 패현에서 여산으로 부역하는 백성들을 인솔하는 일을 담당하였는데, 많은 인부들이 부역을 기피하여 도망을 치자 진퇴양난에 빠진다. 이때 유방은 자포자기하여 남은 인부들까지 모두 풀어주고 자신도 산속으로 숨어 버렸다.

그때 진승과 오광이 반란을 일으켜 국호를 장초張楚라 하며 진나라와 대항하였다. 이러한 기세에 패현의 현령도 그가 두려워 진승에게 투항하려 하였으나 하급관리였던 소하蕭何와 조참曹參은 이를 저지시키고 오히려 유방을 끌어들였다. 결국 패현의 현령과 유방의 세력이 대치되는 국면이 되었다. 유방 일행이 패현에 이르자 유방은 서신으로 패현의 부로父老들을 다음과 같이 설득하였다. "지금 부로들께서 비록 패현의 현령을 위해 성을 지키고 있지만 바로 천하의 제후들이 들고일어나 패현을 도륙할 것입니다. 그러니 패현 사람들은 현령을 처치하시고 유능한 인물을 패현의 현령으로 다시 세워 세상과 대응한다면 능히 패현을 온전하게 지킬 수 있습니다."

그러자 부로들은 백성들과 함께 연합하여 현령을 죽이고 성문을 열어 유방을 맞이하였다. 그리고는 유방에게 패현의 현령이 되어 줄 것을 부탁하였다. 그러자 유방은 "지금 천하가 혼란하여 각지의 제후들이 들고일어나고 있습니다. 지도자를 잘못 선택하면 여지없이 패해 다시 일어설 수가 없게 될 것입니다一敗塗地. 내가 내 목숨이 아까워서 그러는 것이 아닙니다. 제가 재주가 부족하기에 여러분을 보호할 수가 없기 때문입니다. 다시 한 번 신중하게 의논하시어 훌륭한 인물을 현령으로 뽑으시길 바랍니다."라며 완곡하게 거절하였다.

그러나 부로들과 백성들이 다시 간곡하게 요청을 해오자 결국 유방은 현령의 직을 받아들였다. 일반적으로 유방을 패공沛公이라고 하는데 바로 여기에서 유래된 이름이다. 이렇게 유방은 평민의 신분임에도 불구하고 기회와 위기를 당당히 극복하고 마치 떠오르는 태양처럼 승승장구하며 한나라 건국의 토대를 다지기 시작하였다.

중국의 명재상 한초삼걸 소하

지록위마指鹿爲馬

사슴을 가리켜 말이라 한다는 뜻으로, 환관 조고와 진이세 사이에서 연유된 고사성어이다. 특히 윗사람을 농락하고 권세를 마음대로 휘두르는 경우를 의미한다.

연작안지 홍곡지지燕雀安知 鴻鵠之志!

제비나 참새 따위의 작은 새가 어찌 기러기나 고니같은 큰 새의 뜻을 알겠는가! 라는 말로 진승이 거병을 하며 한 말이다. 곧 평범한 사람이 영웅의 큰 뜻을 알리가 없다는 의미이다.

왕후장상 영유종호! 王侯將相 寧有種乎!

왕·제후·장수·재상은 태어날 때부터 정해진 것이 아니라는 의미로 진승이 봉기를 하며 백성들에게 한 말이다. 즉 사람의 신분은 태어날 때 정해지는 것이 아니라 우리 스스로의 노력으로 달라질 수 있다고 선동한 데서 유래되었다.

금성탕지金城湯池

무쇠처럼 단단한 성곽과 끓는 연못 같은 해자에 둘러싸인 성이란 뜻으로 방어시설이 견고하고 튼튼한 성을 의미한다. 일반적으로 철옹성鐵甕城이라고도 한다. 무신공과 괴통에서 연유되었다.

만인지적萬人之敵

수많은 사람을 대적할 수 있을 정도로 지략과 용맹이 뛰어난 장수를 비유한 말로 일기당천이나 일당백이라는 용어도 있다. 천하장사 항우를 일컬어 나온 말이다.

권토중래捲土重來

흙먼지를 일으키며 다시 돌아온다는 뜻으로 실패한 후에 재기하여 다시 도전한다는 의미이다. 당대 시인 두목의 시에서 연유되었다.

일패도지—敗塗地

한번 싸움에 패하여 땅에 떨어지면 다시 일어서기 어려움을 비유하는 말이다. 사태의 절박한 상황을 묘사한 것으로 유방이 패현에서 부로와 백성들에게 한 말이다.

참사기의斬蛇起義

유방이 커다란 구렁이를 단칼에 잡아 죽이고 대의를 세웠다는 전설에서 유래되었다. 후에 유방이 적제赤帝의 아들로 환생하였다는 건국신화로 전승되었다.

상식 한 마당 4

환관의 역사

환관 제도는 서양의 경우 고대 이집트 및 바빌로니아에도 존재했다고 한다. 그 후 기독교의 전파와 함께 점점 줄어들었으나, 동로마 제국의 궁정에는 환관이 광범위하게 퍼져 있었다고 한다.

이슬람권 역시 환관이 존재하였으나 대부분이 흑인으로 주로 여성의 경호를 담당하였다. 그러함에도 불구하고 아랍권에 흑인 인구가 별로 없는 이유는 흑인을 데려오는 족족 거세를 하였기 때문이라고 한다. 동양에서 환관 제도가 있었던 나라는 중국과 한국 그리고 월남 등이며 이곳에서 관련 기록이 발견된다. 중국의 경우 왕이나 황제가 기거하는 궁궐에서는 황실의 질서와 궁녀들의 순결 등을 유지하기 위해서 거세된 남성을 필요로 하였다. 환관에 대한 최초기록은 은나라부터 발견된다. 그 후 춘추시대의 제나라 환공 때 수조竪刁라는 환관은 스스로 거세하고 궁에 들어가 환공의 신임을 받았던 인물이다. 진晉나라의 문공文公 때에는 발제라는 환관이 두터운 신임을 받았다고 한다. 또 진나라 천하통일 시대에 이르러서는 승상 이사를 제거하고 막강한 세력을 휘두른 조고와 같은 환관이 출현하였다.

《사기》를 쓴 사마천도 황제의 노여움을 사 궁형이라는 형벌을 받았는데, 그는 후에 중서령中書令이라는 벼슬을 하며 황제의 측근에서 비서 역을 수행하기도 하였다. 사실 중서령은 환관 벼슬 중 최상위의 관직으로 주로 황제의 서간 등을 관리하던 직책이다. 한 무제가 그를 중서령에 임명한 것은 사실상 환관으로 취급을 하였다는 의미이다.

환관의 폐해가 가장 심하였던 시대는 한나라와 당나라 그리고 명나라 때이다. 진나라 조고부터 시작된 환관들의 폐해는 한나라 말기에 이르러 더욱 심해져, 이른바 십상시十常侍가 나타나 나라를 도탄에 빠트리기도 하였고, 당나라 때에는 고력사, 그리고 명나라 때에는 위충현 같은 환관들이 황제의 총애를 받으며 국정을 농단하기도 하였다. 특히 명대 위충현 같은 환관은 황제에게만 부르는 "만세"를 본떠 자신에게는 "9천세"로 부르도록 하는 등 대단한 위세와 호사를 부렸다고 한다. 그러나 환관 가운데는 후한 때에 종이를 발명한 채륜蔡倫과 명나라 때에 해외 원정으로 국위를 떨친 정화鄭和와 같은 충신도 있었다. 이러한 환관제도는 1911년 신해혁명과 함께 사라졌다.

우리나라 환관의 역사는 통일신라로 거슬러 올라간다. 국내 최초의 환관 기록은《삼국사기》의 신라 흥덕왕 시기라고 기록되어 있다. 환관과 내시는 거세를 하였다는 점에서는 같지만, 궁중에서 맡은 역할은 다소 차이가 있었다. 즉 환관은 궁궐에서 일하는 거세한 남자로 궁궐 여성들의 숙소에 거처하며 경호원 업무와 잡일을 주로 하였고, 내시는 궁궐 내부에서 왕명의 전달과 의전 및 음식물 감독 그리고 청소 등 위생을 주로 담당하였다. 오늘날의 보좌관과 비슷한 역할을 하였다. 이처럼 고려시대에는 환관과 내시 간에 약간의 구별이 있었으나 조선시대에 이르러서는 구별이 사라지게 되어 동일한 용어가 되었다. 우리나라의 환관제도는 1894년 갑오개혁 때에 비로소 폐지되었다.

관중왕關中王의 꿈과
동상이몽同床異夢

Key Word

선입관자위왕先入關者爲王 · 관중왕關中王 · 파부침주破釜沈舟 · 관인대도寬仁大度 ·
동상이몽同床異夢 · 망풍귀순望風歸順 · 양약고어구良藥苦於口 · 약법삼장約法三章

항량이 진나라와의 전투에서 죽자 항우는 잠시 곤경에 처한다. 그러나 항우는 라이벌 송의를 제거하고 초나라 대장군이 된다. 그리고 진나라의 장한과 싸워 9전 9승하고 끝내 장한을 투항시킨다.

초의 회왕은 항우를 견제하기 위해 항우와 유방에게 진나라 수도 함양을 공격하게 하고 먼저 관중에 입성한 자를 관중왕으로 삼겠다고 약속한다. 항우군은 무력으로 정벌한 다음 피의 숙청으로 잔인한 보복을 하자, 진나라 군대는 결사적으로 저항을 하였다. 이러는 바람에 함양으로 가는 항우군의 전진 속도가 점점 느려졌다. 반면 유방은 인의와 포용으로 항복을 종용하는 전략으로 인하여 초반에는 전진의 속도가 느렸으나 후반에는 망풍귀순하는 바람에 일사천리로 전진을 하였다. 또 도중에 장량과 역이기 같은 걸출한 인재를 얻으며 승승장구하였다.

한편 진나라에서는 진이세 호해가 조고에게 전란의 책임을 문책하려 하자 조고는 역으로 황제 호해를 죽이고 부소의 아들 자영으로 하여금 대를 잇도록 하였으나, 자영은 기회를 틈타 조고를 죽이고, 나라를 재건하려고 시도하였다.

그러나 유방이 군대를 끌고 관중에 먼저 입성하자 자영은 그 위세에 눌려 항전하지 못하고 결국 유방에게 항복한다. 유방은 장량의 충고에 따라 패상에 병사를 주둔시키고 군율을 엄격히 하며 약법삼장約法三章으로 백성을 안심시켰다. 반면 항우는 강공과 패권을 휘두르면 잔인한 보복으로 민심을 잃게 된다.

관중왕의 꿈

❶ 관중에 먼저 입성하는 자를 관중왕으로 삼겠다

진시황이 죽자 전국의 군웅들이 들고일어나 천하가 재정립되는 가운데 선두주자로 나선 인물이 바로 항량項梁이다. 그는 초나라 부흥을 기치로 내걸고 순식간에 옛 초나라 일대를 장악하였으며 범증范增같은 수많은 인재를 영입하였다. 나아가 책사 범증의 건의에 따라 초나라의 왕을 옹립하고 민심을 수습하며 나라의 근본을 확립하였다. 이때 초나라 혈통의 웅심을 왕으로 세웠는데 그가 바로 초 회왕이다. 그러나 실제 권력의 중심은 항량의 항씨집안에 있었고 사실 초 회왕은 허수아비에 불과한 처지에 있었다.

그러던 중 항량이 진나라 군대와 싸우다가 전사를 하면서 정국은 새로운 국면으로 접어들었다. 항량의 죽음은 전체 초나라 군대에 큰 타격을 주었다. 회왕은 이 틈을 이용하여 유방을 자기편으로 끌어들이는 묘책을 꾸몄다. 이는 초 회왕이 항씨 집안의 허수아비에서 벗어나고자 유방의 신분을 끌어올려 항우와 동등한 위치로 만들어 주고 은연중에 항우와 유방의 관계를 대립시키는 이이제이以夷制夷 전략을 구사하려는 의도였다.

이처럼 초 회왕의 뛰어난 권모술수가 바로 "먼저 관중으로 입성하는 자를 왕으로 삼겠다.先入關者爲王"라는 정치적 선언이었다. 이는 항우와 유방 간의 묘한 경쟁심과 심리적 갈등을 유발시키려는 초 회왕의 묘책이었다. 특히 초 회왕은 항우가 병권을 장악하는 것을 특히 꺼렸기에 이 선언은 일석이조의 효과를 얻을 수 있었다. 또한 전국 각지의 제후들로 하여금 함께 진나라에 반기를 들게 하는 선동의 효과도 있었다.

그런데 항우가 거록에서 대승을 거두자 초 회왕의 항씨 집안에 대한 모든 계획은 수포로 돌아갔다. 이때 장한이 군대를 이끌고 항우에게 항복을 하며 항우의 기세는 점점 더 강해졌다. 이때 조나라에 위기가 닥치자 연나라와 초나라 등 여러 나라에서 지원군을 보내기 시작하였다. 초 회왕은 송의를 상장군으로 삼고, 항우는 차장次將으로, 범증을 말장末將으로 삼아 지원군을 보냈다. 그런데 항우는 송의가 안양에서 진군하지 않고 머뭇거리자 이를 핑계로 송의를 제거하고 병권을 장악하였다. 이를 계기로 항우를 견제하려던 초 회왕은 오히려 더 궁지에 몰리는 신세가 되었다.

초 회왕 웅심은 항우에 의해 의제義帝까지 올라갔지만 사실은 허수아비 황제에 불과하였다. 그나마도 후대에 항우가 의제를 죽이는 패륜까지 자행하는 바람에 역사의 뒤안길로 사라져 버렸던 비극의 인물이다. 이처럼 모든 권력이 항우에게 집중되어있는 상황에서 관중왕의 꿈은 뜬구름에 불과한 백지수표가 되고 말았다.

② 두 영웅의 전략 전술

관중왕의 꿈을 이루기 위하여 항우와 유방은 치열한 전략 전술을 구사하며 관중으로 진군하였다. 그러나 두 영웅의 전쟁 스타일은 판이하게 달랐다.

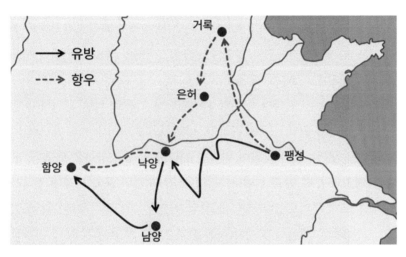

유방과 항우의 진격로

관중을 향해 출발한 항우와 유방 두 영웅은 각기 다른 방향으로 전진을 하며 진군하였다. 항우는 본대를 이끌고 북상을 하였는데 이는 먼저 거록을 구원하기 위함이었다. 즉 진나라 정예병인 장한의 본진을 먼저 꺾으면 나머지 병력은 자동으로 항복한다는 계책이었다.

항우는 진여의 요청을 듣고 황하를 건넜는데, 건너고 나서는 타고 온 모든 배들을 침몰시켰다. 또 임시로 세워둔 가건물과 취식용 솥과 시루마저도 전부 깨트려 버렸다. 죽어도 돌아가지 않고 사생결단하겠다는 항우의 단호한 의지를 보여주는 부분이다. 여기에서 유래된 고사성어가 바로 파부침주破釜沈舟이다. 그리고 항우는 3일간의 식량만 남기고 진두지휘하며 "솥이 없어야 가볍게 이동한 후 적을 물리칠 수 있고, 이긴 후에는 진나라 솥으로 밥을 해 먹으면 된다."라는 기발한 발상을 하였다. 결국, 병사들은 죽기 살기로 싸워 대승을 거둘 수 있었다.

항우가 쓴 병법 파부침주破釜沈舟는 원래 《손자병법》의 〈구지편〉에서 응용한 것이다. 《손자병법》에는 분주파부焚舟破釜(배를 불사르고, 솥을 깨트리다.)라고 기록되어 있다. 그 외에도 비슷한 의미로 한신이 사용한 배수지진背水之陣이 있다.

이처럼 항우는 진나라 군대와 사생결단의 기세로 싸움에 임하자 맹렬했던 진나라 군대는 주춤거리기 시작하였다. 마침내 항우가 장한의 보급로를 끊어버리자 군량이 바닥난 진나라 군대는 항복을 하였다. 항우는 장한과 무려 아홉 번이나 치열한 전투를 벌인 끝에 마침내 진나라 군대를 크게 무너트렸다. 진나라 장수 소각蘇角은 전투 중에 전사하였고, 섭간涉間은 싸움에서 지자 항복을 거부하고 불길에 몸을 던져 자살해 버렸다. 그리고 지휘관 왕리는 항우의 포로가 되었다.

항우는 진나라 주력군을 격파한 후 연합군의 제후들을 불러모았다. 항우의 기세에 눌린 제후들은 그의 위세에 제압되어 항우를 연합군 제후들의 상장군으로 추대하였다. 결국에는 제후들의 권한이 모두 항우에게 귀속되었다. 이러한 상황에서 진나라 대장군 장한은 진퇴양난의 상황에 빠지게 되었다. 사태가 어려워지자 조나라의 진여는 장한에게 항복을 권유하였다. 장한은 고민 끝에 결국 항우에게 항복하였다. 사실 진나라가 지금까지 지탱해 온 것은 오직 막강했던 장한 군대의 군사력 때문이었으나 장한마저 항복한다는 것은 사실상 진나라의 멸망을 의미하는 것이었다. 항우는 장한을 옹왕雍王으로, 사마흔을 상장군으로 임명하고 곧바로 함양을 향해 진격하였다.

그러나 항우는 거록전투 등 수많은 전투에서 씻지 못할 실수를 저지르게 된다. 즉 잔인한 보복이 항우에게는 큰 걸림돌이 되었다. 한 성을 점령하기 위해 전면전으로 전투를 하였고, 또 어렵게 승리를 하면 무자비한 보복행위가 이어졌다. 항우의 막강한 위세에 눌린 진나라 군대는 바로 항복을 하였으나, 항우는 항복한 사람까지 모두 잔인하게 살생을 하였다. 이러한 행위가 이어지자 뒤로 갈수록 진나라 군대는 목숨을 걸고 싸울 수밖에 없었다. 그러기에 진나라의 저항은 점점 더 거세게 일어났다. 저항이 거셀수록 관중으로 가는 길은 더 멀어지고 아까운 세월만 소비하게 되었다.

한편 유방은 관인대도寬仁大度의 전략을 택하였다. 관인대도란 마음이 너그럽고 도량이 큰 것을 의미한다.

《한서漢書》의 〈고제기〉에도 유방을 일컬어 "관대하고 어질며 다른 사람을 사랑하고 베풀기를 좋아했으며 사고가 탁 트였다. 항상 큰 도량을 품고 있었기에 집안사람들이 하는 소소한 일에는 관여하지 않았다.寬仁而愛人喜施, 意豁如也. 常有大度, 不事家人生産作業."고 되어 있다.

유방이 관중으로 가는 길에 장량과 역이기酈食其를 만난 것은 유방의 복이라고 할 수 있다. 책략가 역이기는 유방에게 진류를 습격하도록 하여 진나라의 비축 식량을 얻었고 또 그의 계략을 따라 개봉을 공격하여 많은 전공을 세웠다. 그러나 남양 태수가 완성으로 도망쳐 성을 굳게 지키는 바람에 유방은 고민에 빠졌다. 그렇다고 완성을 무시하고 관중으로 바로 입성할 수도 없었다. 후방에서 급습당하면 오히려 유방 군대가 위기에 빠지기 때문이다.

결국에는 장량의 계책에 따라 유방은 밤중에 군사를 돌려 동이 틀 무렵 완성을 삼중으로 포위하고 회유를 하기 시작하였다. 바로 전면전으로 싸움을 하는 것 대신 항복을 받아내는 전략을 선택하였다. 그리고 항복한 남양 태수를 그대로 봉하여 완성을 다스리게 하는 책략을 수용하였다. 이렇게 항우와는 달리 보복을 하지 않고 적군의 항복을 유도하며 관대하게 포로를 수용하는 작전으로 일관하였다. 이러한 작전은 처음에는 항복하도록 설득하는 과정에서 많은 시간을 요구했다. 그러나 일단 항복하여 관인대도로 적군을 수용하게 되면 다음 지역에서는 이러한 소문을 듣고 더 빠르게 성문을 열고 항복을 하였다. 이처럼 초반에는 유방 군대의 행군 속도가 느리고 더디었지만 후로 갈수록 관중으로 향하는 행군은 더 빨라졌다. 이는 유방 군대가 항우 군대보다 먼저 관중에 입성할 수가 있었던 결정적 원인이 되었다.

❸ 망풍귀순望風歸順(인재의 수용)

망풍귀순望風歸順이라 하면 멀리 미래를 바라보고 놀라서 싸우지 않고 귀순한다는 의미인데 즉 상대의 높은 덕망이나 위세를 듣고 우러러 흠모하거나 반항하려는 마음을 버리고 스스로 복종하는 경우를 의미한다. 유사어로 망풍귀항望風歸降, 망풍이미望風而靡, 망풍이순望風而順 등이 함께 쓰이기도 한다.

진승의 난 이후 혜성처럼 등장한 항우와 유방에게는 수많은 인재가 모여들었다. 두 영웅의 권력과 세력을 두려워하여 귀순하는 부류도 있었지만 그들의 인간적 매력에 의하여 귀순하는 부류도 있었다.

항우의 인재들에는 범증, 항백, 종리매, 계포, 용저, 환초, 주란, 영포, 항장, 주은, 무섭, 포장군, 조구, 정공, 우영, 우자기 등이 있었다. 그중 우영과 우자기는 실제 인물이 아닌 가공인물이다.

유방의 인재들로는 소하, 장량, 역이기, 숙손통, 육가, 진평, 한신, 번쾌, 조참, 왕릉, 주발, 하후영, 관영, 노관, 팽월, 수하 등이 있었다.

한 황실을 지켜낸 충신 주발

그 외 인재들을 도표로 정리하면 다음과 같다.

국명	주군	참모 / 장수	성명
초나라	항우	참모	범증, 항백 등
		장수	종리매, 계포, 용저, 환초, 주란, 영포, 항장, 주은, 무섭, 우영, 포장군, 조구, 정공, 우자기 등
한나라	유방	참모	장량, 소하, 역이기, 숙손통, 육가, 진평, 수하 등
		장수	한신, 번쾌, 조참, 왕릉, 주발, 하후영, 관영, 노관, 팽월 등
진나라	영정	왕 / 문무백관	호해, 자영, 여불위, 이사, 부소, 몽염, 이유, 조고, 장한, 사마흔, 동예, 왕리, 은통 등
기타		왕 / 문무백관	진승, 장이, 진여, 위표, 사마앙, 신양, 괴철, 창해 역사, 묵돌, 무신군, 형가. 태자 단 등

먼저 항우를 따르는 주요인물들에는 당시 항량과 항우를 모셨던 초나라 최고의 책사이자 전략가인 범증范增을 꼽을 수 있다. 범증은 뛰어난 지략으로 각국의 제후들이 초나라를 따르게 하고 초나라의 왕권을 회복시키는 등 많은 공적을 세웠다. 또 거록대전에서 상대방의 전략을 역이용하는 장계취계 전술로 진군을 무너트린 유능한 책략가였다.

그 외에도 계포, 용저, 종리매(종리매는 종리가 성이고 매가 이름이다. 그러나 《사기》 등의 기록에는 종리말鍾離眛로 기록되어 있다. 그러나 여기에서는 소설에 나오는 이름을 그대로 사용한다.)는 항우군을 대표하는 명장들이다.

특히 계포는 지혜와 용기를 겸비한 인재로 등장한다. 그는 초한대전의 여러 싸움에서 유방을 괴롭혔던 명장이다. 또 용저는 항우의 핵심무장 중 하나로 무예가 출중하고 전략 전술에 능하여 항우에게 특별하게 인정받은 장수 가운데 하나였다. 항우와 필적할 만한 무장이었으나 한신과 관영에게 죽는다.

그 외에도 영포英布를 꼽을 수 있다. 그는 젊은 시절 법을 위반하여 죄인의 얼굴에 먹물로 글자를 새기는 경형黥刑을 받아서 일명 경포黥布라고도 불린다. 진나라 말 번군番君에 붙었다가 항량에게로 전향하였다. 또 항량이 죽자 항우를 따라 공을 세운 후 구강왕九江王에 봉해졌다. 그는 항우의 명령을 받고 의제義帝를 죽이는 불명예를 쓰기도 하였다. 초한전쟁 중에 한나라 장량이 수하隨何를 보내 그를 설득하자 한나라로 귀순하였다. 귀순 후에도 많은 공적을 쌓았으며, 한나라 건국 후에는 한신과 팽월 등과 대등하게 왕으로 봉해졌으나 반란을 일으켰다가 실패하고 주살되었다.

유방을 따르는 인물들은 크게 두 부류로 구분된다. 즉 패현에서부터 인연을 맺은 고향의 인재들과 관중으로 진격하며 합류한 인재들이다. 패현에서부터 따르던 인재들은 소하, 번쾌, 노관, 조참, 주발, 하후영 등이 있고 봉기 이후에 합류한 인재들은 장량, 역이기, 한신, 숙손통, 육가, 진평, 왕릉, 관영, 팽월 등이 있다.

관중으로의 진군과정에서 합류한 인재로 장량과 역이기酈食其 및 관영을 빼놓을 수가 없다. 특히 역생酈生이라고도 불리는 역이기는 유방에 귀순한 후에 많은 계책을 내었는데, 특히 초한전쟁 중에는 제나라의 전광田廣을 설득하여 한나라에 귀순하도록 하는 중대한 임무를 수행하였다. 그때 한신의 군대가 바로 제나라를 공략하는 바람에 대노한 전광이 그를 팽형烹刑시켰다.

관영은 봉기 후에 합류하여 개국공신이 된 장군으로, 유방군의 최고 기병대장으로서 큰 활약을 하였다. 유방이 한중으로 쫓겨나자 낭중에 임명되었고, 대원수 한신을 따라 북벌과 초한대전, 그리고 제나라 공격 등에서 많은 공을 세운 무장이다. 그 후에 유방에 귀순하는 인재로 한신, 육가, 진평 등이 있었다.

가려진 한나라 창업공신 조참

이처럼 항우와 유방에게 귀순하는 인재들은 두 영웅의 권세를 보고 귀순하는 부류와 인간적 매력에 끌려 귀순하는 부류로 구분된다. 유방 같은 케이스는 서민 출신이기는 하지만 성격이 호탕하고 또 포용력이 있어 많은 인재가 모여들었다. 특히 밝은 사리판단과 능숙한 통솔력 및 처세술은 유방의 장점이 되기도 하였다. 반면 의협심과 강력한 카리스마를 가지고 있던 항우에게는 힘의 논리와 호방한 사내의 매력에 의해 귀순하는 인재들이 대부분이었다. 특히 항우의 개인적인 능력은 역발산기개세力拔山氣蓋世라고 불릴 정도로 당대 최고의 전투력과 초나라의 명문 가문인 항가군 출신이기에 초반에는 인재의 수용에 매우 유리한 입장에 있었다. 그러나 세월이 지나면서 항우의 지나친 보복행위로 인해 민심의 이반과 함께 항우의 인재그룹은 바닥을 드러내기 시작하였고, 반면 유방의 진영에서는 점점 단단한 인재그룹이 구축되었다.

동상이몽同床異夢

➊ 항우와 유방의 정치적 배경과 통솔력

동상이몽同床異夢이란 같은 침상에서 서로 다른 꿈을 꾼다는 뜻이다. 즉 항우와 유방은 진나라 타도라는 공동의 목표를 가지고 거사를 하였지만 지나온 과정에서 서로 다른 목표의식이 생기며 라이벌 관계가 만들어진다. 먼저 두 영웅의 배경과 스타일을 살펴보면 다음과 같다.

항우 / 유방의 배경과 스타일 비교

	항우	유방
출신	초나라 명문세가의 후예	빈천한 서민출생
가정배경	정치/경제력이 든든한 집안배경	정치/경제력이 全無한 집안배경
성격	대범한 외향형(감정적)	치밀한 실리형(이성적)
단점	타협과 화합의 정치력부족	지나친 권모술수
쇼맨십	인간미와 쇼맨십 부족	쇼맨십의 단인
통치스타일	만기총람형萬幾總攬型	위임통치형
최초봉기	8,000명의 정예병으로 거사	3,000명의 비정규군으로 흥기
성패원인	잔인한 보복 리더십 부족과 민심이반	寬仁大度의 포용력 출중한 리더십과 용병술

유방과 항우의 집안 배경은 극대극이다. 빈천한 집안의 서민 출신인 유방과 초나라 명문세가의 후예로 태어난 항우는 성장배경, 사회적 배경, 경제적 배경, 정치적 배경 등 모든 분야에 있어서 비교가 불가하다. 그러기에 유방은 사람의 빈천을 가리지 않았다. 또 인재의 기반이 없었기에 혈연과 지연 등을 따지지 않고 수용하였다. 특히 진나라의 폭압적 정치에 지친 사람들에게도 관대한 정책으로 일관하였다. 이처럼 인덕을 베풀었기에 항우와의 전투에 참패하여 궁지에 몰릴 때도 다시 일어날 수 있는 원동력이 되었다.

그러나 항우는 권문세가의 후예이기에 혈연과 지연에 많이 의지하였으며, 또 백성의 고충도 잘 이해하지 못했다. 그리고 성격 면에서 대범하고 외향적인 성격은 좋으나, 자존심이 너무 강하여 남의 말에 귀를 기울이지 않고 자신의 능력을 지나치게 믿었다. 그러기에 타협과 화합에 있어 다소의 약점을 가지게 되었다. 이러한 약점은 바로 정치력의 부족이라는 문제점으로 드러났고, 범증이 죽은 후에는 이와 같은 문제점이 더 심각하게 노출되며 몰락의 길로 접어드는 계기가 되었다.

반면 유방은 지나치게 이성적이고 치밀한 성격에 권모술수까지 능한 인물이다. 그러기에 순간적 위기관리 능력이나 정치적 쇼맨십은 항우와 크게 대조되는 부분이다. 유방이 처음 봉기를 했을 때의 병력은 비정규군 3,000여 명이 고작이었다. 그러나 항우군은 8,000여 명의 정예병을 가지고 시작하였기에 초반부터 승승장구하였다. 그러기에 유방 입장에서는 실세 항우에게 의탁하여 세력을 키우는 방법을 모색하는 것이 최상의 계책이었다.

또 두 영웅의 통치 스타일과 성패의 원인을 살펴보면 우선 항우는 항복한 적들을 죽여 후환을 없애는 데 주력하였다. 그는 장한이 항복하여 투항해온 20만 대군을 생매장한다거나 함양에 입성하여 진삼세를 죽이고 궁궐을 불태우는 행위를 거침없이 자행하였다. 이러한 연유에서 항우의 가혹한 포로 말살 정책에 반기를 드는 역모가 자주 발생하였다. 이러한 불신과 반목은 범증과 같은 충성스러운 참모조차도 내치는 결과를 초래하였다. 항우의 패배 원인은 잔인한 보복으로 인한 민심의 이반과 리더로서의 통솔력 부족이라 할 수 있고, 유방의 승리 원인은 관인대도의 포용력과 그리고 출중한 리더십 및 용인술이라고 할 수 있다.

② 진나라에 대한 관용과 보복

항우의 보복 정치는 어디에서 나오나?

항우의 할아버지 항연項燕은 초나라 대장군으로 진나라와 전투에서 패하자 자결하였고, 숙부인 항량은 진나라와의 전투에서 사망하였다. 그러기에 항우는 진나라에 대한 원한이 뼈에 사무치는 아픔을 가지고 있었다는 점을 쉽게 짐작할 수 있다. 그래서 그는 초지일관 진나라에 대한 보복 정치로 일관하였다. 가장 상징적인 대학살이 바로 신안대학살로, 일명 "신안의 갱"이라고도 한다. 문헌상의 기록에는 무려 20만이나 되는 포로들을 생매장하였다고 한다. 이 사건은 장평대전에서 진나라의 백기가 자행한 장평대학살과 함께 전대미문의 대학살로 기록되고 있으며 후대 역사가들은 진나라와 초나라가 일찍 패망의 길로 들어선 이유를 여기에서 찾고 있다. 초한전쟁의 승패도 이미 이 대학살 사건에서 결정되었다고 볼 수 있다.

학살의 이유에는 여러 가지가 있지만 첫째는 군량의 문제이고 또 하나는 포로들의 불복종 문제로 추정된다. 당시 항복해온 진나라 군대의 총책임자는 장한이었는데 항우는 장한 등 몇몇 장수의 목숨만 보전해주는 대신 필요도 없고 잠재적 후환거리인 20만의 진나라 포로들을 몰살시키는 방법을 선택하였다.

이러한 면에서 유방은 정반대의 길을 가게 되었다. 유방은 평민 출신으로 진나라의 하급관리 출신이다. 물론 진나라에 불만은 있었지만, 항우처럼 진나라에 원한이 맺힌 관계는 아니었다. 그러기에 유방은 진나라 수도인 함양에 입성하자마자 항복해온 진삼세 자영을 살려주는 관인대도의 정치를 펼쳤다. 또 약법삼장을 만들어 백성들에게 지지를 얻었으며, 포로가 된 진나라 병사들은 물론 만리장성과 아방궁 및 진시황릉 등의 건립에 징용당한 옛 6국 출신의 포로에게도 자비를 베풀어 환영을 받았다.

그러나 항우는 함양에 입성하자마자 진삼세 자영과 일족들을 멸족시켰고 무고한 백성들까지 처형하는 함양대학살을 자행하였다. 함양에 입성한 유방의 군대는 궁중의 화려한 규모에 놀라고 아리따운 궁녀와 각종 보물에 정신을 차리지 못할 정도였다. 그러나 유방은 바로 정신을 차리고 궁궐을 봉쇄하여 파손하거나 약탈하지는 않았다. 얼마 후 함양과 궁궐이 항우의 손에 떨어지자 항우는 주변의 만류에도 불구하고 이를 불태워버리고 약탈을 자행하였다. 아방궁이 전소되기까지 무려 100일이나 불타올랐다는 기록이 남아있을 정도이다. 항우는 아방궁에 있던 온갖 보물과 궁녀들을 거두고 난 후에야 물러났다고 전한다.

진시황릉 관련 기록은 더 처참하다. 함양을 점령한 후 "항우가 30만 명을 동원해서 진시황릉을 파헤쳤는데 무덤에서 발굴한 보물을 30일간 실어날라도 끝이 나지 않았다."라는 기록도 있다. 기록이 과장되었을 수 있어서 사실 여부는 확인하기 어렵지만, 일설에는 항우가 비록 일부를 도굴하였으나 항우조차 진시황릉의 엄청난 규모를 미처 파악하지 못하여 후대까지 묘실들과 병마용이 도굴되지 않고 남아있게 되었다고 전한다. 사마천의 《사기》〈항우본기項羽本紀〉 등에는 이에 대한 기록이 없고 〈한고제본기漢高帝本紀〉에서만 항우의 죄상 10가지를 나열하면서 진시황릉 도굴을 간접적으로 언급하고 있다. 〈진시황 본기〉에서도 그 죄상을 자영의 살해, 함양대학살, 방화와 약탈 등의 수많은 범죄를 나열하고 있으나 진시황릉 도굴에 대해서는 언급이 보이지 않는다. 후대에 진시황릉을 본격적으로 발굴해봐야 진실을 확인할 수 있을 것이다.

이처럼 항우는 함양에서 만행을 부린 뒤 자영과 그 일족 및 일반 백성까지 학살을 자행하였으니 진나라 백성들이 항우에게 품었을 분노가 더욱 커졌음은 두말할 필요가 없다. 진나라 백성들은 비록 진이세와 환관 조고에 대한 원한은 있을지언정 오백 년 동안 진나라를 통치한 나라에 대한 충성심은 여전했기 때문이다. 그런데 삼진을 통치하는 자가 항우에게 항복해서 겨우 목숨을 건진 장한, 사마흔, 동예 장군이었기에 관중 사람들은 삼진의 통치를 맡은 제후들을 매국노로 인식하였다. 또 항우는 관중을 버리고 자신의 고향 팽성으로 되돌아갔기에 함양지역의 백성들은 항우에게 복종할 이유가 없었고 오히려 원한만 더 커졌다. 그러기에 후에 유방이 재정비를 하고 북벌하러 나왔을 때, 삼진이 쉽게 무너진 원인도 이러한 이유와도 무관하지 않다.

❸ 유방의 양약고어구良藥苦於口와 약법삼장約法三章

유방은 항우와는 정반대의 길을 택하였다. 항우보다 한 걸음 먼저 진나라 함양에 입성한 유방은 진삼세 자영에게 항복을 받고 진나라 궁궐에 들어갔다. 궁궐 안은 그야말로 별천지였다. 방마다 가득한 호화찬란한 보물들과 아리따운 궁녀들을 보니 유방은 대궐에 머무르며 향락을 즐기고 싶은 욕망이 생겼다. 그때 부하인 번쾌樊噲가 "아직 전쟁도 끝나지 않았고 천하는 진정한 영웅의 출현을 기다리는데 여기에 안주해서 향락을 즐기려 하십니까? 모든 것을 봉인封印하고 교외로 돌아가야 합니다."라고 쓴소리를 하자 유방은 심히 불쾌해하였다.

그때 다시 장량이 나타나 "우리가 여기까지 승승장구한 것은 진나라의 폭정에 백성들의 원한이 컸기 때문입니다. 그러나 지금 진시황처럼 향락에 빠져든다면 진시황과 다를 바가 무엇이 있겠습니까? 본래가 충언은 귀에 거슬리나 행실에 이롭고忠言逆於耳而利於行, 독한 약은 입에 쓰나 병에 이롭다毒藥苦於口而利於病고 합니다. 부디 번쾌의 충언을 받아들이십시오."라고 하였다. 이 말을 들은 유방은 크게 깨닫고 왕궁을 물러나 패상霸上에 진을 쳤다. 여기에서 원문에는 독약毒藥으로 되었으나 후대에 양약良藥으로 바꾸어 사용되고 있다. 이 명언은 《사기》 외에도 《공자가어孔子家語》와 《한비자韓非子》 및 《설원說苑》 등에도 나온다.

번쾌와 장량의 충언을 수용하여 패상으로 돌아온 유방은 진나라의 부로父老들과 백성들을 불러 모아 놓고 진나라의 가혹하고 까다로운 법을 폐지한다고 선언하였다. 그리고 당분간 법들을 최소한으로 축약한 약법삼장約法三章을 시행한다고 발표하였다.

〈약법삼장約法三章〉

(1) 사람을 죽인 사람은 사형에 처한다.

(2) 사람을 상하게 한 사람과 도둑질한 사람은 죄를 묻는다.

(3) 나머지 진나라의 법은 모두 없애 버린다.

이것이 바로 유명한 약법삼장約法三章이다. 약속한 법이 단지 세 가지란 뜻으로 원래 유방이 진나라 부로들에게 약속한 것을 의미하며 지금은 법이나 규정이 복잡하지 않고 간편하다는 뜻으로 쓰이고 있다.

이러한 정책은 유방이 민심을 수습하는데 엄청난 효과를 얻었고 한나라를 창업하는데 결정적인 시너지 효과를 얻었다. 항복해온 진 삼세 자영을 살려준 것과 약법삼장을 만들어 복잡하고 번거로운 법에서 백성들을 해방시킨 점, 그리고 만리장성과 아방궁 및 진시황릉 등의 건립에 잡혀 온 포로들을 석방시킨 점 등은 유방을 구세주와 같은 존재로 부각시켰다.

선입관자위왕先入關者爲王 : 관중왕關中王

초 회왕이 "먼저 관중으로 입성하는 자를 관중왕으로 삼겠다."고 선언한데서 유래된 말이다.

파부침주破釜沈舟

"솥을 깨뜨리고, 배를 물속에 가라앉힌다."라는 뜻으로 사생결단의 각오로 적과 싸우겠다는 결의를 나타낸 말로 항우가 쓴 전법이다. 배수진과 유사하다.

관인대도寬仁大度

관인대도는 마음이 너그럽고 어질며 도량이 큰 것을 의미한다. 타인에게 너그럽고 자애롭게 대하는 넉넉한 마음씨를 비유하는 말이다.

동상이몽同床異夢.

동상이몽은 "같은 침상에서 서로 다른 꿈을 꾼다."라는 뜻으로 겉으로는 같이 행동하면서도 속으로는 각기 다른 생각을 하는 것에 비유한 말이다. 남송 때의 학자인 진량陳亮이 처음 사용한 말로 《초한지》에서 유래된 말이 아니다.

망풍귀순望風歸順

망풍귀순은 미래의 전망을 판단하여 싸우지 않고 귀순한다는 의미이다. 반항하지 않고 알아서 복종하고 귀의하는 경우를 말한다.

양약고어구良藥苦於口

"좋은 약은 입에 쓰다."라는 의미로 본래는 충언은 귀에 거슬리나 행실에 이롭고忠言逆於耳而利於行, 독한 약은 입에는 쓰나 병에 이롭다. 毒藥苦於口而利於病라고 한데서 유래되었다.

상식 한 마당 5

왕과 황제의 명칭 그리고 선양과 세습

왕王이라는 명칭은 고대부터 현재까지 한 나라의 군주 혹은 임금을
뜻하는 가장 대표적인 호칭으로 곧 군주 국가에서 나라를 다스리는
우두머리를 의미한다. 또 몽골 등의 북방에서는 "칸"이라는 말로도 사
용되었다. 우리가 잘 알고 있는 징기스칸의 경우 징기스까지가 이름에
해당하고 칸은 왕이라는 의미이다. 해석을 하면 징기스 왕이 되는 셈
이다.

그러면 황제와는 어떻게 다른가? 사실 황제의 황皇도 임금, 제帝도
임금이라는 의미는 변함이 없다. 다만 황제라는 명칭은 왕이나 제후를
거느리고 나라를 통치하는 임금을 왕이나 제후와 구별하여 부르는 말
로 쓰인다. 황제라는 용어는 사실 진시황이 삼황오제三皇五帝 가운데
삼황의 황皇과 오제의 제帝를 떼어내 본인 스스로를 황제로 칭한데서
유래한다. 즉 왕 대신 황제라는 이름을 따로 쓰기 시작한 것은 자신의
권위를 더 높이기 위함에서 연유되었다. 의미는 왕 중의 왕이라는 뜻
으로 일반의 왕들과는 차별을 둔 상위개념의 호칭이다.

그 배경을 살펴보면, 수많은 나라를 정복하여 통일국가를 이루는 과
정에서 중앙정부가 모든 지방을 통제하기가 어려웠다. 이래서 만들어
진 제도가 봉건제도이다. 즉 지배하는 나라를 자신의 속국으로 설정하
여 그 아래에 왕이나 제후라는 명칭을 두고 조공을 바치도록 하였다.
또 그 지역을 지배하던 왕에 대해서는 그 권위를 그대로 인정해주었다.

황제라는 호칭은 붙이고 싶다고 해서 다 붙일 수 있는 것은 아니다. 나라가 강대하여 이웃 국가의 통제를 받지 않아야만 가능하였다, 왜냐하면 강한 이웃 국가의 견제와 간섭이 들어오기 때문이다. 우리나라의 경우 고려 시대나 조선 시대 때에도 줄곧 왕이라는 명칭을 사용하다가 고려 초기나 혹은 조선 말기 고종 때 청나라의 어수선한 틈을 타 황제국으로 선언하기도 하였다.

선양禪讓이라는 의미는 자신의 자식이 아닌 혈통이 다른 인물에게 왕위를 물려주는 제도로 덕이 있는 사람에게 후계를 넘겨주는 제도를 말한다. 고대부터 선양제도는 유교적 이상향의 하나로 여겨왔다. 그리고 세습은 군주의 통치권이 동일 가문 즉 자손이나 형제로 이어지는 것을 의미한다. 문헌에 최초의 세습 왕조로 기록된 나라는 하夏나라이다. 다만 고고학적 근거가 미약해 실존 국가로의 인정에 이론이 분분하지만 기록에 따르면 건국자는 우禹임금이고 사후 하나라의 왕위는 우의 아들 계에게 세습되었다고 한다.

왕위의 세습제도가 고착된 뒤에도 역성혁명으로 왕조가 바뀔 때마다 선양의 방법은 여러 왕위 찬탈자들에게 악용되었다. 즉 역사에 기록된 선양은 모두가 그럴싸하게 잘 포장된 왕위 찬탈의 여론용 보여주기나 혹은 요식행위 같은 정치적 쇼맨십이 되어 버렸다. 왕위 찬탈자는 예의상 2~3번 정도는 자신의 능력이 부족하여 거절하는 모양새를 취하다가 나중에는 못 이기는 척 즉위를 하며 왕위를 찬탈하였다.

이러한 행위는 한나라를 세운 유방에게서 비롯되었다. 유방이 항우를 물리친 후 주변에서 황제로 등극하라는 권유를 세 번 거절하고 네 번째에 즉위 한데서 유래하였다고 한다. 긍정적이든 부정적이든 이러한 선례가 일단 생기자 후대 위진남북조의 진晉·송宋·제齊·양梁·북제北齊·후주後周·진陳 및 수나라 당나라로 이어지며 하나의 악습으로 고착되었다.

우리나라의 경우에도 예외는 아니었다. 먼저 신라의 마지막 왕 경순왕이 고려의 왕건에게 여러 번 귀순을 청하며 선양의 예를 보였지만 왕건은 몇 차례 거절하며 사양하다가 나중에는 슬그머니 넘겨받았다. 또 고려의 마지막 왕 공양왕이 조선의 태조 이성계에게 왕위를 선양하였다고 하지만 사실은 협박에 의한 찬탈에 가깝다. 마치 선양을 한 것처럼 여론을 조작하여 악용한 케이스이다.

한중왕漢中王과
서초패왕西楚霸王의 꿈

Key Word

홍문연鴻門宴 · 서초패왕西楚霸王 · 두주불사斗酒不辭 · 수자부족여모竪子不足與謀 ·
도광양회韜光養晦 · 금의환향錦衣還鄕 · 금의야행錦衣夜行 · 목후이관沐猴而冠 ·
일모도원日暮途遠

　잔인한 보복을 하느라 잠시 지체된 사이 유방이 먼저 함양에 입성하자 항우는 크게 분노하다가 급기야 유방의 군대와 대치국면으로 들어간다. 항우의 책사 범증은 유방이 큰 야심을 가진 인물이라 생각하고 홍문관에서 연회를 베풀어 유인한 다음 죽이려는 음모를 꾸몄으나 항백이 장량에게 언질해주는 바람에 홍문관 연회鴻門館宴會의 계획은 수포가 되었다. 심상치 않은 분위를 파악한 유방은 옥새玉璽를 항우에 상납하고 겨우 목숨을 구하여 도망친다.

　함양에 입성한 항우는 진나라 왕 자영을 죽이고 함양의 아방궁을 불태우는 등 잔인한 보복 정치를 시작하여 민심을 크게 잃게 된다. 또 항우는 초 회왕과의 약속을 어기고 본인 스스로 서초패왕西楚霸王이 되고 유방을 한중왕漢中王에 봉한다. 그리고 장한은 옹왕에, 사마흔은 새왕에, 동예는 책왕에 봉한 다음 그들에게 유방을 견제하도록 밀령을 내렸다.

　유방은 한중왕이 되어 파촉지방으로 들어가면서 자신이 북방에 야심이 없음을 항우에게 보여주려 잔도를 끊고 근신하는 모습을 보인다. 그러면서 한편으로는 은밀히 재기를 준비한다.

　한편 항우는 범증 및 한생 등 많은 중신들의 만류에도 불구하고 함양을 버리고 고향으로 천도한다. 또 초왕(의제)을 살해하고 자신이 명실상부한 패왕이 된다.

한중왕漢中王 유방의 꿈

① 홍문관鴻門館 연회宴會

유방이 먼저 관중에 입성하자 항우는 분노하여 총력으로 함곡관을 돌파하고 홍문에 진지를 구축하며 상황을 살폈다. 책사 범증은 유방이 범상치 않은 인물임을 간파하고 제거할 기회를 노리고 있었다. 마침내 범증은 홍문관에 유방을 초대하여 연회를 하는 틈에 죽이기로 항우와 밀약을 하였다.

그런데 장량과 친밀한 사이였던 항우의 숙부 항백이 장량에게 계획을 알려주며 피신하라고 권하자 장량은 바로 이 사실을 유방에게 알리고 대책을 강구하였다. 홍문관 연회가 개최되자 유방은 직접 항우의 진영에 찾아와 오해를 해명하고 사과를 하며 용서를 구하였다. 단순하면서 호탕한 항우는 연회가 한창 진행되자 모든 것을 불문에 부치고 기분 좋게 술을 마셨다. 범증이 세 번이나 항우를 향해 유방을 죽이자는 신호를 보냈으나 항우는 이를 묵살하였다.

이에 범증은 은밀히 항장을 시켜 군무를 추는 척 접근하여 유방을 죽이라고 지시하였으나, 이마저도 항백의 방해로 무산되었다. 이때 번쾌가 황급히 주연자리에 뛰어들자 항우는 오히려 노여움보다는 번쾌의 위풍과 패기에 관심을 보이고 술을 하사하였다. 번쾌는 단숨에 술 단지를 통 채로 벌컥벌컥 마시었다. 번쾌의 이런 행동에서 연유된 고사성어가 바로 주당들을 가리킬 때 쓰는 말인 두주불사斗酒不辭이다.

이 틈을 이용하여 유방은 슬그머니 화장실 가는 척 나와 주변을 살피었다. 상황이 불리함을 느낀 유방은 장량에게 뒷일을 맡기고 황급히 도망쳤다. 얼마 후 장량은 항우와 범증을 찾아가 유방 대신 사과하며 하직 인사를 전한다. 장량은 "패공께서 만취하시어 예를 갖추지 못하고 떠났기에 대신하여 인사를 드립니다. 부디 이 선물을 받으시고 노여움을 푸십시오."라고 말하며 사건을 수습하였다.

초나라 책사 범증과 항백

두주불사의 주인공 번쾌

만사가 수포로 되어버리자 화가 난 범증은 자신의 처소로 돌아와 분노를 참지 못하고 "어린애와는 대사를 도모할 수 없구나! 항우의 천하를 빼앗을 자는 바로 유방이로다. 후에 우리는 모두 그의 포로가 될 것이다!(수자부족여모竪子不足與謀!)"라고 탄식을 하였다고 한다. 여기에서 수자부족여모竪子不足與謀!라는 명언명구가 유래되었다.

홍문관 연회는 본격적인 초한전쟁의 서막이라 할 수 있다. 이 이야기에서 유래한 홍문연鴻門宴은 상대방을 죽이기 위해 은밀히 벌이는 연회석을 의미하며 현대에는 주로 껄끄럽고 다소 어색한 자리를 일컫는 말로 사용된다. 또한 "항장이 칼춤을 추는 의도는 패공을 해치려는 데 있다."는 뜻인 "항장검무의재패공項莊劍舞意在沛公"이라는 성어도 여기에서 유래되었다.

유방에게 홍문연은 매우 의미가 있는 중요한 사건이었다. 구사일생의 위기에서 간신히 살아난 사건으로 유방 인생의 전환점이 된 분기점이라 할 수 있다. 현실적이고 이성적인 유방은 실속없는 옥새를 항우에 상납하고 새로운 정국의 틀을 구상하였다. 즉 목전의 실리를 버리고 대의명분을 추구하며 도광양회의 길을 선택하였던 것이다. 관인대도의 포용력으로 민심을 끌어안고 더 크고 위대한 천하통일의 꿈을 꾸는 계기가 되었다.

② 유방의 도광양회韜光養晦

도광양회韜光養晦라는 고사성어는 "자신의 능력이나 야심을 드러내지 않고 때를 기다리며 실력을 배양한다."라는 의미로 최초의 기록은 나관중의《삼국지연의三國志演義》에서 유래한다. 즉 유비劉備와 조조曹操의 대화 중에 언급된 도회지계韜晦之計란 말에서 비롯되었다.

《삼국지연의》제21회에는 갈 곳 없는 유비가 조조의 휘하에서 반인질 상태로 지내던 어느 날, 유비의 야심과 속내를 알아보기 위해 조조가 술자리를 만들어 영웅에 대한 의견을 주고받는 장면이 나온다. 이때 조조가 "천하에 많고 많은 사람과 영웅이 있지만 진정한 영웅은 유비 그대와 나 두 사람뿐이다."라고 언급하자 깜짝 놀란 유비는 당황하여 젓가락을 땅바닥에 떨어뜨리고 말았다. 이처럼 나약한 모습을 본 조조는 유비에 대한 경계심을 풀기 시작하였다는 이야기가 나온다. 여기에서 유비가 장래를 내다보고 일부러 자신의 야망을 드러내지 않고 자신의 몸을 낮춘 도회지계韜晦之計의 계략이 여기에서 유래된 것이다.

　서양에서도 이와 유사한 말이 있다. 군주론을 쓴 마키아벨리는 그의 또 다른 저서 《군주의 거울》에서 "침묵하고 드러내지 마라. 강자의 지배하에서는 자신의 의도를 드러내지 말고 힘을 기른 다음 단호하게 치고 나가라."고 하였다. 이는 등소평이 언급한 도광양회 정책과 매우 유사하다.

　도광양회라는 고사성어는 청대 말기에 간헐적으로 사용되었으나 일반적으로 널리 알려진 것은 1980년대부터 중국이 취한 덩샤오핑鄧小平의 대외정책 때문이다. 1980년대 덩샤오핑은 개혁개방 정책을 취하면서 도광양회를 대외정책의 근간으로 삼았다. 당시에는 처음 개방개혁을 시작하여 국제적으로 중국의 영향력을 행사할 수 없었기에 정치경제 방면의 국력이 생길 때까지 침묵을 지키면서 주변 강대국들의 눈치를 살피는 일종의 외교전술로 사용되었다. 1997년 덩샤오핑은 죽기 전의 유언에서 앞으로 100년 동안 미국에 맞서지 말고 도광양회에 힘쓰라고 하였다. 후세대 지도자였던 장쩌민과 후진타오는 이 노선에 비교적 충실하였다. 그러나 2013년 주석에 오른 시진핑은 노선을 바꾸어 중국굴기中國崛起와 일대일로一帶一路, 그리고 중국몽中國夢을 내세우면서 미국과의 갈등을 초래하고 있다. 향후의 결과가 주목되는 외교전이기도 하다.

　도광양회라는 고사성어가 후대에 나왔음에도 불구하고 필자는 유방의 도광양회라는 제목으로 화두를 미리 당겨서 소개하고자 한다. 그 이유는 《삼국지연의》에서 유비가 도광양회로 천하삼분지계天下三分之計하는 장면이 나오는데, 여기에는 유비가 바로 유방의 계책을 모방하여 촉한을 북벌의 근거지로 삼았기 때문이다. 유방이 한중왕이 되어 파촉을 재기의 발판으로 삼아 북벌에 성공하였기 때문에 유방의 후손 유비 또한 그대로 모방을 한 상징성을 가지고 있다.

항우가 유방을 관중왕이 아닌 변방지방의 한중왕으로 봉하자 유방과 휘하부하들은 낙담과 절망에 빠진다. 이때 소하가 말하길 파촉은 비록 불모의 벽지라고 하나 외적의 침략에 안전하고 그 안전지대에서 현사를 모으고 군사력을 강화하면 다시 천하를 도모할 최적지라고 하며 도광양회를 제시하였다. 또 장량 역시 파촉을 재기의 발판으로 삼으라고 권하였다. 책사 역이기 역시 파촉으로 갔을 경우의 3가지 이로움을 제시하였는데, 첫 번째 이로움으로 파촉은 워낙 험지라서 우리가 무슨 일을 꾸미는지 적이 알지 못하고, 두 번째는 지세가 험난한 곳에서 군마를 조련하면 전투력이 강해질 것이며, 셋째로는 우리가 다시 관중으로 진출할 경우 군사들은 고향으로 돌아간다는 희망으로 사기충천해질 것이라고 설파하였다. 결론적으로 파촉을 근거지로 지금의 모욕을 다시 설욕하고 실력을 키워 천하통일의 대업을 만들어 보자는 도회지계韜晦之計를 준비한 것이다.

❸ 영웅의 자질

"시대가 영웅을 만든다."라는 말이 있다. 또 토머스 칼라일은 영웅이 나타나기 위해서는 또한 영웅에 적합한 세상이 있어야만 한다고 역설하였다. 항우와 유방이라는 시대적 영웅은 시대의 부름에 부응하여 나타났지만, 그들이 추구하는 이상과 방향 그리고 가는 방법은 차이가 있었다. 물론 출신배경 및 성장배경이 다르지만 그들의 리더십과 용병술

용인술 또한 크게 차이가 난다. 여기에서는 두 영웅의 리더십과 용병술을 위주로 분석해 보고자 한다.

유방과 항우는 타고난 성격도 다르지만, 자신이 가진 리더십과 그 리더십을 활용하는 방식에 있어서 많은 차이를 보인다.

항우와 유방의 리더십과 용병술 비교

	항우	유방
카리스마	감정적 힘의 카리스마	당근과 채찍의 리더십
리더의 자질	그릇의 차이와 포용능력 부족 豎子不足與謀, 沐猴而冠.	인내와 포용의 능력 忠言逆於耳而利於行, 良藥苦於口而利於病.
처세술	"강한 자만 살아 남는다"는 힘의 원리	인화와 냉철한 이성 및 쇼맨십
용병술	자만과 고집(범증 / 한생)	포용과 이용(한신 / 영포 / 팽월) 등
비전제시	자신을 위한 錦衣還鄉과 錦衣夜行	백성을 위한 約法三章
성패원인	잔인한 보복 자영 / 의제 시해로 민심이반 위기관리 능력 부족과 판단력	寬仁大度의 포용력 대의명분에 의한 민심활용 위기관리 능력(용병술과 리더십)

유방의 리더십은 비록 거칠기는 하지만 당근과 채찍을 주는 리더십으로 포용력이 강했다. 예를 들어 육가가 배신하고 돌아오지 않은 사건에도 눈감아 주고 다시 포용하였다. 또 상황이 불리하면 인내하며 끝까지 참고 견디는 장점을 겸비하고 있었다. 즉 죽음의 고비 앞에서도 의연히 참고 때를 기다리는 점은 유방만의 장점이라고 할 수 있다.

그러나 항우는 감정이 앞설 뿐만 아니라 강력한 카리스마로 일관하는 인물이다. 만사가 바로 힘의 원리에 의해 결정된다고 믿는 인물이기에 언제나 도전적이고 저돌적이었다. 그러기에 적절한 타협이나 융통성이 매우 적었다. 이러한 현상은 결국 포용력 부족으로 인재의 수용에 한계를 드러냈다. 즉 항우는 항시 강한 자만이 살아남는다는 힘의 원리를 맹신하였기에 타협할 줄 모르고 자만과 오만 그리고 고집과 아집에 집착하면서 대사를 망치는 결과를 여러 번 초래하였다.

반면 유방은 매사를 냉철한 이성으로 처리하면서 때로는 따스한 인정주의로 처신을 하였다. 또 필요에 따라서는 적절한 쇼맨십을 발휘하며 인재들을 마음대로 이용하였다. 또 필요에 따라서는 과감하게 인재를 포용하거나 냉정하게 제거하는 양면성을 보인다. 예를 들어 한신에게 천하삼분지계를 권했던 괴철이나, 초나라의 맹장 계포까지도 통 크게 용서하고 포용하였다. 그러나 한신이나 영포 및 팽월 등은 이용가치가 없어지거나 자신의 대업에 장애가 될 때는 과감하고 냉정하게 제거하는 냉정과 열정의 양면성을 가지고 있었다.

그 외 유방의 장점으로 꼽히는 것이 바로 실리와 경청이다. 신하들의 조언과 충언을 잘 수용한다는 점이다. 소하나 번쾌, 그리고 조참 등의 고향 사람들은 물론 장량이나 진평 등의 조언이나 계략까지도 전폭적으로 수용하였기에 대업을 이루는데 긍정적 요인으로 작용하였다.

반면 항우는 이와는 정반대의 모습을 보인다. 항우는 자신의 신하들에게 의리와 호탕한 사내다움을 보여주지만 항복하는 신하들이나 백성들을 대량으로 학살하는 경우가 많았다. 이러한 민심의 이반은 항우가 천하를 통일하는데 발목을 잡히는 결과를 초래하였다. 유방이 약법삼장이라는 간단한 법 하나로 진나라 백성들의 마음을 얻을 때, 항우는 진나라 백성들을 대학살 하면서 민심을 잃고 있었다. 또 항우는 초나라 측근

세력을 제외하고는 남을 믿지 못하는 모습을 자주 보이고 관직에 있어서도 자신의 일족만을 지나치게 차별대우하면서 내부결속에 붕괴의 조짐이 보이기도 하였다.

  결론적으로 최후의 승자는 유방의 몫이었지만 항우는 역발산기개세의 천하무적의 맹장이며 초나라 귀족 출신, 그리고 영웅의 자질을 구비하고 있었음에도 유방에게 모든 것을 내어주었다. 이유는 유방의 관인대도한 포용력과 대의명분, 그리고 위기관리 능력에서 그 원인을 찾을 수 있고, 항우의 실패 원인은 잔인한 보복행위와 독선 그리고 자만에서 그 패인을 찾을 수 있다. 항우와 유방에게는 둘 다 천하통일이라는 공통의 비전이 있었다. 하지만 그들이 각자 보여준 리더십과 통치 스타일, 그리고 조직관리의 용병술은 서로 확연히 달랐다. 이것이 결국 두 영웅의 승패를 가르는 분기점이 되었다.

서초패왕西楚霸王 항우의 꿈

❶ 항우의 18제후 분봉과 서초패왕

진승의 난은 중국 역사에서 기념비적 사건이었다. 비천한 신분의 진승이 대뜸 왕이 되어버리니 너도나도 왕이 되겠다고 나서는 계기가 되었다. 진승의 부하였던 무신이 진승의 명을 받아 조나라를 평정한 후 조나라 왕이 되었고, 또 한광이 무신의 명을 받아 연나라를 평정한 뒤 연나라 왕이 되었다. 이러한 전례는 항우나 유방에게도 답습되어 누구든 적당한 세력만 있으면 반역을 마음대로 꾀하는 반역의 시대가 열린 셈이었다.

진나라의 붕괴와 진승의 난은 중국 사회질서 유지에 또 다른 분란의 불씨를 만들었다. 즉 진나라의 붕괴와 함께 진나라 통일 이전 6국의 재건문제였다. 비록 6개국이 복원을 하였으나 왕족 간에 정통성문제가 대두되며 또 다른 분란이 야기되었다. 왕실재건에 성공한 여섯 나라 가운데 확실히 초나라와 한나라 그리고 제나라와 위나라 정도는 옛 왕실을 회복하였으나, 조나라와 연나라의 경우는 내분으로 또 다른 혼란에 빠져들었다.

그러나 더 큰 문제는 진승처럼 초나라 부활을 명분으로 반란을 일으켰지만 정작 진승 자신이 초나라 왕이 되는 경우였다. 초나라 왕족이 아닌데도 왕이 되었다가 몰락한 진승의 뒤를 이어 초 의제를 세운 항량은 큰 호응과 지지를 얻었다. 그러나 얼마 후 항우는 초 의제를 죽이고 자신이 서초패왕이 되었다. 그야말로 제2의 약육강식의 시대가 도래한 것이다. 그중의 선두주자가 바로 서초패왕 항우였다.

서초패왕西楚霸王이라는 명칭은 춘추시대의 강력한 힘을 가진 5패霸에서 유래되었다. 장량이 삼황오제나 춘추오패 같은 호칭 중 택일하라고 하자 항우는 왕 중 왕이라는 의미로 패霸와 왕王을 섞어서 스스로 패왕霸王이라 하였다. 이때 범증은 힘으로 으뜸가는 왕이라는 의미로 덕德이 아닌 무력武力이 강조되고 또 춘추오패의 결말이 모두 좋지 못했다는 점, 그 외 왕이라는 칭호가 격이 너무 낮다는 점을 들어 반대하였으나 항우는 이를 무시하고 패왕이라는 호칭으로 결정하였다.

진나라를 멸망시키고 정국운영의 기득권을 획득한 항우의 입장에서 적잖은 고민거리가 생겼다. 진을 멸망시킨 신생 초나라가 진의 군현제를 유지할 의지도 없었거니와 실행할 수 있는 능력조차도 없었다. 이미 전국각지에는 여러 세력이 들어서 있었기 때문이다. 그나마 항우가 진나라를 멸망시킨 장본인이고 최고 패권자로써 모든 정책의 결정권자였기에 항우는 결국 제후들을 분봉하는 방식을 선택하였다. 분봉의 결과는 다음과 같다.

서초패왕 항우 : 서주 일대
한왕 유방 : 파·촉·한중 일대
옹왕 장한 : 함양 이서

새왕 사마흔 : 함양 동쪽에서 황하 사이

적왕 동예 : 상군 전역

위왕 위표 : 산서성 하동 일대

대왕 조헐 : 대현 일대(본래 조왕이었음)

상산왕 장이 : 하북성 일대

은왕 사마앙 : 하남성 치현 일대

한왕 한성 → 정창 : 양책 일대

하남왕 신양 : 낙양 일대

교동왕 전시 : 산동 즉묵 일대

제왕 전도 : 임치 일대

제북왕 전안 : 산동 태안 일대

구강왕 영포 : 안휘 강소성 일대

형산왕 오예 : 형산군

임강왕 공오 : 남군 일대

요동왕 한광 : 요동 일대

연왕 장도 : 하북 및 요동 일대

　제후왕 분봉이라는 방식 자체는 문제가 없었으나 시행하는 과정에서 많은 문제점을 야기하였다. 분봉하는 과정에서 본래 6국 제후들의 영토를 임의대로 분할한다거나, 그 외 불공평한 분봉으로 제후들에게 적잖은 불만을 사게 되었다. 이런 문제점들이 겹쳐지면서 항우에게 불복하는 제후들이 하나둘씩 늘어났다. 결과적으로 분봉은 단 1년도 가지 못하고 붕괴의 조짐이 보이기 시작하였다.

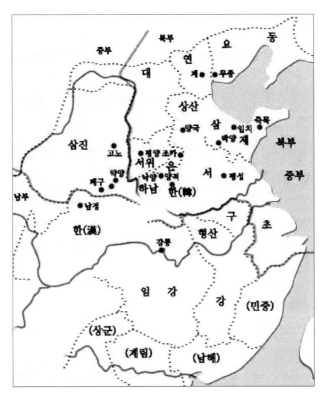

분봉 전후의 지도

 진나라 멸망 이후 항우는 천하통일의 기회를 잡았으나 어리숙하고 불공평한 논공행상으로 결정적 기회를 상실하고 말았다. 이러한 기회의 상실로 황제의 꿈은 사라지고 서초패왕의 꿈에 만족해야만 했다. 반대로 유방은 관중 땅을 분봉받지 못하고 절치부심하며 도회지계韜晦之計를 준비하였다. 결국에는 북벌이라는 명분을 내걸고 재기하여 천하 대권을 잡는데 성공하였다.

② 금의환향錦衣還鄉과 금의야행錦衣夜行, 그리고 목후이관沐猴而冠

진나라 수도 함양은 주나라周와 진나라秦가 창업했던 패업의 땅으로 관중關中이라고도 불리는 천혜의 요지이다. 이곳은 중원의 중심지로 정치적, 경제적, 그리고 군사 전략상으로도 매우 중요한 지역이다. 그 외 자원과 물자가 풍부하여 백성을 통치하기에 최적의 조건을 갖추고 있었으며 주변의 지형도 천연의 요새로 되어있기 때문에 수도로 쓰기에 최적의 장소였다. 함양은 지금의 서안으로 한나라부터 당나라까지 천년의 고도였다. 서안西安은 이전에는 장안長安이라 불리었으며 낙양洛陽과 함께 고대 중국의 양대 수도였다. 장안은 당시 매우 큰 도시였기 때문에 장안에서 한번 화제가 되면 순식간에 중국 전역 및 주변 국가로 퍼져나가 "장안의 화제"라는 말이 나오게 되었다.

그러나 항우는 이곳의 중요성을 알지 못했다. 진나라를 멸망시키고 금의환향하여 고향 사람들에게 과시하고 싶었다. 그러나 측근들이 천도하는 것을 말리자 오히려 고향으로 천도하지 않는 것은 비단옷을 입고 밤길을 가는 것과 같다고錦衣夜行 생각하였다. 그러면서 수도를 팽성으로 정하고 함양을 포함한 삼진 지역은 투항한 진나라 장수 장한, 사마흔, 동예에게 분봉하는 우를 범하였다.

항우는 진나라에서 탈취한 재물과 미녀들을 손에 넣고 고향으로 돌아갈 결심을 하였다. 이때 범증이 올바른 제왕의 길로 가라고 충고를 하였으나 요지부동이었다. 이때 한생이 재차 함양의 전략적 중요성과 정치 및 경제적 중요성에 대하여 간언을 하였지만, 항우는 오히려 "부귀해졌는데 고향에 돌아가지 않는 것은 비단옷을 입고 밤에 길을 가는 것과 같다.富貴不歸故鄉, 如衣錦夜行"고 말하였다. 여기에서 금의환향錦衣還鄉과 금의야행錦衣夜行이라는 고사성어가 유래되었다.

한생은 크게 실망하여 항우 앞을 물러나 탄식하며 "세상 사람들이 말하길 초나라는 원숭이에게 옷을 입히고 갓을 씌워놓은 것과 같다고 하더니 과연 그 말이 정말이었구나.(목후이관沐後而冠)"라고 혼자 중얼거렸다. 그런데 이 말을 들은 항우는 처음에는 무슨 뜻인지 몰라 진평에게 그 뜻을 물었다. 진평이 "주군을 비방하는 말로 원숭이는 관을 써도 사람이 되지 못한다는 의미와 또 원숭이는 사람이 아니므로 관을 만지작거리다가 결국 관을 찢어 버리고 만다는 뜻입니다."라고 말하자 항우는 크게 분노하여 한생을 펄펄 끓는 물에 삶아 죽였다. 이때 한생은 "백일 이내에 유방이 항우를 멸할 것"이라고 예언하며 죽었다. 과연 무리하게 천도를 감행한 항우는 얼마 후 관중 땅을 유방에게 빼앗기고 마침내는 사면초가로 멸망의 길을 가게 되었다.

옛말에 "축록자불견산逐鹿者不見山이요, 확금자불견인攫金者不見人"이라는 명언이 있다. 그 의미는 "사슴을 쫓는 자에게는 산이 보이지 않고, 돈을 붙잡으려는 자에게는 사람이 보이지 않는다."라는 의미이다. 즉 어느 집단의 리더나 통치자가 대의명분을 망각하고 자기 자신의 사리사욕과 감정에 치우치면 결국 본연의 대업은 실패하고 만다는 뜻이다.

③ 보복의 화신 서초패왕

"복수는 나의 힘"이란 말이 있다. 또 "복수는 당한 자가 하는 것이 아니라 힘 있는 자가 하는 것이다."라는 말도 있다. 그래서 복수라는 말은 감정을 매우 격동시키고 긴장시키는 위험한 어휘이기도 하다. 중국의 역사에서 복수의 화신이라 하면 대표적 인물로 오자서伍子胥를 꼽을 수 있다. 오자서는 억울하게 모함을 받고 죽은 아버지와 형을 보복하기 위해 수십 년을 인내하며 초지일관 보복을 준비한 인물이기 때문이다.

오자서는 춘추시대 초나라의 명문가 출신이었다. 적대관계에 있었던 비무기라는 인물이 오자서의 아버지 오사를 못마땅하게 여기고 모함을 시작하였다. 비무기는 오랜 명문가인 오씨 가문을 멸하기 위해 오사는 물론 두 아들 오상과 오자서를 죽이려 흉계를 꾸몄다. 결국 부친 오사와 형 오상은 억울하게 살해당하고 오직 오자서만 복수를 가슴에 품은 채 오나라로 망명하였다.

후일 합려의 오왕 등극에 일등 공신이 되어 재상이 된 오자서는 최고의 병법가인 손무와 함께 오나라를 부국강병의 나라로 만들었다. 복수를 위한 만반의 준비를 마친 오자서는 직접 군사를 이끌고 초나라를 공격해 수도를 함락시켰으나 원수인 평왕과 비무기는 이미 죽고 없었다. 그러자 오자서는 평왕의 무덤을 파헤치고 그 시신을 꺼내 300번이나 채찍질을 가하는 부관참시剖棺斬屍를 하며 복수를 갚았다. 이 일을 보고 있던 친구 신포서申包胥가 "비록 부모 형제를 죽인 원수를 직접 베지 못한 원통함은 짐작되나 죽어 문드러진 시신까지 부관참시하는 것은 천리에 어긋나는 처사"라고 비판을 하자, 이 말을 들은 오자서는 "해는 지고 갈 길은 멀어 도리에 어긋난 일을 할 수밖에 없었다.吾日暮途遠 故倒行而逆施之."라고 말한데서 연유된 고사성어가 일모도원日暮途遠이다. 일모도원은 날은 저물고 갈 길은 멀다는 뜻으로 주로 할 일은 많은데 시간이 없음을 비유할 때 쓰인다.

154

이처럼 오자서는 아버지와 형의 억울한 죽음을 잊지 않고 절치부심하여 결국에는 복수에 성공할 수 있었다. 그러나 죽은 자의 무덤까지 파헤쳐 부관참시까지 한 행동은 후대에 지탄의 대상이 되었다. 복수의 화신으로 오자서에 버금가는 인물이 바로 항우이다. 항우는 조부인 초나라 명장 항연과 숙부 항량의 원수를 갚고자 철저한 보복을 준비하였다. 그는 초지일관 진나라에 대한 적개심과 보복으로 일관하였다.

항우의 보복행위는 크게 5가지로 자행되었다.
(1) **양성 학살**: 항량 휘하에 있던 시절 항우는 별동대를 이끌고 양성襄城을 공격하였다. 그러나 성안 사람들의 저항이 거세지자 전력을 다해 성을 함락시킨 후 성안의 사람들을 모두 구덩이에 매장시켰다.
(2) **성양 학살**: 유방과 별동대로 움직일 때 성양을 함락하고 주민들을 학살한 사건이다. 항보 전투에서 항우는 장한을 격파한 후 추격하는 과정에서 성양의 주민들을 잔인하게 몰살시켜버렸다.
(3) **신안 학살**: 가장 상징적인 보복이 신안대학살이다. 신안대학살은 20만 진나라 포로들을 신안성 남쪽에 매장시킨 사건이다. 항우의 숙부인 항량을 살해한 진나라 군대이기에 20만의 병력을 몰살시키는 대 복수극을 저지른 것이다.
(4) **함양 학살**: 함양에 입성한 항우는 진나라를 자영과 백성들을 처형하는 함양대학살을 자행하였다. 그 외 진시황릉과 아방궁 등에도 불을 질러 수도 함양을 초토화시켰다.
(5) **제나라 학살**: 항우는 제나라와의 전쟁에서 포로들을 생매장하고 힘없는 백성까지도 모조리 묶어 포로로 만들어 버리고 심지어 항

복한 병사들을 모조리 파묻어 생매장하였다. 적국인 진나라가 아닌 점령지인 제나라 백성들까지 학살하였다.

항우의 복수는 진나라 백성이 아닌 제나라를 포함한 다른 나라 사람들도 상당히 많았다. 항우의 복수는 오자서의 복수와는 사뭇 다르다. 항우는 초반에는 진나라에 대한 원한으로 복수를 시작했지만, 후반에는 자신의 대업에 장애가 되거나 혹은 개인적 감정에 의한 보복을 자행하였다. 그러기에 항복하든 저항하든 모조리 죽임을 당하고 나니 군사들이든 백성들이든 필사적으로 저항할 수밖에 없었다. 이와 반대로 유방은 학살자 항우에게 대항하는 구원자로 인식되었기에 백성들의 전폭적인 지지를 받으며 반사이익을 고스란히 받았다.

이처럼 항우의 무자비한 복수행위는 전략적인 측면에서 지극히 어리석은 행위였다. 항우의 잔인한 복수행위는 정도가 지나쳤기 때문에 바로 민심의 이반으로 이어졌고 또 핵심 참모의 이탈로 5년 만에 망국의 길로 접어들게 되었다. 그러나 항우는 죽으면서도 "하늘이 나를 망하게 한 것이지 내가 용병을 잘못해서 지은 죄가 아니다."라고 하였다고 한다.

홍문연鴻門宴

일명 홍문관 연회라고 한다. 유방과 항우의 만남처럼 다소 불편하고
어색한 모임을 홍문연이라 한다.

서초패왕西楚霸王

춘추오패의 패霸와 전국시대 9왕王을 합쳐서 만든 명칭으로 항우의
별칭이다. 항우가 초나라 출신이기 서초패왕이라 불렸다.

두주불사斗酒不辭

두주불사는 말술이라도 사양하지 않는다는 뜻으로 대단한 주량을 의
미한다. 홍문연의 번쾌에서 유래되었다.

수자부족여모竪子不足與謀

어린아이와는 더불어 대사를 꾀할 수 없다는 말로 어리고 경험이 부족
한 사람과는 큰일을 도모할 수가 없다는 뜻으로, 범증이 한 말에서 유
래되었다.

도광양회韜光養晦

도광양회는 빛을 감추고 실력을 기른다는 뜻으로 자신을 드러내지 않
고 때를 기다리며 실력을 기른다는 의미이다. 《삼국연의》의 도회지계
韜晦之計라는 말에서 처음 유래되었다.

금의환향錦衣還鄉

금의환향은 출세하여 비단옷을 입고 고향으로 돌아온다는 뜻이다. 즉
성공해서 만인의 환영을 받으며 고향으로 개선한다는 의미이다.

금의야행錦衣夜行

금의야행은 비단옷을 입고 밤길을 걷는다는 뜻이다. 밤길에는 화려한

비단옷이 드러나지 않으니 보람이 없다는 말로 금의환향과 금의야행은 항우가 한 말에서 유래한다.

목후이관沐猴而冠

목후이관은 원숭이가 관을 썼다는 의미로 곧 의관은 그럴듯해 보이지만 생각과 행동은 사람답지 못하다는 말로 한생이 항우에게 한 말이다.

일모도원日暮途遠

일모도원의 뜻은 날은 저물고 갈 길은 멀다는 의미이다. 즉 할 일은 많은데 시간이 없음을 비유하는 말로 《초한지》에 나온 것이 아니라 오자서가 한 말에서 유래되었다.

상식 한 마당 6

도광양회韜光養晦와 일대일로一帶一路 그리고 중국몽中國夢

도광양회韜光養晦는 1990년대 덩샤오핑의 외교정책을 지칭한다. 이 고사성어의 최초기록은 《삼국지연의三國志演義》 제21회의 도회지계韜晦之計란 단어에서 유래되었다. 그 후 도광양회라는 말은 청대 말기에 간헐적으로 사용되다가 1980년대 이후 중국이 취한 덩샤오핑의 개방개혁 때문에 크게 주목받은 어휘가 되었다. 1997년 덩샤오핑은 죽기 전에 두 가지 유언을 남겼다고 한다. "첫째는 향후 100년은 미국에 맞서지 마라. 둘째는 도광양회에 힘써라."라는 내용이다.

중국을 개혁개방의 길로 이끈 덩샤오핑의 외교정책은 소위 "28자 방침"으로 "중국은 어떠한 입장을 내거나 행동을 취하기 전에 반드시 국제정세의 변화를 냉정하게 관찰冷靜觀察을 해야 하며, 동시에 스스로 내부의 질서와 역량을 공고히 하고穩住陣脚, 중국의 국력과 이익을 고려해 침착하게 상황에 대처하며沉著應付, 대외적으로 능력을 드러내

158

지 않고 실력을 기르면서韜光養晦, 능력이 없는 듯 낮은 기조를 유지하는 데 능숙해야善於藏拙하고, 절대 앞에 나서서 우두머리가 되려고 하지 말아야 하며決不當頭, 해야만 하는 일은 반드시 한다.有所作爲"라는 내용이다. 그 후 장쩌민과 후진타오는 이 노선에 충실하였으나 2010년대에 주석에 오른 시진핑은 자신감에 넘쳐 중국굴기中國崛起 혹 화평굴기(和平崛起라고도 함.)와 일대일로一帶一路 및 중국몽中國夢을 내세우면서 G2 국가의 위용을 과시하기 시작하였다.

특히 시진핑이 내세우는 일대일로一帶一路(One belt, One road)란 신실크로드 전략 구상으로, 중앙아시아와 유럽을 잇는 육상 실크로드를 일대一帶라 하고 동남아시아와 인도를 거쳐 아라비아 및 아프리카로 연결하는 정화의 원정길을 일로一路라고 한다. 즉 일대일로는 내륙과 해상의 실크로드 경제벨트를 지칭하는 것으로 약 35년간(2014~2049) 고대 동서양의 교통로인 실크로드를 다시 구축하여 중국을 위주로 하는 대규모 경제 네트워크 프로젝트이다. 2013년에 시진핑 주석이 주도를 하기 시작하여 현재 140여 개 국가 및 국제기구가 참여하고 있는 것으로 알려져 있다.

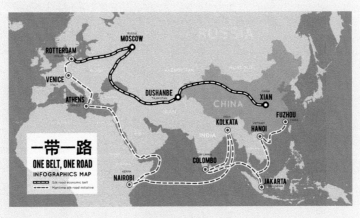

일대일로 지도

이처럼 시진핑은 중국굴기와 일대일로를 통하여 중국을 세계 중심 국가로 발전시키겠다는 비전인 "중국의 꿈中國夢"을 제시하였다.

　이러한 중국 중심주의 대규모 프로젝트는 미국을 중심으로 한 주변 국가들로부터 심하게 견제를 받고 있다. 덩샤오핑이 죽기 전에 남긴 방침과 정책을 어기고 일찍 터트린 샴페인을 이제 시진핑이 어떻게 수습을 할지 귀추가 주목된다.

한초삼걸漢初三傑의 꿈

　장량은 유방에게 파촉으로 들어가는 길에 잔도를 끊어버리라 하고 자신은 함양으로 나가 한신 등 많은 인재들과 접촉하며 새로운 전략 전술을 구상한다. 장량은 재주는 있으나 신분이 천하다는 이유로 항우에게 중용되지 않는 한신에게 명검을 판다는 구실로 접근하여 유방에게 귀의하라고 설득한다. 그리하여 한신은 마침내 항우를 버리고 유방에게로 전향하게 된다.

　한신은 하후영과 소하의 추천으로 유방을 접견하나 유방은 한신의 신분이 미천하다는 이유로 높게 중용하지는 않았다. 이에 실망한 한신이 어느 날 유방 진영에서 떠나려 하자 소하가 밤새도록 달려와 회유를 시킨다. 이때 한신은 장량의 추천서를 내놓는다. 유방은 그때서야 한신을 믿고 삼군을 지휘하는 파촉대원수로 임명한다.

　이후 한신은 군기를 쇄신하고 차근차근 북벌 준비를 진행한다. 그러나 갑작스러운 낙하산 인사의 출현에 번쾌나 은개 등 수많은 장수는 노골적으로 반발을 한다. 한신은 곤외지권閫外之權을 이용해 은개를 시범타로 참하는 등 군기를 쇄신하고 기강을 확립하여 북벌을 준비한다.

　명재상 소하는 한신의 재능과 능력을 간파하고 북벌에 필요한 재정과 군비를 구축하는데 전력을 다하여 지원한다. 이렇게 하여 유방군은 한신을 중심으로 북벌을 위한 최후의 일전을 준비한다.

한초삼걸漢初三傑이란?

한나라 개국공신인 장량張良과 한신韓信, 그리고 소하蕭何를 지칭하는 말이다. 이들은 모두 뛰어난 유방의 참모들로 한나라 창업에 핵심적인 역할을 한 인물이다. 그러기에 지금까지도 장량에게는 "중국의 최고 책략가", 소하에게는 "중국 최고의 명재상", 한신에게는 "중국 최고의 명장"이라는 수식어가 따라다닌다. 이처럼 이들은 모두 유방의 핵심 참모이지만 그들의 활동 분야와 개인 능력에 따라 "대책략가", "명재상", "명장"과 같이 각각의 역할이 확연하게 구분된다.

일반적으로 많이 사용하고 있는 참모參謀라는 단어는 사실 군사용어에서 나온 말이다. 사전적 개념으로는 "지휘관을 도와서 인사, 정보, 작전, 군수 따위의 업무를 담당하는 장교"를 말한다. 이러한 관점에서 장량은 정보나 인사 참모의 성격이 강하고, 한신은 작전 참모, 소하는 군수 참모의 역할이 두드러진다. 그러나 현대사회에서 참모라는 일반적인 개념은 "윗사람을 도와 일을 꾀하고 꾸미는 측근으로 지모智謀가 뛰어난 사람"을 의미한다. 또 영어에서는 보통 스탭staff 혹은 어드바이저 adviser, advisor라고 한다.

본 장에서는 한나라 창업에 혁혁한 공로를 세운 한초삼걸의 영웅담과 그들의 야망과 꿈에 대하여 살펴보고자 한다.

장량張良의 미래를 보는 혜안慧眼

❶ 장량에서 책략가 장자방이 되기까지

한초삼걸 가운데 소하나 한신은 평범한 평민 출신이지만 장량은 한韓나라의 권문세가 출신으로 자는 자방子房이다. 그가 바로 중국에서 명참모로 알려진 장자방이다. 장자방이란 말은 이제 최고의 참모에게 붙이는 보통명사가 되었다. 한나라의 개국공신이며 군사전략가인 장량은 제갈공명과 함께 중국 최고의 참모로 손꼽힌다. 진나라가 한韓나라를 멸망시키자 한나라의 회복을 도모하며 창해역사滄海力士와 같은 자객들과 교류를 맺고 박랑사博浪沙에서 진시황秦始皇을 살해하려고 했던 인물이 바로 장량이다.

진시황 저격사건이 실패하자 장량은 잠적하여 유랑하다가 우연히 다리 위에서 황석공에게 《태공병법太公兵法》을 전수받았다고 한다. 여기에 딸린 고사가 매우 신비롭다.

어느 날 장량이 다리를 지나는데 한 노인이 장량을 보더니 갑자기 신발을 벗어 다리 아래로 내던지고는 장량에게 주워오라고 하였다. 장량은 신발을 주어 겸손하게 노인에게 건네주었다. 그러자 노인은 신발을 더 멀리 던지며 주워오라고 하였다. 이렇게 세 번을 반복하여 장량을 시험하였다. 이렇게 장량의 인성을 시험하더니 노인은 닷새 후 동트기 전에 이곳으로 나오라고 하고는 이내 사라져 버렸다.

괴이하게 생각한 장량은 별생각 없이 이를 무시하였으나 혹시나 하는 마음으로 닷새 후 늦은 아침에 다리로 가보았다. 그러자 노인은 늦게 왔다며 화를 버럭 내고는 닷새 후 다시 오라고 하였다. 장량은 다시 닷새 후 아침 무렵에 터덜터덜 다리에 나가보니, 노인은 이번에도 늦었다며 화를 내고는 또다시 닷새 후에 오라고 하였다. 장량은 노인이 심상치 않은 인물임을 간파하고 닷새 후에는 동트기 전에 미리 가서 대기하였다. 이때 노인은 홀연히 나타나 책 한 권을 주고는 사라져 버렸다. 이것이 바로《태공병법太公兵法》(일명 육도삼략六韜三略이라고 하며 강태공 여상이 지었다고 알려졌다.)이며 그가 바로 황석공이라고 전해진다. 이 책을 철저히 학습한 장량은 후에 유방의 책사가 되어, 한나라의 창업에 결정적인 역할을 한 핵심 참모가 되었다.

② 칼장사 장량

장량이 유방의 참모가 되어, 특히 책사로서 두각을 나타내기 시작한 것은 바로 관중으로 입성하는 과정부터이다. 또 관중 입성 후에는 홍문관 연회에서 위기에 빠진 유방을 구출하는 등 최고의 참모로 일익을 담당하였다. 특히 항우가 유방을 한중왕으로 임명하여 파촉의 산지에 가둬두려 했을 때도, 장량은 오히려 잔도棧道를 불태워 항우를 안심시키는 지혜를 발휘하기도 하였다.

장량은 유방의 부대가 파촉으로 들어가는 모습을 보고 자신은 함양으로 나아가 새로운 전략을 준비하였다. 첫째는 항우로 하여금 진나라 수도 함양을 버리고 팽성으로 수도를 옮기도록 모사하는 것이고, 둘째는 천하의 제후들을 설득하여 항우를 배반하고 유방에 귀의토록 하는 것이며, 셋째는 한나라에 필요한 대원수가 될 만한 인물을 찾는 것이었다.

마침내 장량은 고향 출신인 한신에게 은밀하게 접근하여 회유하였다. 당시 항우 진영에 있던 한신을 찾아가 유방 편으로 올 것을 회유하는 과정에서 천하의 보검 세 자루 중 마지막 한 자루를 한신에게 선물하며 접근하였다. 핵심내용은 "천하 보검 세 자루는 모두 다른 이름으로 불리는데 한 자루는 〈천자검天子劍〉이라 하고, 한 자루는 〈재상검宰相劍〉이라 하며, 나머지 검을 〈원술검元戌劍〉이라고 합니다. 그러기에 천자검은 패공 유방의 성품이 관인대도寬仁大度하고 관상학상으로도 천자의 기상을 타고난 인물이기에 유방에게 팔았고, 재상검은 소하 대인에게 팔았는데 그는 무력武力을 사용하지 않고 인의仁義만으로도 세상을 다스릴 명 재상감이기에 그분에게 팔았습니다. 내가 본 당신은 손자孫子나 오자吳子보다도 더 원대한 포부를 가슴속에 품고 있으나 주인을 잘못 만났기 때문에 허송세월하고 있는 것입니다. 옛날부터 좋은 새는 나무를 가려 깃들이고, 현명한 신하는 주인을 가려 섬긴다.(양금상목이서良禽相木而棲, 현신택주이좌賢臣擇主而佐)라는 말이 있습니다."라고 한신을 설득하였다. 그리하여 한신은 항우를 포기하고 유방이 있는 파촉으로 떠났다.

③ 장량의 전략전술

황석공黃石公으로부터 《태공병법太公兵法》을 전수받은 장량은 유방에 합류하여 자신의 병법을 마음껏 펼치기 시작하였다. 장량이 펼친 중요한 책략 몇 가지를 소개하면 다음과 같다.

망풍귀순望風歸順과 관인대도寬仁大度

관중으로 진격하던 유방은 완성에서 남양태수 부대를 만나게 된다. 유방은 우회하려 하였으나 장량의 계책을 받아들여 군대를 이끌고 은밀하게 접근하여 완성을 겹겹으로 포위하고 압박하였다. 결국 남양태수는 전의를 상실하고 투항하였다. 이렇게 무혈입성하여 관용과 포용으로 처리하니 다른 제후들도 하나씩 귀순해왔다.

상대의 마음을 움직이는 화술話術과 충언忠言

진나라 수도 함양에 입성한 유방은 잠시 승리에 도취되어 중심을 잃고 흔들린 적이 있었다. 처음에 번쾌가 간언을 하였으나 유방은 그의 말을 무시하였다. 이에 장량은 유방에게 단호하게 다시 간언을 하였다. "진나라의 불의를 물리치고자 함양에 들어왔는데 우리가 이러면 그들과 다른 것이 무엇인가?"라고 고언을 하자 유방은 장량과 번쾌의 충고를 받아들였다.

사항지계詐降之計와 삼십육계三十六計

항우는 홍문鴻門에 군대를 진주시키고 유방과 승부를 겨루고자 하였다. 절체절명의 위기에 몰린 유방에게 장량은 항우의 군대에 맞서 싸울 수 없으니 싸울 의사가 없음을 항우에게 알리고 찾아가 옥새까지 헌납하며 사죄를 하도록 주선하였다. 겨우 항우의 노여움을 풀었지만, 범증이 항장을 시켜 연회석상에서 검무를 추는 척하다가 유방을 죽이려는 의도를 간파하고 황급히 번쾌를 끌어들여 국면을 수습시켰다. 그리고는 은밀히 유방을 사지에서 탈출시키는 기지를 발휘하였다.

허허실실虛虛實實과 완병지계緩兵之計

항우는 약속을 어기고 유방에게 황량한 파촉巴蜀(지금의 사천성)을 분봉하였다. 또 관중 지방을 세 구역으로 나누어 장한 등 옛 진나라 장수들에게 나누어주며 유방의 북상을 막게 하였다. 유방은 매우 분노하였으나 장량은 그를 진정시키고 항백에게 은밀하게 로비를 하여 한중漢中(지금의 산시陝西성 한중시)까지 봉지를 확장시켰다. 그리고는 항우의 의심을 풀기 위해 잔도棧道(절벽 사이에 임시로 놓은 다리)를 모두 불태워 버렸다.

이간계 離間計와 이이제이以夷制夷

유방이 북벌에 성공하였다는 소식을 듣고 항우는 크게 분노하여 유방을 공격하려 할 때, 장량은 제왕齊王 전영이 모반을 꾀한다는 유언비어를 퍼트려 항우와의 사이를 이간시켰으며, 심지어 제나라와 초나라가 전쟁을 벌이도록 다양한 계책을 제시하였다. 그 외에도 유방이 항우의 전략에 말려 궁지에 몰려있을 때, 장량은 "초나라 맹장 구강왕九江王 영포와 항우의 사이를 더 이간시키고, 또 제나라 전영을 도와 양나라 땅에서 항우에게 대항했던 팽월을 끌어들여 항우와 맞서게 하는 등, 이이제이 전략을 구사하였다.

욕금고종欲擒故縱과 소리장도笑裏藏刀

한신은 유방의 명을 받아 위나라, 대나라, 조나라, 연나라에 이어 제나라까지 평정하였다. 그리고는 자신을 제나라의 임시 왕으로 봉해달라고 유방에게 요청하였다. 유방은 크게 분노하였으나 장량은 한신이 외부에서 병권을 쥐고 있으니 자극하지 말라고 말렸다. 그러자 유방은 오히려 임시 왕이 아니라 정식 왕으로 한신을 제왕에 봉하였다. 그리고는 한신에게 초나라를 공격하라고 명하였다. 이와 같이 큰 것을 얻으려면 작은 것을 내주라는 뜻이 욕금고종이다. 또 웃음 속에 칼을 숨기고 있다가 기회를 엿보라는 것이 소리장도笑裏藏刀인데 유방은 천하를 얻은 뒤 한신을 토사구팽하였다.

당근과 채찍

유방과 항우가 홍구에서 평화조약을 맺고 난 후, 장량은 천하통일의 기회를 놓칠 수 없다며 팽월과 한신에게 연락하여 협공을 준비하였으나 팽월과 한신은 나타나지 않았다. 장량은 유방에게 이들에 대한 새로운 회유책을 건의하였다. 즉 유방은 계속해서 그 두 명에게 왕으로 봉하고 영지를 넓혀주는 등의 새로운 제안을 하였다. 마침내 그들은 제안을 거절하지 못하고 참전하여 천하통일의 대업을 마련하는 계기가 되었다.

④ 중국의 명참모와 장량의 처세술

"비울 줄 알아야 채울 수 있고, 버릴 줄 알아야 얻을 수 있다."라는 명언이 있다. 한초삼걸 가운데 유방에게 가장 신임을 받았던 인물이 바로 장량이다. 그러나 한신은 시종일관 일인자도 이인자도 아닌 어중간한 처신으로 많은 의심을 받았다. 소하조차도 몇 차례 유방의 눈 밖에 난 사실이 있었다. 그렇지만 장량은 그런 일이 거의 없었다. 또 장량의 제안을 유방이 거절한 적은 단 한 번도 없었다. 이처럼 장량에 대한 유방의 신뢰는 절대적이었다. 장량은 모든 욕심을 다 버렸다. 심지어 유방은 장량에게 무려 3만 호의 식읍을 주려고 했으나 그것마저도 사양하였다. 이러한 연유에서 장량이 중국의 명참모이자 최고의 처세가로 지금까지 회자되는 이유이기도 하다.

한초삼걸 중 소하蕭何는 행정업무의 달인이고, 한신韓信은 전투의 달인이다. 반면 장량은 책략의 달인으로 유방의 브레인이라 할 수 있는 핵심 참모였다. 장량은 말년에 : "우리 집안은 대대로 한韓나라의 재상 가문이었다. 한韓나라가 멸망하자 그 원수를 갚고자 천하를 진동시킨 적도 있었다. 지금은 이 세 치의 혀로 황제의 스승이 되었고, 또 만호의 봉읍을 받고 제후의 지위에 올랐으니 나는 이에 매우 만족한다. 이제는 세상사 모두 잊고 적송자의 뒤를 따라서 노닐고자 한다."라고 말하며 초연히 정계를 떠났다.

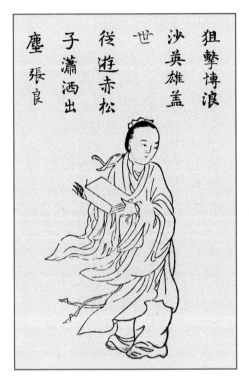

塵 子從世沙狙
張 瀟遊英擊
良 洒赤雄博
 出松蓋浪

중국 최고의 참모 장량

　이처럼 장량은 항상 이권을 사양하고 또 권력의 중심에서 비켜서는 처세를 하였다. 즉, 천하통일을 이루고 모든 관직에서 물러나 신선술을 배우겠다는 이유로 정치와는 일정한 거리를 두는 혜안을 가지고 있었다. 이는 한신과 팽월, 그리고 영포 등이 토사구팽 당하는 세상에서 자신을 방어하기 위한 처세술이었다. 그는 말년에 호남성 장가계張家界에서 유유자적하게 여생을 보내다가 유방이 죽은 지 8년 후에 세상을 떠났다.

한신韓信의 대야망

❶ 한신의 과하지욕袴下之辱과 일반천금一飯千金

한신의 생애에 대해선 의외로 정확한 기록이 많지 않다. 그러나 의외로 전설과 민간고사는 다양하게 전해진다. 특히 진시황 통치 시기에 불명예스러운 일화가 여러 가지 전해지고 있다.

한신은 젊었을 때 워낙 가난해서 어머니가 죽었을 때도 장례조차 치를 수 없었다고 한다. 한신은 늘 남에게 빌붙어 살았지만, 마음속에는 큰 뜻을 품고 또 항상 큰 칼을 차고 다녔다. 어느 날 한신이 회음의 시장 거리를 거닐고 있을 때, 칼을 찬 한신이 눈에 거슬렸던 불량배가 시비를 걸어왔다. "네가 사람을 죽일 만한 용기가 있다면 그 칼로 나를 한 번 찔러 보고, 자신이 없으면 내 가랑이 밑으로 기어나가라."라고 하였다. 한신은 말없이 바닥을 기어 불량배의 바짓가랑이 밑을 기어나가 만인의 웃음거리가 되었다.

먼 훗날 초왕이 된 한신은 시장 거리에서 망신을 준 불량배를 찾아왔다. 그는 처벌이 두려워 벌벌 떠는 불량배에게 오히려 벼슬을 하사하였다고 한다. "과하지욕袴下之辱"이라는 고사성어가 여기에서 비롯되었다. 이는 "가랑이 밑을 기어가는 치욕을 참는다"라는 뜻으로 큰 뜻을

172

지닌 사람은 작은 일로 남들과 옥신각신 다투지 않는다는 의미이다.

한번은 빈털터리로 동가식서가숙東家食西家宿하며 지내고 있을 때의 일이다. 그는 강가에서 낚시를 하고 있었는데, 낚시가 익숙하지 않아 제대로 잡지 못하여 굶주리고 있었다. 이때 강가에서 빨래하던 한 노파가 이 모습을 보고 동정하여 주먹밥 한 덩어리를 주었다. 한신은 노파에게 "나중에 제가 성공하면 후히 보답하겠습니다."라고 말했다. 한신은 왕이 된 후에 그 노파를 찾아가 황금 천냥을 주었다고 한다. 이리하여 나온 고사성어가 바로 일반천금一飯千金이다. 즉 한 끼 밥이 천금의 가치가 있다는 뜻이다.

항우 진영에서 하급관리로 있던 한신을 찾아간 장량은 천하 보검 중 마지막 검인 〈원술검元戌劍〉을 주면서 한중으로 유방을 찾아가 귀순하라고 권한다. 마침내 한신도 마음의 결정을 내리고 한중으로 떠난다. 한중으로 떠났다는 말을 전해 들은 범증은 그를 추격하여 죽이라고 명한다. 한신은 한중으로 도망치던 중 험한 길에서 나무꾼을 만나 지름길을 안내받는다. 그러나 그는 갑자기 돌아와 길을 가르쳐준 나무꾼을 죽여버린다. 이는 추적해 오는 초나라군의 추적을 은폐하기 위하여 부득이 나무꾼을 죽여버린 것으로, 한신의 냉정함을 엿볼 수 있는 부분이다. 그리고 후에 북벌을 하면서 그의 시신을 찾아내 장례를 후하게 치러주었다고 한다. 그의 이러한 행위에 대하여 후대에 여전히 긍정론과 부정론으로 갈리고 있다.

그리고 한신은 한중으로 가는 길에 호랑이를 때려잡은 천하장사 신기를 만나 많은 정보와 도움을 받는다. 그들은 훗날 다시 만날 것을 기약하고 헤어진다. 후에 한신은 북벌을 떠나는 도중에 그를 다시 만나 군대에 합류시켰다는 미담도 전해진다.

② 한신의 곤외지권閫外之權

옛날이나 지금이나 처음 어떤 단체의 장이나 대표로 임명을 받으면 기득권 세력으로부터의 견제와 텃세를 받는 것이 일상적인 일이다. 이는 리더라면 누구나 한번쯤은 부딪혀보는 경험이기도 하며 통과해야 하는 관문이기도 하다. 특히 파격적인 낙하산 인사일수록 기득권의 저항이 더 세게 마련이다. 이러한 의례절차를 통하여 그 사람의 처세술과 통솔력이 심판을 받게 되며 또 그의 정치적 성공 여부가 결정되기도 한다.

그러기에 예전에는 그 권위를 높여주고 질서를 바로잡기 위하여 황제가 특별한 권한을 하사하였는데 그것이 바로 곤외지권閫外之權이다. 곤외지권이란? 궁궐 밖의 모든 권한을 통제할 수 있는 권한으로 절대적 통솔권을 의미한다. 즉 황제의 명과 동일한 권한을 가진다.

고작 치속도위治粟都尉에 불과했던 하급장교 한신의 경우는 더한 저항을 받게 되었다. 물론 하후영과 소하, 그리고 장량의 추천으로 대원수가 되었지만, 그에게는 절대적 곤외지권이 필요했다. 한신은 대원수로 취임하면서 유방으로부터 대원수 보검과 인장을 하사받았지만 여전히 기득권의 저항에 직면하게 되었다. 특히 번쾌와 노관 등의 저항이 강력하였다. 한신은 결국 곤외지권의 절대적 카드를 빼어 들고 "부하 길들이기"를 위한 시범타를 보이기 시작하였다.

사실 시범타란 본보기로 삼거나 기선을 제압하기 위해 시범적으로, 그리고 의도적으로 엄하게 벌하는 케이스이다. 전고를 불문하고 세상에서 가장 미련한 자가 이런 시범타에 걸려드는 자이다. 여기에 번쾌와 은개가 걸려들었다. 번쾌는 유방의 손아래 동서지간이기에 강력한 처벌이 어려워 적절하게 겁을 주어 용서를 하였지만, 감군대장 은개의 케이

한초삼걸 한신

스는 달랐다. 참모 역이기는 물론이고 유방까지 만류하였으나 한신은 기강을 세우기 위한 고육지책苦肉之策이라며 처형을 강행하였다. 그 후 유방이 한신의 이러한 처사에 칭찬하는 칙서까지 내리자 더이상 한신 대원수를 거역하는 자는 없었다.

이렇게 군권을 장악한 한신은 소하의 도움을 받아가며 병권의 강화와 북벌을 위한 준비를 차곡차곡 진행하였다. 그러던 어느 날 번쾌를 시켜 북벌을 위한 잔도棧道 보수의 군령을 내린다. 이것이 바로 적을 속이는 명수잔도 암도진창明修棧道 暗度陳倉이란 전략 전술이다. 이처럼 한신은 군대를 통솔하는 능력에 있어서는 신들린 전략과 전술의 역량을 보여주지만, 전투 이외의 정치적 결단력은 매우 부족했다. 특히 제왕이나 군주로서 보여준 정치력이나 리더십은 부족함이 많았고 그중에서도 사회생활에 필요한 처세술은 매우 부족한 것으로 보인다. 그 외에 한신에 대한 각종 일화와 병법 배수진, 그리고 고사성어 다다익선과 토사구팽 등의 이야기는 뒤에서 다시 소개하기로 한다.

소하의 국사무쌍

❶ 소하와 국사무쌍

소하는 한나라 역사에서 영원한 2인자로 최고의 명예를 누렸던 사람이며, 중국의 명재상 가운데 손꼽히는 인물이다. 그는 진나라 하급관리로 있었지만, 봉기 과정을 통하여 유방의 잠재능력을 인정하고는 오히려 유방을 상관으로 모셨던 인물이다. 특히 초창기 봉기를 하면서 주로 행정 방면에 재능을 발휘한 유방의 핵심 참모였으며, 한나라의 창업 후에도 나라를 반석 위에 올린 최고의 재상이었다.

전쟁에서 병력과 군수물자 등 보급의 역할은 전쟁의 승패를 좌우할 만큼 중요한 것이다. 유방이 대군을 이끌고 항우와 싸울 때마다 소하는 흩어진 병력과 물자를 다시 추스르고 점검하여 재보급하는 역할을 충실히 하였다. 장량이 기묘한 책략을 구상하면, 한신은 탁월한 심리전과 용병술로 승리를 이끌었다. 이처럼 소하는 전쟁에서 필요한 군수물자와 병력 등의 보급을 한 치의 착오도 없이 탁월하게 수행하였기 때문에 이러한 능력이 한신 및 장량과 더불어 한초삼걸로 꼽히는 이유이기도 하다. 그리하여 후대 황제들 가운데는 소하와 같은 신하를 두고 싶다고 한 황제도 있을 정도로 그는 능력 있는 재상으로 평가되고 있다.

轉漕補
卒猶
守阿中
四
開基第
一功
蕭何

중국의 최고의 재상 소하

또 소하는 사람을 보는 눈도 일가견이 있었다. 한신이 초나라를 버리고 멀리 유방을 찾아 한나라로 들어왔으나 겨우 치속도위治粟都尉에 임명되었다. 이때 소하가 그의 비범함을 주목하여 유방에게 한신을 여러 번 추천하였으나 유방은 인재를 알아보지 못했다. 하급관리로 있던 한신은 희망을 잃고 한나라를 떠나기로 하였다. 이 말을 전해 들은 소하는 미처 유방에게 보고할 경황도 없이 한신의 뒤를 추적하였다.

한편 한신에 이어 소하까지 도망쳤다는 말을 전해 들은 유방은 몹시 낙담하였다. 그러나 얼마 후 소하는 한신을 데리고 돌아왔다. 유방은 소하에게 크게 화를 내며 도망쳤던 연유를 물었다. 소하는 "도망친 것이 아니라 도망친 사람을 붙들러 갔었습니다. 일반 장수는 얼마든지 보충할 수 있지만, 한신과 같은 인물은 국사로서 둘도 없는 인재이기 때문입니다.(국사무쌍國士無雙)"라고 하였다. 여기에서 나라에서 둘도 없는 뛰어난 인물이란 의미의 국사무쌍이라는 고사성어가 유래되었다. 이렇게 소하와 장량의 천거로 한신은 대장군이 되었다.

결과적으로 한신은 소하의 추천으로 인하여 한나라의 대원수가 되어 명성을 떨쳤지만, 정작 소하 때문에 최후를 맞이하는 숙명적 인과관계가 만들어지기도 하였다.

❷ 명재상 소하와 2인자의 길

소하에게는 명참모라는 명칭보다는 명재상이라는 별칭이 늘 따라다닌다. 종종 명재상이라는 별칭과 함께 영원한 2인자라는 수식어가 함께 따라다닌다. 유방과는 동향 사람이며 또 직급도 소하가 높았음에도 불구하고 소하는 한 번도 유방의 아성을 넘어서려고 시도한 적이 없었다. 늘 2인자의 자리에 안주하였다.

초한전쟁 중에 장량과 한신은 늘 전쟁의 최전방에서 중추적인 활동을 하며 무대의 중심에 있었다. 그러나 소하는 전쟁이 벌어지는 내내 후방에 머물러 있었기에 그에 대한 언급도 상대적으로 적다. 그러함에도 불구하고 행정제도를 정비하고 전쟁의 핵심인 보급에 주력한 그의 공로는 무시할 수 없다. 특히 전쟁 중이라 정상적으로 농사를 지을 수 없는 상황에서 민심을 다독이면서 군수물자와 병사들을 조달하는 일은 아무나 하는 일이 아니었다. 유방은 전쟁기간 동안 항우와 전쟁을 하느라 관중 땅을 늘 비워놓을 수밖에 없었다. 그러기에 행여나 반란을 도모하는 세력이 나타나지 않도록 민정을 철저히 살피고 통제하는 일은 소하의 몫이었다.

소하는 이처럼 어려운 상황에서도 장량과 한신 같은 영웅들의 뒤편에 서서 묵묵히 2인자의 길을 걸어갔다. 사실 삼진을 평정한 한신의 공로 이면에는 험준한 파촉에서 물자를 조달한 소하의 공훈이 절대적이었다. 또 팽성의 싸움에서 대패를 당했을 때도 소하의 적절한 보급에 힘입어 빠르게 극복할 수 있었다. 또 광무산 전투에서도 유방의 군량은 여유가 있었지만, 항우의 초군은 군량의 위기에 시달렸다.

그 외에도 소하의 가장 큰 업적 가운데 하나는 바로 진나라 수도 함양에 입성하자 진나라 승상부丞相府의 도적문서圖籍文書를 입수하여 한나라 왕조 경영의 기초를 다졌다는 점이다. 특히 궁궐에서 입수한 천하의 지리와 풍물 등을 적어놓은 지적도는 초한전쟁을 벌이는데 결정적 정보를 제공해주었다. 이러한 업적은 고조 유방이 즉위할 때에 논공행상論功行賞에서 으뜸가는 공신으로 책봉된 이유이기도 하다. 개국한 후에는 진나라의 법률을 취사하여 《구장률九章律》을 편찬하였다.

소하가 후대에 칭송받는 이유 중에는 명재상으로 명성을 떨친 것도 있지만 또 다른 이유는 그의 처세술이다. 소하는 전쟁 중 후방에서 군수물자 공급이라는 막대한 역할 때문에 유방에게 여러 차례 의심받기도 하였다. 그러나 그는 뛰어난 처세술과 정치 감각으로 부귀영화와 천수를 누릴 수 있었다. 그리고 후손들까지도 자자손손子子孫孫 부귀영화를 누릴 수 있었던 것은 소하가 이룩한 공훈이 다른 공신들과 비교할 수 없이 높고 컸던 것도 있지만 그의 지혜로운 처세술 또한 여기에 한몫하였다.

예를 들어, 유방이 형양성과 성고성에서 항우 군대와 접전을 벌이고 있을 때의 일이다. 군량이 기일 내 운송되지 못하자 유방이 서찰을 보내왔는데, 이상하게도 서찰에는 질책이나 독촉은 없고 그저 안부만 묻는 내용뿐이었다. 이때 소하는 이점을 이상하게 여겨 유방의 의도를 알아보니 유방이 자신을 의심한다는 결론을 내리게 된다. 그리고는 유방의 의심을 풀고자 소하는 자식들을 유방이 있는 최전방으로 참전을 시켰다. 일종의 인질을 보내어 의심을 풀고자 한 것이다. 과연 이 방법은 유방의 의도에 적중하여 후환을 예방할 수 있었다. 한나라를 건국한 후에 장량은 욕심을 버리는 무욕無慾으로 처세를 하였지만, 소하는 오히려 적절한 실리와 명분을 챙기는 처세를 하였다.

한초삼걸漢初三傑

한초삼걸漢初三傑은 유방이 건국을 할 때 최고의 창업 공신인 소하蕭何, 장량張良, 한신韓信을 일컫는 말이다. 후대에 소하는 최고의 재상으로, 장량은 최고의 책략가로, 한신은 최고의 무장으로 회자되고 있다.

과하지욕袴下之辱

과하지욕은 가랑이 밑을 기어가는 치욕이라는 의미로 큰 뜻을 지닌 사람은 사소한 일로 옥신각신하지 않고 대업을 위해 모든 것을 인내한다는 뜻이다. 이 고사성어는 한신에게서 유래되었다.

일반천금一飯千金

일반천금은 밥 한 그릇의 은혜를 천금으로 갚는다는 의미로 보통 일반지은一飯之恩 혹은 표모지혜漂母之惠라고도 한다. 이 고사성어의 기원은 한신의 이야기에서 유래되었다.

곤외지권閫外之權

곤외지권이란 궁궐 밖에서의 권리라는 의미로 전쟁이나 특수상황에서 임금이 총 지휘자에게 내리는 절대적 권한을 말한다.

국사무쌍國士無雙

국사무쌍이란 나라 안에 견줄 만한 자가 없는 인재로 가장 뛰어난 인물을 지칭할 때 쓰는 말이다. 이 고사성어는 소하가 한신을 일컬어 비유한 말에서 유래되었다.

양금상목이서, 현신택주이좌良禽相木而棲, 賢臣擇主而佐

양금상목이서, 현신택주이좌의 의미는 현명한 새는 나무를 가려 둥지를 틀고 현명한 사람은 자기 재능을 알아주는 사람을 가려서 섬긴다는 뜻이다. 이 명언은 《삼국연의》와 《초한지》에도 나온다.

중국의 형벌

고대 중국의 형벌은 매우 다양하고 잔인한 것도 많다. 그중 대표적인 형벌을 소개하면 다음과 같다.

1. 묵형墨刑 : 이마에 글자를 새기는 문신형 형벌이다. 중국에서 일반적으로 행해지던 형벌로 보통 경黥을 친다고 한다. 여기에서 "경黥을 칠 놈"이라는 욕이 나왔다. 《초한지》에서 영포가 경黥을 쳤다고 해서 경포라고 부르기도 하였다.

2. 의형劓刑 : 코를 베는 형벌이다. 경우에 따라서는 형벌과 상관없는 케이스도 있다. 즉 임진왜란 때 일본군이 조선인을 죽이고 코나 귀를 베어간 일화도 있다.

3. 비형剕刑 : 다리나 발꿈치를 자르는 형벌로 중국 역사에서 손빈과 방연의 일화가 유명하다. 방연이 동문수학한 친구 손빈의 다리를 잘라버렸다.

4. 궁형宮刑 : 생식기를 거세하는 형벌이다. 황제의 노여움으로 사마천이 궁형을 당하는 일화가 유명하다.

5. 대벽형大辟刑 : 사형시키는 형벌로 보통 목을 베어 죽이는 벌이다. 효수梟首형은 대역죄인의 경우 사형 후에 부가되는 형벌로 목을 잘라 저잣거리에 내걸기도 하였다.

6. 장형杖刑 : 일명 곤장형으로 나무로 엉덩이를 치는 형벌이다. 그 외 태형笞刑은 볼기를 작은 형장으로 치는 것으로 곤장형과 비슷하다. 《삼국지》에도 자주 등장한다.

7. 도형徒刑 : 보통 옥에 감금되어 형을 치르는 징역형으로 일반적으로 강제노역을 시키기도 하였다. 이러한 형벌은 《수호지》에도 많이 나온다.

8. 유형流刑 : 일명 유배형으로 귀양을 보내는 형벌을 말한다. 보통 외진 곳이나 외딴섬으로 보내는 형벌이다. 소동파가 해남도로 유배형을 당한 일화가 유명하다,

9. 능지처참陵遲處斬 : 죄인이 살아있는 상태에서 사지를 하나씩 베어내고 마지막에 목을 베어 죽이는 가장 잔인한 형벌이다. 유방의 부인 여태후가 척부인을 상대로 사람을 인체人彘로 만든 일화가 유명하다.

10. 거열형車裂刑 : 거열형은 목과 팔 그리고 다리를 소나 말이 끄는 수레에 매고 사지를 찢어 죽이는 잔인한 형벌이다. 소나 말의 힘을 사용하여 보통 오마분시五馬分屍 혹은 오우분시五牛分屍라고도 한다.

11. 사사賜死 : 궁중에서 가장 많이 행해졌던 형벌로 죄인에게 독약을 하사해 강제로 마시게 하여 죽이는 형벌이다. 주로 왕족이나 고관대작들의 명예를 존중하여 행하여지는 비교적 인간적인 형벌이다.

12. 팽형烹刑 : 보통 팽아지형烹阿之刑이라 하며 솥에 넣어 끓여 죽이는 형벌이다. 항우가 목후이관이라고 자신을 모욕한 한생을 이러한 방식으로 죽였다.

13. 포락지형炮烙之刑 : 상나라 주왕의 애첩 달기가 고안한 형벌이라 전해진다. 불로 달궈진 기름 바른 구리기둥 위를 맨발로 죄인이 걸어가게 하여 타죽게 한 형벌이다.

14. 부관참시剖棺斬屍 : 무덤을 파고 관을 꺼내어 시체의 목을 베거나 채찍질 하는 형벌로 오자서가 부친과 형의 원수를 갚았던 일화로 유명하고 조선시대 때에 연산군이 한명회를 부관참시한 일화가 유명하다.

북벌北伐의 꿈

　북벌 준비가 끝나자 한신은 번쾌에게 잔도수리 공사를 시켜 초나라 군대를 기만하고, 주력부대는 은밀히 다른 길로 진창을 공격한 끝에 장평을 크게 무찌르고 승리하였다. 다시 기세를 몰아 화공과 수공으로 장한을 패퇴시켰다. 그러자 이에 놀란 동예와 사마흔도 더 이상 버티지 못하고 순순히 항복을 하게 되어 결국 삼진三秦이 평정되었다. 또 천하명장 장한은 스스로 목숨을 끊으며 파란만장한 삶을 마감하였다.

　이후 유방과 한신은 대군을 이끌고 함양을 공격하여 초나라 군대를 몰아내고 함양을 점령하였다. 한편 장량은 평양과 낙양으로 가서 위왕 위표와 하남왕 신양을 설득하여 투항시켰다.

　그 외에도 유방은 왕릉에게 명하여 부친 태공太公과 가족들을 항우진영에서 몰래 구해오도록 조치하였고, 또 하내河內를 공격하여 은왕 사마앙의 항복을 받아냈다. 또 항우가 거듭해서 실정을 하며 인심을 잃자 진평은 항우를 등지고 한나라로 귀순하였다.

　한편 항우는 제나라를 공격하기 위해 구강왕 영포에게 출병을 명하였으나 영포는 병을 핑계로 출전하지 않고 병사만 보냈다. 항우는 병사를 이끌고 제나라에 입성하여 전영을 격파하였으나 전영의 아우 전횡은 보복이 두려워 결사항전을 하는 바람에 이곳에 발이 묶여 항우는 팽성으로 돌아오지 못하고 있었다.

《손자병법孫子兵法》과 암도진창暗度陳倉

　이전까지 유방의 주적은 진나라였지만 진나라가 망하고 더 이상의 주적은 없었다. 그러나 항우로 인하여 관중왕이 되지 못하고 한중왕으로 쫓겨난 이후로는 초나라 항우가 주적이 되었다. 파촉에서 와신상담하며 재기를 노리던 유방은 드디어 북벌을 감행하며 본격적인 초한전쟁을 일으켰다. 초한전쟁에서는 수많은 전략과 전술, 그리고 다양한 병법들이 출현한다. 초한전쟁에서 나온 병법을 소개하기에 앞서 중국 병법의 계보를 살펴보고자 한다.

❶ 중국의 병법서

　중국에는 수많은 병법서가 존재한다. 그중 병법의 양대 산맥으로는 《손자병법孫子兵法》과 《오자병법吳子兵法》을 꼽을 수 있다. 그 외 중국 병법의 교과서로 알려진 《무경칠서武經七書》가 있는데, 《무경칠서》는 바로 《손자병법孫子兵法》·《오자병법吳子兵法》·《육도六韜》·《사마법司馬法》·《삼략三略》·《위료자尉繚子》·《이위공문대李衛公問對》를 의미한다. 이 책은 송나라 신종 원풍 7년(1084년)에 기존의 병법을 토대로 7권을 뽑아 무학武學으로 지정하면서 《무경칠서武經七書》라고 부르게 되었다. 또 이 책은 조선시대 무과의 시험과목으로 사용되기도 하였다.

《손자병법孫子兵法》: 중국 병법의 원전으로 춘추시대 오나라의 명장인 손무孫武가 지은 책인데 현재는 13편만 전해지고 있다. 《손자병법》에서는 전쟁의 규범을 도道·천天·지地·장將·법法으로 분류하여 설명하고 있다. 이 책에 나오는 명언으로 "지피지기 백전불태知彼知己, 百戰不殆"와 "전쟁하여 이기는 것보다 전쟁을 하지않고 이기는 것을 최선으로 삼는다."라는 명언 등이 나온다.

《오자병법吳子兵法》: 춘추전국시대 오기吳起가 저술했다고 하며 특히 유교적 관점에 기초한 병법서로 알려져 있다. 주로 군주와 장수가 갖춰야 할 도리 등을 기술한 책이다. 이 책에서는 주로 전략戰略이나 정략政略을 중시하고 있다.

그 외의 병법서를 간략하게 소개하면 다음과 같다.

- 《육도六韜》: 일반적으로 태공망이 쓴 책이라고 하나 확실치 않다. 육도란 문도文韜·무도武韜·용도龍韜·호도虎韜·표도豹韜·견도犬韜로 구성된 병법서이다.
- 《사마법司馬法》: 제나라 사마양저가 저술한 것으로 알려져 있으나 확실치 않다.
- 《삼략三略》: 황석공이 장량장자방에게 전수했다는 설이 있으며 상략上略·중략中略·하략下略으로 구성되었다. 또한, 이 책은 태공망이 쓴 책이라 전해지며 합칭하여 보통 《육도삼략六韜三略》이라 부른다. 또 《태공병법太公兵法》이라고도 한다.

- 《울료자尉繚子》: 진나라 울료가 저술한 것으로 알려져 있다.
- 《이위공문대李衛公問對》: 당 태종이 묻고 그 신하 이정李靖이 대답한 문답형식으로 꾸며진 병법서이다.

그 외에도 대중에게 잘 알려진 《삼십육계三十六計》라는 병법서가 있다. 이 책은 위진남북조부터 시작하여 명말청초까지 필사본으로 민간에 떠돌며 명맥을 유지하다가 청초에 이르러 이와 같은 관련 자료를 모아 출간된 것으로 추정되는 책이다. 총 36개의 병법으로 구성되었다.

② 《손자병법》과 유방의 필승조건

세상에서 최고의 악서惡書는 병법서이다. 왜냐하면, 병법서는 싸움의 기술을 가르치는 책이기 때문이다. 또 전쟁을 통하여 수많은 살상을 조장하는 책이기도 하다. 그러함에도 불구하고 동서양에서는 이 책에 열광하는 모순이 만들어졌다. 중국의 수많은 병법서 중에서 으뜸은 역시 《손자병법》이라고 할 수 있다. 또 아직도 중국은 물론 동아시아 문화권에서 폭넓게 읽히고 있는 고전이기도 하다.

손자는 최상의 병법이란 바로 싸우지 않고 이기는 것이라 하였다. 또 싸울 수밖에 없는 상황이라면 미리 이겨놓고 싸우라는 것이다. 즉 최상의 선은 심리를 이용하여 상대와 싸울 일을 만들지 말고 이기는 것이며 어쩔 수 없이 싸울 수밖에 없는 상황이라면 미리 전략적으로 유리한 상황을 만들어서 승리를 확정 짓고 시작하라는 것이다. 결코 "지는 싸움은 하지 마라"는 것이 그가 주장하는 병법의 기본이며 궁극적 목표라고 할 수 있다.

현존하는《손자병법》은 시계始計, 작전作戰, 모공謀攻, 군형軍形, 병세
兵勢, 허실虛實, 군쟁軍爭, 구변九變, 행군行軍, 지형地形, 구지九地, 화공
火攻, 용간用間 등 총 13편으로 구성되었다. 처음 시작하는 부분이 시계
始計인데 시계에서는 도道 / 천天 / 지地 / 장將 / 법法을 오사五事라고 하
며, 이는 전쟁의 승패를 결정하는 다섯 가지 요소라고 언급하고 있다.
5가지 원칙을 유방과 항우의 승패 요건에 대입하여 분석하면 왜 유방이
최후의 승자가 되었는지 그 원인을 알 수 있다.

- 道명분 : 도는 대의명분을 말한다. 진나라를 타도하여 도탄에 빠진
  백성을 안정시키는 명분은 항우나 유방이나 대의명분에 부합된다.
  그래서 두 명 모두 성공적으로 출발을 하였다. 그러나 진나라 자영
  과 초나라 의제를 죽이고 잔인한 보복으로 일관한 항우는 명분에서
  밀리기 시작하였다.
- 天시기 : 천은 시기와 때를 말한다. 진승의 난 이후 유방은 항우와
  함께 천시를 타고나서 승승장구하였다.
- 地지리 : 지는 지리와 환경 및 주변 여건 등을 말한다. 유방은 파촉에
  서 북벌을 준비하고 또 함양을 전진기지로 하여 지리적 환경을 적
  극적으로 이용하였다. 그러나 항우는 함양에서 중국의 변방으로 천
  도를 하여 지리적 불리함을 자초하였고, 전투에서도 광무산과 구리
  산 등의 지리적 환경에서 늘 불리한 싸움을 하였다.
- 將지휘관 : 장은 지휘관의 통솔력과 인품 등을 말한다. 유방은 한신,
  장량, 소하 등 유능한 인재를 확보하였고, 성품에 있어서도 관인대
  도한 스타일과 리더의 자질이 항상 항우보다 우위에 있었다.

- **法규율**: 법은 규율과 관리제도 및 시스템을 말한다. 유방은 자신의 수양과 절제능력, 그리고 군기 등이 양호하게 정비되어 있었고 또 소하 같은 행정의 달인을 확보된 강점이 있었다.

유방에게는 이러한 요건들이 모두 합치되어 한나라 천하통일의 원동력이 되었으며 결국 최후의 승자가 되어 황제의 꿈을 이룰 수가 있었다. 《손자병법》의 시계편始計篇에 가정 먼저 나오는 것이 바로 "병은 속이는 것이다欺瞞. 병법은 기만술이다.兵者詭道也"라는 말로, 전쟁(혹은 용병)이란 속임수로 시작한다는 사실을 강조하고 있다. 또 "남을 알고 자신을 알면 백번 싸워도 위태롭지 않다.知彼知己, 百戰不殆"라고 하며 심리전을 중시하였다. 유방은 병법의 교과서인 《손자병법》의 이론에 충실하였고, 《손자병법》에서 제시하는 다양한 이론에 최적화된 요건을 갖추고 있었으며 끊임없는 도전정신과 야망으로 그의 꿈을 실현할 수 있었다. "꿈꾸는 자가 천하를 얻는다."라는 명언처럼….

③ 암도진창暗度陳倉과 병법

암도진창暗度陳倉이라는 말은 병법 용어로 병법서 《삼십육계三十六計》 중 적전계 제8계에 나온다. 한자 그대로 해석하면 "은밀히 진창으로 잠입하다."라는 말이다. 이 말은 한신이 삼진을 점령하기 위해 파촉에서 나올 때 생긴 용어로, 원래는 "명수잔도明修棧道 암도진창暗度陳倉"이다. 즉 겉으로는 잔도를 고치는 척하면서 은밀하게 진창을 건넌다는 계책이다. 암도진창은 병법 성동격서聲東擊西와 매우 유사하다. 즉

성동격서는 동쪽을 먼저 공격할 듯 소란을 피우다가 서쪽을 공격한다
는 뜻으로 반대쪽을 먼저 쳐서 상대의 관심을 분산시키고 은밀히 주된
목표를 본격적으로 공격하는 계책이다. 암도진창과 미세한 차이는 있으
나 전략적으로는 대동소이大同小異하다.

암도진창의 한신과 번쾌

홍문연 이후 항우의 억압적 분봉으로 한중왕이 된 유방은 파촉으로 들어가서 재기의 칼을 갈았다. 그리고 파촉에 있는 동안 한신 대장군을 중심으로 체제를 정비하여 북벌을 위한 만반의 준비를 하였다. 하지만 관중으로 진출하기 위해서는 장한章邯, 사마흔司馬欣, 동예董翳가 지키고 있는 삼진을 점령해야만 했다. 한신은 우선 병사들을 대거 동원하여 잔도 복구작업을 하는 척 장한의 관심을 잔도에 집중시켰다. 그리고는 몰래 진창고도를 통해 군대를 이끌고 진창을 기습하며 본격적인 북벌을 시작하였다.

북벌 과정에서 한신은 기상천외하고 다양한 병법들을 구사하며 대원수로서의 진가를 유감없이 발휘하였다. 북벌 과정에서 사용된 병법을 소개하면 다음과 같다.

사항지계詐降之計

사항지계는 거짓으로 적에게 투항하는 계책으로, 《초한지》의 여러 곳에서 등장한다. 북벌 준비를 마친 한신은 번쾌에게 잔도 보수공사를 지시한다. 어느 날 잔도 보수공사를 하던 진무와 주발 장군을 불러 초나라 장평 장군에게 거짓으로 투항하라고 밀명을 내린다. 그리고 한신은 전군을 동원해 잔도가 아닌, 미리 계획해 둔 샛길을 이용하여 진창으로 진격하였다. 적장 장평의 저항이 거세어 주춤할 때, 사항지계로 미리 파견하였던 진무와 주발이 성안에서 내응하였다. 결국 장평의 군대는 속수무책으로 무너졌다.

교병지계驕兵之計 / 격장지계激將之計 / 유병지계誘兵之計

교병지계는 적의 교만심을 키워 방심하고 있을 때 단판으로 승리하는 계략이고 격장지계는 적의 장수를 분노시켜 이성을 잃게 한 후 공격하는 책략이며, 유병지계는 적을 속여 유리한 곳으로 꾀어내는 계책이다. 이 병법은 장한과 대치할 때 한신이 구사한 병법들이다.

장평의 패전에 분노한 장한은 하후영과 한신이 번갈아 싸우는 척하다가 도망치며 약을 올리자 이성을 잃고 추격하여 들어왔다. 이때 아군 진영 깊숙한 곳까지 유인한 한신은 일거에 장한을 화공으로 공격하여 무찔렀다. 결국 장한은 폐구성으로 들어가 방어에만 전념하였다.

❸ 화공火攻과 수공水攻

화공과 수공은 고대 전쟁에서 빠지지 않고 등장하는 중요한 병법 중 하나이다. 《삼국지》의 삼대 대전인 관도대전, 적벽대전, 이릉대전 등 중요한 대전에서 모두 화공으로 적을 물리쳤다. 한신은 유병지계로 장한을 적진 깊숙한 곳으로 유인한 다음 화공으로 초토화시켰다. 그리고 장한이 폐구성으로 들어가 방어에만 치중하자 이번에는 수공으로 공격하였다. 즉 폐구성이 저지대인 점에 착안하여 백수 상류의 물을 막은 다음 폭우가 쏟아지는 날 뚝을 일시에 터트려 폐구성을 물바다로 만들어 버렸다. 결국 천하의 대장군 장한도 더 이상 저항하지 못하고 파란만장한 삶을 스스로 마감하였다.

유방의 용병술用兵術

① 유방의 군주론

군주는 어떤 자질을 갖추어야 하는가?

군주론에 대한 텍스트로 서양에서는 마키아벨리의 《군주론》을 꼽을 수 있고 동양에서는 당 태종의 언행록인 《정관정요貞觀政要》(오긍이 편찬했다고 전함)를 꼽을 수 있다.

마키아벨리는 《군주론》에서 군주가 되려고 하는 자는 목적을 성취하기 위해서 수단과 방법을 가리지 않고 쟁취하라고 하였다. 또 그 권력을 가지기만 한다면 모든 것이 용서되며 위대한 군주로 추앙받게 될 것이라고 역설하였다.

또 《정관정요貞觀政要》에서는 당 태종이 걸출했던 점을, 당 태종 자신이 신하를 지혜롭게 통솔하는 영명한 군주였기 때문만이 아니라, 신하의 직언을 기꺼이 받아들이는 포용력과 또 항상 최고의 군주가 되려고 노력하는 성실성과 근면성에 기인한다고 평가하였다. 당 태종은 신하의 충고와 간언을 수용하기 위하여 진언하기 쉬운 환경을 조성하였다고 한다. 그리하여 수많은 직언과 간언을 흔쾌히 수용하고 개선하는 성군으로 후세에 회자되고 있다.

그러함에도 불구하고 당 태종도 인간이기에 완벽한 성인군자가 될 수는 없었던 모양이다. 한번은 당 태종이 황후의 처소로 들어오며 위징을 크게 원망하였다. 황후가 그 이유를 묻자 위징이 자신을 모욕하는 간언을 올려 화가 났다고 하였다. 그러자 황후는 "폐하께서는 비록 한 사람에게는 욕을 먹었지만, 백성들에게 칭송을 받고 있지 않습니까!"라고 위로하며 화를 풀어주었다고 한다. 그러던 어느 날 위징이 죽었을 때 당 태종은 "자신을 거울에 비추면 의관을 바르게 할 수가 있고, 역사를 거울로 삼으면 흥망성쇠의 도를 알 수 있으며, 사람을 거울로 삼으면 자신의 잘잘못을 고칠 수 있다. 이제 위징이 죽었으니 난 거울을 잃었구나."라고 하며 대성통곡을 하였다는 일화가 전해지고 있다. 이처럼《정관정요》는 오랫동안 정치인의 필독서로서 중국은 물론 조선 및 일본에서도 널리 애독되고 있는 고전이다.

이상에서 언급한 마키아벨리의《군주론》과 당 태종의 언행록인《정관정요》의 핵심내용은 권모술수의 교활성과 관인대도한 포용력, 그리고 리더로서의 근면성과 성실성이라고 요약할 수 있다. 여기에 가장 밀접한 인물로《초한지》의 유방과《삼국지》의 조조를 꼽을 수 있다. 특히 유방의 군주적 자질은 타고난 자질도 있지만 꾸준하게 노력하여 만들어 낸 자질도 엿보인다.

항우는 "오직 강한 자만 살아남는다."라는 적자생존의 힘의 원리를 믿고 무력으로 황제가 되려고 하였다. 반면 유방은 대의명분으로 황제의 꿈을 이루려 하였다. 특히 그는 평민 출신이기에 황제가 되기 위해서는 더 강력한 명분이 필요하였다. 그러기에 관인대도한 포용력과 소통능력이 필요했고 망풍귀순의 리더십이 필요했다. 또 때로는 교활한 권모술수와 처세술도 천하통일의 원동력이 되었다. 특히《손자병법》의 싸우지 않고 이기는 것이 최상이라는 원칙을 가장 적절히 활용한 군주이기도 하다.

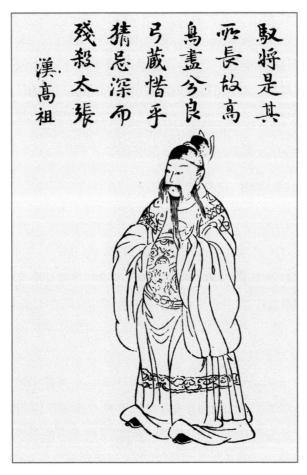

관인대도의 용병술을 가진 한 고조 유방

② 유방과 최가박당最佳拍檔

최가박당最佳拍檔이라는 말은 근래 홍콩영화의 제목에서 유래한 성어이다. 즉 환상의 콤비 혹은 최상의 파트너라고 해석할 수 있다. 북벌을 준비하는 과정에서 유방은 소하와 장량 그리고 한신이라는 최상의 파트너를 만나 원대한 꿈을 구상하게 된다. 즉 소하는 군수물자의 조달과 각종 행정 분야에서, 장량은 다양한 책략 분야에서, 한신은 전략 전술에서 환상의 삼각편대를 구비한 것이다. 그리하여 유방은 최상의 콤비들과 시너지효과를 이루며 천하통일의 대업을 이루었다.

소하와의 콤비

고향에서부터 맺어진 소하와의 콤비는 죽을 때까지 이어진다. 물론 2인자로서 처신을 잘한 소하의 혜안도 있었지만, 유방 특유의 통솔력도 한몫하였다. 장량을 만나기 전까지 혹은 장량이 부재시에 유방이 가장 믿고 의지하였던 파트너가 소하였다. 그는 유방보다도 학식이 높고 행정 경험이 많았기에 든든한 기둥이 되었고, 또 나라의 모든 살림을 꾸렸던 내조의 파트너였다.

가장 큰 콤비의 강점은 알아서 챙긴다는 점이다. 예를 들어 함양에서 진나라의 도적문서圖籍文書를 입수하여 후에 왕조 경영의 기초를 다진 점은 대단한 업적이다. 특히 이러한 지적도 등의 문건은 북벌과 동진하는 과정에서 초한전쟁을 승리로 이끄는 결정적 역할을 하였다.

그 외에도 한신의 능력을 알아보고 국사무쌍이라며 강력하게 추천하여 한신을 대원수에 오르도록 후원하였고, 또 북벌에 대비하여 각종 군수물자와 병사들을 조달하는 일 등은 소하와 유방 간의 철저한 콤비가 있었기에 가능한 일이었다. 특히 유방을 대신하여 민정을 살피고 백성을 다독이는 행정 능력은 소하만이 할 수 있는 장점이었다.

한신과의 콤비

장량과 소하의 강력한 추천으로 한나라 대장군이 된 한신은 초창기에 많은 시기와 견제를 받았다. 그때 유방은 과감하게 한신에게 곤외지권이라는 최고의 권한을 부여하였다. 한신은 그 곤외지권을 활용하여 번쾌를 길들이고 은개를 처형하며 군권을 장악하였다.

그 후 한신은 유방과 철저한 콤비를 이루며 북벌을 감행하였다. 삼진을 장악하는 과정에서 펼친 현란한 전략전술은 주변의 감탄을 자아냈고 유방으로 하여금 따로 할 일이 없을 정도로 완벽한 승리를 만들어 냈다. 이러한 승리가 오히려 유방에게는 오만함으로 이어져 결국 팽성 전투의 성공과 패배를 자초하기도 하였다.

군신지간으로 맺어진 유방과 한신의 콤비네이션은 항상 긍정적인 부분만 있었던 것은 아니다. 가끔씩은 극단적인 양상을 보이기도 하였다. 즉 함께 모여 대사를 도모할 때에는 최상의 파트너십을 보였지만, 멀리 떨어져 일을 도모하게 되면 사사건건 문제가 발생하였다. 그 원인 중의 하나가 한신의 처신에서 연유되었다. 한신은 전쟁의 신으로 최고의 전략과 전술을 가진 전쟁영웅이지만 대인관계와 처세술에 있어서 다소 문제가 있었다. 전쟁에 있어서 최상의 콤비였지만 정치에 있어서 최악의 콤비가 된 것도 이러한 연유에서 기인한다.

장량과의 콤비

한초삼걸 가운데 유방과 최고의 콤비를 이룬 참모는 단연코 장량을 꼽을 수 있다. 오직 장량에게는 절대적인 신임을 보였다. 한신은 여러 번에 걸쳐 의심스러운 처신을 하여 반신반의하였고, 또 소하마저도 몇 차례 의심하기도 하였다. 그러나 장량만은 단 한번도 의심하지 않았다. 또 장량에게서 나온 책략들을 모두 수용할 정도로 신임하였다.

그 원인은 장량의 무소유 원칙에서 찾을 수 있다. 한신은 큰 공을 세우고 그에 적당한 대가를 수시로 요구하였다. 소하 조차도 개국을 한 후에 적절한 대가를 챙겼다. 이는 공로에 대한 정당한 보상이기도 하다. 그러나 장량은 아무런 보상을 요구하지 않았다. 오히려 무소유 원칙으로, 주는 것도 반납하였다.

장량의 꿈은 오직 조국 한韓나라의 원수를 갚는 것이었다. 자신의 힘이 부족하기에 유방의 힘을 빌려서 자신의 꿈을 실현하고자 한 것이다. 일종의 대리만족이라 할 수 있다. 그러기에 초지일관 무소유 원칙으로 나왔기에 유방이 절대적 신임을 보인 이유가 여기에 있었다. 무소유 원칙이 바로 장량이 한신과 소하와 구별되는 차이점이기도 하다. 또 한신과 소하가 다른 점은 일인자 길과 이인자의 길을 가려고 하였던 점이다.

이러한 처신으로 장량은 후세에 명참모 장자방이라는 이름으로 명성을 떨치게 되었다. 고대부터 지금까지 "그대는 나의 장자방이요."라는 말은 참모로서 최고의 찬사로 받아들인다. 이 말은 조조가 순욱에게 그리고 당 태종이 위징에게 보냈던 최고의 찬사였다. 그러함에도 불구하고 조조의 순욱이나 유비의 제갈량 그리고 항우의 범증은 모두가 그들의 꿈을 이루지는 못하였다. 그러나 장량은 그는 끝내 자신의 꿈을 이루었고 유방의 꿈까지 이루어 주었다.

　장자방의 명성은 비단 중국에서만 그치는 것은 아니다. 조선에서는 이성계가 정도전에게 나의 장자방이라 하였고, 세조는 한명회에게 장자방이라는 찬사를 날렸다. 이처럼 장자방이 지금까지 중국은 물론 동아시아 최고의 참모로 우뚝 솟은 것은 그에게 명참모로서의 뛰어난 지략도 있었지만, 욕심을 버리고 깨끗한 삶을 살다간 처세술에도 있었다. 그는 여전히 장자방이라는 이름으로 죽어도 죽지 않고 지금까지 살아가며 영생의 꿈을 이루었다.

③ 왕릉과 옹치 그리고 육가의 포용

　관인대도한 포용력과 소통능력은 유방의 가장 큰 장점이다. 그러기에 인재들이 그에게로 모여들었다. 또 유방은 싸우지 않고 이기는 것이 최상이라는 것을 잘 알고 실천하였던 리더였다.

　왕릉은 유방과 같은 패현 사람으로 유방을 능가하는 유명한 건달이었다. 유방 역시 왕릉을 인정하여 형님처럼 모셨다고 한다. 아마도 유방의 위세보다도 왕릉의 위세가 한 수 위인 듯하다. 특히 소문난 효심과 협객 기질 때문에 그를 따르는 사람이 많았다고 한다.

克道賢母
之訓不阿
太后之言
其德彌廣
甚高如天
王陵

소문난 효심과 협객 기질로 유명한 왕릉

　그 후 왕릉은 독자적으로 수천명의 무리를 데리고 남양에서 봉기해 나름대로 세력을 구축하였다. 이 무렵에 왕릉은 유방을 따르지 않고 독자노선을 가고 있었다. 이러한 왕릉이 유방에 귀의한 것은 유방이 거병하여 패공이 된 후 관중으로 진격하여 함양에 입성할 무렵 접촉을 하였고, 한왕이 된 후 파촉에 있다가 북벌하여 함양을 접수할 무렵 자신의 군사를 유방에 예속시켰다.

그 후 왕릉은 유방의 명을 받고 항우의 진영에 있는 유방 가족들을 구출하는 등 다양한 작전에서 많은 공을 세웠고, 또 항우가 왕릉 어머니를 이용해 귀순을 종용하였으나 끝내 유방의 휘하에서 활약하며 수많은 공을 세웠다, 그는 한나라 개국공신으로 명성을 떨쳤으며 유방이 죽은 후에도 재상으로 부귀영화를 누리다 간 인물이다.

사실 형님으로 모셨던 사람을 부하로 맞아들이기란 쉬운 일이 아니다. 소하의 경우도 마찬가지이다. 심지어 소하는 유방이 상관으로 모셨던 사람이다. 이러한 점이 유방의 리더십이고 포용력이라 할 수 있다.

또 옹치라는 사람은 이전에 유방을 여러 번 배신한 경력으로 유방이 가장 혐오하였던 사람이다. 옹치는 항우의 진영에 있다가 나중에 유방의 진영으로 귀순하였던 인물이다. 이러한 연유에서 유방은 녹봉 내리기에 주저하고 있었다. 또 본래 왕릉도 처음부터 유방을 따르려고 하지 않았기 때문에 다른 공신들보다 작위를 늦게 받았다고 한다.

어느 날 한漢 고조 유방이 낙양의 남궁에서 밖을 내다보니 장수들이 무리를 지어 수군거리고 있었다고 한다. 그 연유를 장량에게 묻자 "폐하께서는 소하나 노관 및 번쾌 등 평소 가까운 측근들만 요직에 봉하시고 가깝지 않은 자들은 죄를 물어 처벌하셨습니다. 지금 저들은 자신이 상을 받기는커녕 죄를 물어 처벌될까 두려워서 차라리 모반을 꾀할까 수군거리고 있는 것입니다."라고 하였다. 고조가 깜짝 놀라 해결방법을 물으니 장량은 "저 신하 가운데 폐하가 가장 싫어하는 자가 누구입니까?" 하고 물었다. 유방이 옹치라고 답하자 장량은 "그럼 서둘러 옹치에게 녹봉을 하사하십시오. 그러면 여러 신하는 저 옹치같은 인물까지 녹봉을 받았으니 자신도 안전할 것이라 여길 것입니다."라고 하였다. 과연 유방이 이들을 포용하자 신하들은 안심하고 잠잠해졌다고 한다.

유방은 옹치에게는 "자신의 주인인 항우에게 충성을 다 하느라고 그리했던 것"이라 하고 관대히 대접하며 십방후什方侯에 봉하였다. 여기에서 연유된 성어가 바로 옹치봉후雍齒封侯이다.

그 외 육가의 경우에서는 유방의 또 다른 면모를 발견할 수 있다. 육가는 유방이 관중으로 입성하는 도중에 투항한 인물로 한나라 초기의 대표적 문인이다. 그는 유방이 북벌에 성공하고 주변 나라들을 제압하려 할 때, 하남왕 신양에게 귀순을 설득하려고 파견되었지만, 가족을 만나자 생각이 바뀌어 신양을 설득하기는커녕 오히려 배신까지 하였던 인물이다. 나중에 유방은 장량을 시켜 위표를 귀순하게 하고 이어서 하남왕 신양을 사로잡아 항복을 받았다. 이때 육가 또한 사로잡혀 무릎을 꿇고 처단을 기다렸다. 육가가 가족이 그리워 배신하였다고 이유를 고하자 유방은 자신 또한 가족이 항우에게 인질로 잡혀있기에 육가의 마음을 이해한다면서 죄를 묻지 않고 방면하였다. 나중에는 또 벼슬까지 하사하였다.

육가는 변설이 능한 학자로서 중국통일에 크게 공헌을 하였다. 그는 초기에 장량, 소하, 진평 등에 가려 있다가 후기에 두각을 나타내기 시작하였다. 후기에 남월왕南越王을 항복시키는 등 많은 공적을 세우며 고위층에 진입하였다. 특히 혜제 때 진평과 협력하여 외척인 여씨 일족을 몰아내는데 혁혁한 공을 세웠다. 그는 학문 분야에서도 걸출한 업적을 내었는데 그의 대표 저서로는 《신어新語》가 있다.

이처럼 유방의 용인술用人術과 포용력, 그리고 부하와의 소통능력과 자기 관리능력 등이 시너지 효과를 이루며 천하통일의 꿈과 황제의 꿈을 이룰 수 있었다.

암도진창暗度陳倉

암도진창은 정면에서 공격하는 척하며 우회한 뒤 적의 배후를 치는 병법으로 잔도를 수리하는 척하면서 진창으로 진출했던 초한대전의 일화에서 유래되었다.

항지계詐降之計

사항지계란 거짓으로 적에게 항복하는 병법으로 《초한지》에서 자주 등장한다. 한신이 진무와 주발 장군을 초나라 장평에게 거짓 투항시킨 것, 그리고 후에 한신이 십면매복작전을 하려고 이좌거를 항우 진영에 거짓 투항시킨 일화가 있다.

교병지계驕兵之計

교병지계는 일부러 약한 모습을 보여 적을 속이고, 적으로 하여금 교만해지게 만들어 실수를 유도하여 공격하는 병법이다.

격장지계激將之計

격장지계란 상대 장수의 감정이나 심리를 자극하여 분노하게 만드는 전술이다. 적장의 약점이나 자존심을 건드려 분노하게 한 다음 그의 허점을 공략하는 병법으로 주로 성격이 급한 적장을 상대로 사용한다.

유병지계誘兵之計

유병지계는 적군을 기만하여 아군에게 유리한 방향으로 유인하는 계책을 말한다. 교병지계나 격장지계로 적을 유인하고 기만하여 일거에 무찌르는 병법이다.

수공水攻과 화공火攻

수공과 화공은 고대 전투에 가장 많이 나오는 전략으로 주로 지형지물을 응용하여 쓰는 병법이다. 즉 수공은 물길을 막아 물을 모은 다음

일시에 둑을 터트려 적을 제압하는 책략이고, 화공은 적의 핵심 부분을 태워 전의를 상실하게 하는 계책이다. 《초한지》에서 주로 한신이 즐겨 사용한 병법이다.

옹치봉후雍齒封侯

옹치봉후는 한 고조 유방이 옹치를 제후에 봉했다는 말로, 가장 미워하는 사람에게 요직을 내려 다른 사람의 불만을 무마시키는 계책을 말한다.

상식 한 마당 8

손무孫武와 오기吳起의 꿈

중국에서 병법의 양대 산맥이라 하면 손무의 《손자병법》과 오기의 《오자병법》을 꼽는다. 그중 《손자병법》은 병법의 교과서라 칭할 정도로 지금까지 널리 애독되는 고전이다. 《손자병법》의 〈시계편始計篇〉에 "전쟁이란 한 국가의 대사로 죽음과 삶의 바탕이고 존망을 결정하는 도리이니 살피지 않을 수 없다.兵者, 國之大事 死生之地 存亡之道 不可不察也."라는 전쟁의 중요성과 집필의 취지를 설명하였고, 전쟁의 기본적 방법론으로 "전쟁(혹은 용병)이란 바로 속임수"兵者 詭道也.라고 언급하고 있다. 일반적으로 도가에 기초한 속임수 전술이 《손자병법》이고 유가에 기초한 정공법 전략이 《오자병법》으로 알려져 있다.

중국 최고의 병법가 손무와 오기의 삶과 죽음을 통하여 그들이 말하고자 하는 병법의 개념과 병법서의 취지, 그리고 병법을 통한 그들의 꿈을 살펴볼 필요가 있다.

손무孫武의 삶

손무는 춘추시대 제齊나라 사람으로 전완田完의 후예인데 선조가 손씨 성을 하사받아서 손씨孫氏가 되었다. 그는 오나라 왕 합려闔閭에 게 찾아가 자신의 능력을 보여 신임을 얻고자, 궁중의 미녀 180명을 빌려주면 최상의 군대를 만들겠다고 호언장담하였다. 합려가 이를 허 락하자 손무는 궁녀들을 2개 부대로 나누어 왕이 아끼는 총희寵姬 두 명을 대장으로 삼았다. 군복 차림의 궁녀들은 서로 쳐다보고 깔깔거리 는 등 그야말로 오합지졸이었다. 손무는 여러 차례 반복하여 명령을 내렸으나 궁녀들이 말을 듣지 않자, 총희 두 명의 목을 시범타로 베어 버렸다. 그러자 궁녀들은 죽기 살기로 훈련에 응하여 절도와 군기가 있는 정예병사가 만들어졌다. 이러한 모습을 지켜본 합려는 손무를 신 임하여 대장군으로 삼았다.

손무는 오나라 전군에 대한 통수권을 위임받은 후, 단시간에 엄격 한 훈련으로 오나라 군대를 최강의 군대로 만들었다. 그리고 숙적 초 나라와의 전쟁을 재개하였다. 손무는 치밀한 교란작전으로 초나라 국 력을 소진시킨 다음, 몇 년 후에는 정예군을 이끌고 기습으로 공격하 여 많은 전공을 세웠다. 또 적군을 분산시키기 위해 후퇴하는 척 적을 유인하였다가 역습을 하여 초나라 군대에 큰 타격을 입혔다. 이렇게 오자서와 함께 한 초나라 정벌전쟁은 5전 5승으로 대승을 거두었다.

손무는 이번에는 승세를 몰아 초의 수도를 공격하여 함락시키고 오 왕 합려를 패자霸者가 되도록 만들어 주었다. 이처럼 손무의 활약으로 약소국 오나라는 일약 강국의 반석 위에 올랐다. 이렇게 오나라는 초 나라로부터의 위협을 제거하는 것은 물론 제·진·월나라 등의 인접국 에 위협적인 존재로 부상하였다.

그러나 후에 합려는 손무의 반대에도 불구하고 월나라를 공격하여 패배하였고 또 그 후유증으로 사망을 하였다. 그의 아들 부차는 손무 와 오자서의 보좌를 받으며 와신臥薪하여 국력을 키운 뒤 월나라를 크게 무찔렀다. 부차가 다시 패자霸者의 영예를 얻을 무렵, 손무는 은 퇴하였지만, 이후의 생애는 알려지지 않는다.

그가 저술한 《손자병법》은 최고의 병법 교과서이며 군사 지침서로 지금까지 환영을 받고 있다. 이 책은 단순한 전쟁의 전략전술을 담은 책이 아니라 국가경영의 지침서로 애독되는 중요한 고전이 되었다.

오기吳起의 삶

오기는 본래 위나라衛 사람으로 부유한 집안의 아들이었다. 그는 돈으로 관직을 얻으려 하였으나 실패하는 바람에 패가망신하였다. 그 는 자신을 비방한 30여 명을 살인하고 타국으로 도망쳐 대학자였던 증자의 문하로 들어갔다. 그러나 오기는 어머니가 죽었을 때 고향으로 돌아가 장사를 지내지 않은 사건으로 인해 증자에게 파문을 당하였다.

그 후 오기는 노나라魯에서 장군이 되었다. 이때 제나라齊가 노나라 를 공격해오자 노나라에서는 오기를 대장군으로 삼아 제나라에 대항 하려 하였으나 오기의 아내가 제나라 사람이기에 주저하였다. 그러자 오기는 의심을 해소하기 위해 자신의 아내를 죽이는 일까지 자행하며 결백을 인정받았다. 이리하여 노나라의 장군이 된 오기는 제나라 군대 를 크게 격파하여 큰 전공을 세웠다.

그러나 과거에 오기가 살인을 했던 일과 어머니의 장례식에 불참했 던 일, 그리고 아내를 잔인하게 죽인 일 등의 여러 가지 비리들이 폭로 되면서 더 이상 견디지 못하고 위나라로 도망쳤다.

위나라에서 장수가 된 오기는 늘 병사들과 더불어 입고 마시며 동 고동락하였다. 어느 날은 종기疽가 난 병사를 입으로 직접 빨아주며 치료를 해 주었다. 이 소식을 들은 병사의 어머니가 대성통곡을 하자 주위 사람들이 그 연유를 물었다. "오공께서 이전에 그 아비의 종기 를 빨아주었더니 전투에 나아가 뒤도 돌아보지 않고 싸우다가 죽고 말았습니다. 그런데 이번에는 오공께서 아들의 종기를 빨아주었으니 그 아이도 어디서 죽을지 몰라서 우는 것입니다."라고 대답하였다. 이 일화에서 "연저지인吮疽之仁"이라는 고사성어가 유래되었다. 연저지인은 몸에 난 종기를 직접 입으로 빨아주는 인자함이란 뜻으로 아랫사람에 대한 극진한 사랑을 비유할 때 쓰이는 의미이나 그 외 상대방에게 신뢰를 얻어 자신의 목적을 달성하려는 위선적 선행이라는 부정적 의미도 있다.

위 문후는 오기가 용병에 능하고 공정하여 병사들의 마음을 얻는 모습을 보고 그를 중용하였다. 오기의 연전연승으로 위나라는 영토를 크게 확장시키며 강대국으로 부상하였다. 그러나 이러한 전공에도 불구하고 오기는 또다시 각종 비리에 연루되어 탄핵의 위기에 처하자, 다시 위나라를 떠나 초나라로 망명하였다.

초 도왕은 오기의 명성을 잘 알고 있었기에 그를 바로 재상으로 삼았다. 초나라의 재상이 된 오기는 대대적인 개혁을 시행하여 부국강병의 기틀을 마련하였다. 이렇게 하여 오기는 남쪽으로는 백월百越을 평정하고, 북쪽으로는 진陳·채蔡를 병합하였으며, 서쪽으로는 진나라秦를 정벌하여 초나라를 강대국으로 만들었다.

그러나 초나라 도왕이 죽자 이전에 오기의 개혁정책을 반대하던 초나라 귀족들과 대신들이 난을 일으켜 오기를 공격하였다. 궁지에 몰린 오기는 도왕의 시신을 방패로 삼으며 저항하다가 결국에는 전사하였다. 이때 오기를 공격하던 무리들이 오기에게 날리던 화살이 도왕의 시신까지 맞추고 말았다. 도왕의 장례를 치르고 즉위한 아들 숙왕은 도왕의 시신에 화살로 쏜 자들을 모두 처형하였는데, 이 사건에 연루되어 멸족당한 집안이 70여 곳이나 되었다고 한다.

이처럼 최후의 순간까지 부패한 대신들을 물리치고 국가의 기강을 바로잡은 오기에게 찬사를 보내는 사람도 있지만, 오기의 비인간적인 행위와 각종 비리 때문에 그를 부정적으로 평가하는 사람도 많다.

동진東進의 꿈

Key Word

대의명분大義名分 · 장계취계將計就計 · 이간계離間計 · 반간계反間計 · 배수진背水陣
· 패전지장불어병敗戰之將不語兵 · 천려일실千慮一失 · 전략전술戰略戰術

　관중지방을 수복하자 한나라의 위세가 천하를 진동하였다. 유방은 이러한 기세를 이용하여 의제를 죽인 항우를 토벌하자며 각지에 격문을 띄우고 동진을 시도한다. 유방은 동진을 반대하는 한신을 함양에 남겨두고 위표를 대원수로 삼아 친히 출정하여 대승을 하였다. 자만에 빠진 유방과 위표는 음주가무로 방탕에 빠지니 군기가 크게 문란해지고 총체적 문제점을 드러내기 시작한다. 이 틈을 이용하여 제나라를 정벌하러 갔던 항우가 황급히 돌아오면서 본격적인 초한전쟁이 벌어지게 된다. 그러나 한신이 없는 오합지졸의 한나라 연합군은 막강한 항우의 군대에 대패하여 사방으로 도망친다.

　장량은 항우와 영포가 틈이 벌어진 것을 이용하여 이간계로 영포를 한나라에 귀순시키며 전열을 정비한다. 유방은 다시 한신을 군사로 삼아 출정시켜 항우의 군대를 대파한다. 이렇게 전황은 일진일퇴를 거듭하는 대치국면이 이어진다.

　이때 항우는 범증의 계책대로 위표로 하여금 유방을 배신하게 만들었다. 결국 유방은 한신을 시켜 위표와 조·연·제나라 등에 출정하도록 하였다. 그리고 항우는 한신이 출정한 틈을 이용하여 유방의 점령지인 형양을 공격해 손에 넣는다.

　그러자 유방은 다시 진평의 이간책을 이용하여 범증과 항우의 틈을 벌리는 반간계로 대응하며, 결국 범증이 파직되고 죽게 된다.

항우와 유방의 전면전全面戰

❶ 대의명분大義名分과 장량의 신 합종연횡合從連橫

대의명분이란 인간으로서 마땅히 지켜야 할 도리나 본분으로 도덕적인 의미가 강한 단어이다. 특히 큰일을 이루고자 할 때 목적의 정당함을 표명하는데 내세우는 조건이기도 하다. 대의명분이 있어야만 주변의 동의나 지지를 얻을 수 있으며 또 시너지효과를 내기 때문이다. 그러기에 명분이 있는 결정은 당장 손해를 보는 듯 하지만 오히려 현명한 판단이 되는 경우가 많고, 명분이 없는 결정은 당장 큰 실리와 간편함이 있어 보이지만 나중에는 후회와 오점을 남기는 경우가 많다. 특히 전쟁에서 대의명분은 승패를 좌우한다. 그러기에 전쟁을 시작하기에 앞서 반드시 전쟁의 목적에 대의명분의 유무를 따지는 이유도 여기에 있다. 유방은 바로 이러한 대의명분을 적절하게 활용한 대표적 인물이다.

북벌에 성공한 유방은 제일 먼저 한나라의 사직단社稷壇을 세우고 세력확장 작업을 하기 시작하였다. 강력한 한군의 기세에 위왕 위표는 알아서 항복해 왔고, 하남왕 신양과 반항하던 은왕 사마앙까지 모두 굴복시켰다. 이때 동공 삼로가 나타나 유방에게 커다란 명분을 만들어 주었다. 동공 삼로는 시대의 현인으로 지난날 항우가 의제를 시해하자 의제의 시신을 찾아 장사를 지내드린 현사들이다. 그들은 출정에 앞서 의제의 발상을 만천하에 알리고 정중하게 의제의 국상을 선포해 달라 요구해 왔다.

유방은 이러한 절호의 기회를 놓치지 않았다. 그는 손수 격문을 기초하여 선포한 다음, 전국의 제후들에게 항우를 타도하자는 격문을 띄우자 모여든 병력이 50여만 명이나 되었다. 이렇게 만들어진 대의명분은 일사천리로 확대되며 단단한 지지기반이 되었다. 이때 항우를 성토하는 격문이 나왔으며 그 효과는 엄청났다.

항우를 성토하는 죄상을 살펴보면 다음과 같다.

- 첫 번째 죄 : 당초에 회왕懷王의 명을 받들어서 먼저 관중에 입성하는 자가 왕이 되기로 하였으나 항우는 유방을 관중왕이 아닌 한중왕으로 봉한 죄.
- 두 번째 죄 : 왕의 명의를 사칭하여 경자관군 송의宋義를 죽인 죄.
- 세 번째 죄 : 조나라를 구원한 후, 마땅히 회왕께 보고해야 하거늘 멋대로 제후군을 위협해 관중에 진입시킨 죄.
- 네 번째의 죄 : 회왕께서 진에 입성하면 폭행과 노략질은 하지 말라고 하셨거늘 항우는 진의 궁궐을 불사르고 시황제의 묘를 파헤쳤으며 또 진나라의 재물을 사사로이 착취한 죄.
- 다섯 번째 죄 : 항복한 진왕 자영을 이유 없이 죽인 죄.
- 여섯 번째 죄 : 진나라의 젊은이 20만 명을 신안에서 생매장하고 장한 등 장수들을 왕으로 봉한 죄.
- 일곱 번째 죄 : 각 제후의 장수들을 왕으로 삼고 원래의 제후왕들은

다른 곳으로 쫓아내 그들의 신하들로 하여금 다투어 모반하게 한 죄.

- 여덟 번째 죄 : 의제를 팽성에서 쫓아내고 스스로 그곳에 도읍했으며 한왕韓王의 봉지를 빼앗고 양梁, 초楚 나라를 병탐한 죄.
- 아홉 번째 죄 : 사람을 시켜 강남에서 의제를 암살한 죄.
- 열 번째 죄 : 신하된 자로서 그 군주를 시해하고 이미 항복한 자를 죽였으며, 공정하게 정사를 행하지 않고 약속을 어기어 신의를 저버린 것은 천하에 용납되지 않을 대역무도한 죄.

유방은 이러한 명분으로 항우를 대역무도한 죄인으로 여론몰이를 하며 초나라 항우의 토벌을 정당화하였다. 여기에 참여한 제후왕들은 위왕 위표, 상산왕 장이, 대왕 진여, 조왕 조헐, 색왕 사마흔, 책왕 동예, 하남왕 신양 등이다. 유방의 한나라와 연합한 연합군이 초나라 수도인 팽성으로 폭풍처럼 진입하니 항우가 없는 팽성은 아무런 저항도 없이 단숨에 점령되었다. 대의명분의 승리라고 할 수 있다.

북벌에 성공한 이후, 유방이 승승장구하며 세력을 확대할 수 있었던 또다른 원인은 바로 장량의 신 합종연횡이다. 외교술의 달인 장량은 항우에게는 삼진三秦 외에는 더이상 진출이 없다고 안심을 시켰다. 그리고는 제나라와 조나라에 연락하여 초나라를 치자고 제의하였고, 또 기만술의 일환으로 적을 적으로 제압한다는 이이제이以夷制夷 병법을 사용하였다. 한편 제나라에 보내는 편지를 공개하여 항우가 제나라를 먼저 치도록 유도하였다. 유방연합군이 팽성에 입성하였을 당시에 항우는 제나라와의 전투로 인하여 팽성에는 빠르게 돌아올 수가 없었다.

② 팽성전투의 교훈

유방연합군이 위표를 대장군으로 삼아 팽성을 손쉽게 입성했을 당시, 항우는 제나라에서 힘겨운 전투를 치르고 있었다. 초기에는 제나라 전영을 물리치기 위해 시작한 싸움으로 제나라를 단번에 격파해 버렸다. 그러나 정작 문제는 그 뒤에 일어났다. 항우는 제나라 공략에서도 제나라의 성곽과 가옥을 모조리 불사르고 또 항복한 포로들을 생매장 하였고 힘없는 백성들까지 포로로 만들었다. 신안대학살 등에서 보인 잔인함과 살인본능이 되살아 난 것이다. 이렇게 되자 백성들은 항복보다는 결사항전으로 저항하기 시작하였다. 또 이런 분위기를 틈타 전영의 동생 전횡田橫은 수만 명의 병사를 모아 성양城陽에서 저항하였다. 이러한 연유로 제나라에 발이 묶인 항우는 싸움 한번 제대로 하지 못하고 팽성을 내어준 것이다.

항우는 일부 부하들에게 성양에 남아 계속 공격을 하도록 하고 본인은 3만의 정예병을 이끌고 팽성으로 진군하여 본격적인 유방과의 전면전을 시작하였다. 팽성을 점령한 유방의 56만 제후 연합군은 도리어 항우의 3만 별동대에게 철저하게 유린당하였다. 항우가 역사상 유례를 찾아볼 수 없는 압도적인 승리를 하였던 대전이었다. 그야말로 역발산기개세力拔山氣蓋世라는 항우의 진면목을 보여준 놀라운 전과였다. 이 전투로 인하여 한나라는 엄청난 군사를 잃었고 유방조차도 죽음의 문턱까지 갔다가 돌아온 참패였다.

팽성전투의 교훈은, 병력의 기강이 서지 않아 군대를 재정비할 시간이 필요하다는 한신의 간언을 무시하고, 유방은 오히려 자만심에 빠져 한신에게서 지휘권을 빼앗은 것이 첫 번째 화근이었다. 그리고 무능한 위왕 위표에게 지휘권을 주고, 많은 병사만 믿고 자만에 빠져 무모한 전투를 벌인 점이 두 번째 화근이었다.

그러나 천하무적 항우는 단숨에 선발대의 은왕 사마앙을 죽여버리고 2대를 이끄는 하남왕 신양을 죽이면서 기선을 제압하였다. 3대의 상상 왕 장이마저도 무너지며 4대를 이끄는 유방도 위기에 봉착하였다. 그나마 번쾌가 나타나 잠시 위기를 모면하였으나 5대인 위표마저 중상을 입고 도망치자 유방은 절체절명의 위기에 빠지게 되었다. 그 순간 갑자기 돌풍이 불어 유방은 구사일생으로 도주에 성공하였다. 그러나 연합군 56만 대군은 오합지졸이 되어 대부분 죽거나 상해를 입고 도망쳤다. 팽성전투는 항우의 완벽한 승리이고 유방의 완벽한 참패로 기록된다.

그러함에도 불구하고 놀라운 점은 이토록 처절한 패배를 하였음에도 유방은 이 패배를 빠르게 수습하였다는 점이다. 이는 유방이 팽성전투를 철저하게 반성하고 교훈으로 삼았기 때문이다. 이러한 점이 바로 유방이 리더로서의 역량과 자질을 겸비하고 있었다는 점을 증명하는 부분이다.

그렇다고 유방이 완벽한 리더라는 의미는 아니다. 유방은 한 여자의 남편으로서, 또 자녀들의 가장으로서 지나치게 냉정한 일면을 가지고 있다. 이러한 부분은 종종 항우의 애정관과도 비교가 되고, 왕릉의 효도와도 비교가 된다. 한 일화를 소개하면 다음과 같다.

항우에 패한 유방이 도망치는 도중에 아들인 유영과 장녀 딸이 길거리에 버려져 있는 것을 발견하고 수레에 태웠다. 멀리서 초군의 추격군이 보이자 유방은 당황하여 수레의 속도를 빠르게 하려고 아이들을 수레 밖으로 밀어 버렸다. 이때 수레를 몰고 있던 하후영이 수레를 멈추고 아이들을 태운 후 다시 달렸다. 유방이 이 짓을 3번이나 반복하였다고 한다. 이 일화는 무슨 연유인지 《초한지》에는 보이지 않는다. 그리고

유방의 아버지 태공太公과 부인 여후呂后는 오랫동안 초나라의 인질이
되어 수많은 고초를 감수해야만 했다. 이처럼 유방은 위기를 대처하는
능력과 권모술수에 능하였지만 지나치게 이성적이고 냉정한 양면성을
가지고 있었다.

③ 항우와 유방의 전력비교

유방과 항우의 전면전은 팽성전투에서 시작되었지만, 그 외에도 직
·간접적인 전투를 여러 번 벌이게 된다. 여러 차례 벌어졌던 전투의
전력을 분석하면 매우 흥미로운 현상이 드러난다.

항우와 유방의 전투방식과 전력비교

전투	항우(초나라)	유방(한나라)
장한과의 전투	• 9전 9승(거록전투 등 장기전) • 강력한 힘의 승리	• 대승(폐구성전투 / 단판승부) • 한신의 기습으로 지략의 승리
제나라 대상의 전투	• 승리(오랜 지구전 끝에 항복) 정공법과 잔인한 보복	• 승리(역생의 항복협상을 이용하 여 공격) / 한신의 변칙공격
팽성전투 (정면승부)	• 1차 : 제나라 공격으로 무방 비 상태에서 대패 • 2차 : 항우가 기병으로 대승 • 3차 : 한신의 개입으로 대패 한 후 위표를 배반하게 하여 국면을 유리하게 전환	• 1차 : 위표를 대원수로 연합군의 대승 • 2차 : 승리 후 자만과 만용 대패 • 3차 : 한신의 개입으로 대승 • 위표의 배반을 평정하러 북방으 로 떠남
광무산전투	• 한신의 매복작전으로 대패 • 태공의 반환과 휴전협상	• 한신의 매복작전으로 대승 • 휴전협상 후 파기
구리산전투	• 한신의 사면초가에 걸려 최 후를 마침	• 한신은 이좌거의 사항지계와 십 면매복작전으로 승리 - 천하통일

이상에서처럼 유방과 항우의 전투방식은 전혀 다른 양상을 보인다. 항우는 강력한 힘을 내세운 초전박살을 선호하였고, 유방은 힘보다는 지략을 앞세워 기습하는 것을 즐겼다. 또 적군에 대한 공격방식에 있어서 항우는 전면전인 정통스타일의 정면승부를 선호한 반면, 유방은 정면승부 보다는 변칙적인 기습공격을 선호하였다.

그 외 전략전술에 있어서 항우는 힘으로 밀어붙이는 단순한 전략과 전술을 펼친 반면, 유방은 교활한 권모술수와 약속도 뒤집는 비겁한 방법도 서슴지 않고 자행하였다. 그리고 대부분의 전투에서 유방이 직접 개입된 전투는 대부분 항우가 승리하였다. 그러나 한신이 개입되면서 전투는 역전이 되어 결국에는 유방의 승리로 돌아갔다.

사실 전쟁이란 승자의 몫이지 패자의 몫은 따로 없었기 때문에 유방은 수단과 방법을 가리지 않고 승리에 집착하였다. 심지어 대의명분조차도 교묘하게 이용하거나 유리하게 조작하는 일면까지 엿보인다. 결론적으로 항우는 무력武力으로 패왕이 되었다면 유방은 대의명분大義名分을 만들어 황제가 되었다고 할 수 있다.

❹ 범증의 장계취계將計就計

장계취계는 상대편의 계략을 미리 알아채고 그것을 역이용하는 병법을 의미한다. 유방과 항우는 위표를 가운데 놓고 서로 장계취계의 병법을 펼치게 된다. 유방은 한중에서 나와 북벌에 성공하여 관중을 탈환하였다. 명장 장한이 죽고 사마흔과 동예가 항복하는 상황에서 눈치를 보던 위표는 친히 군마를 이끌고 유방에게 투항하였다. 유방은 그의 공을

높이 평가하여 팽성대전의 대원수로 임명하였다. 그런데 팽성대전에서
참패하자 위표는 면목을 잃고 황급히 자신의 영지로 돌아갔다.

既望氣
皆為龍
虎雖示
玉玦者
三而逆
天終何
亦補 范增

항우의 책사 범증

때마침 범증은 초나라를 배신하고 팽성을 공격했던 위표를 다시 회유하기로 계획하였다. 왜냐하면, 전략적으로 위표의 세력기반인 서위는 한나라의 후방에 위치하기에 초나라와 연합하여 전후방에서 한나라를 공격하는 전략이 최선이라 생각하였기 때문이다. 범증은 현재 항우와 대치하고 있는 한신의 군대가 너무 강하기에 위표의 배반 소식이 전해지면 유방은 분명 이를 수습하기 위해 한신의 군대를 움직여 위표를 치라고 할 것이라 확신하였다. 또 한나라 입장에서 만일 위표를 그대로 둘 경우, 위표가 항우와 연계하여 한나라를 공격한다면 큰 타격을 입을 것이기에 조속한 조치가 필요했다. 예상대로 초나라의 회유에 위표는 이내 한나라를 배신하고 반기를 들었다.

결국 범증의 계략대로 위표가 배신하자 유방은 곧바로 한신을 보내 제압하도록 하였다. 안읍전투에서 한신은 위표를 물리치는 데 성공하였다. 이후 한신은 유방에게 별동대를 만들어 북방의 여타 제후들을 평정할 수 있게 해 주기를 요청하였다. 이에 유방은 장이張耳와 보충병을 파견하여 한신을 돕도록 하였다. 이렇게 한신이 군대를 이끌고 북상을 하게 되면서, 초한전쟁은 형양성과 성고성을 중심으로 한 유방과 항우의 대결, 그리고 한신의 북벌이라는 양대 전선으로 전투가 양분되는 양상으로 전개되었다.

후일담으로 전해지는 흥미로운 일화가 있다. 항우는 위표를 회유하려고 위표와 친한 관상쟁이 허부를 보냈다고 한다. 위표는 당시 유명한 관상쟁이 허부에게서 대운이 찾아와 크게 될 상이라는 말을 듣고 초·한·위 삼분천하를 꿈꾸었다고 한다. 또 위표는 자신의 애첩 박희薄姬가 천자를 낳을 상이라는 말을 듣고 유방과 거리를 두기 시작하였다. 그러자 유방은 한신을 파견하여 위표를 제압하고 영지까지 몰수하였다.

이때 박희는 한나라 궁실의 종이 되었다가, 나중에 유방의 후궁이 되어 한 문제를 낳았다. 결국 유방과 박희 사이에서 낳은 아이가 황제가 된 것이다. 이렇게 관상쟁이의 말만 믿고 행동한 위표의 꿈은 이렇게 사라졌다.

항우와 한신의 대리전代理戰

❶ 항우의 첫 패배

유방은 팽전전투에서의 처절한 패배를 빠르게 수습하였다. 또 팽성 전투의 패배원인을 철저하게 반성하고 교훈으로 삼았다. 그리고 유방은 다급하게 한신을 다시 대장군으로 복귀시켰다. 대장군으로 복귀한 한신은 전차戰車라 불리는 기병부대를 편성해 항우를 형양성 외곽으로 유인하였다. 그리고 초나라 사신을 통하여 거짓 투항하겠다며 서신을 보냈으나 실제로는 항우를 도발하는 내용이었다. 이에 분노한 항우는 대규모 병력을 이끌고 형양성 인근으로 출정하였다. 한신은 기병으로 항우를 유인하여 전방과 후방의 부대를 고립시킨 다음 전차를 동원해서 항우의 부대를 포위 섬멸하는 작전을 전개하였다. 이 전투에서 항우의 군대는 최초로 참패를 당하였다. 심지어 항우도 부상을 당하여 위험 상황에 빠졌으나 계포와 종리매, 그리고 포라는 장수가 달려와 간신히 팽성으로 도망칠 수 있었다. 이것이 바로 경색전투이다.

팽성대전 이후 패망 직전이었던 유방은 이 경색전투의 승리로 인하여 초나라 항우군의 진격을 잠시나마 저지할 수 있었다. 한편 장량은 변설가 수하隨何를 시켜 구강왕九江王 영포를 회유하여 투항시키는 개가를 올렸다. 항우에게 반기를 든 영포는 이후 항우에게 커다란 두통거리로 등장하였다. 이렇게 유방은 경색전투의 승리와 영포의 귀순으로 팽성전투의 패배를 빠르게 회복할 수 있었다.

그러나 북방에서 위표가 반기를 들자 유방은 한신을 파견하여 안읍 전투에서 위표를 물리친 후, 한신에게 대·조·연·제나라 등의 북벌을 지시하였고, 유방 본인은 형양·성고 전역에서 항우의 본대와 대치하는 2차 초한전쟁을 시작하였다.

사실《초한지》에서는 이 경색전투를 상당 부분 각색하였다. 이상의 내용은《사기》나《한서》와 같은 정사의 기록에는 확인할 수 없는 기록들이 많다.《사기》의 회음후 열전에는 "패잔병을 수습하여 형양성에 온 한신이 경읍과 색읍에서 초군을 물리쳤다."라고 간단하게 언급한 부분만 나온다. 즉 한신의 대승과 항우의 대패로 묘사한 부분은 대부분 소설《초한지》에서 상당 부분을 각색한 것이다. 이는 유방의 군대가 너무 처참히 무너진 것에 대한 작가의 보상심리로, 일종의 복선을 깔아 흥미를 배가하려는 의도가 엿보인다. 또 한신의 무적 이미지를 강조하고 유방의 극적 반전에 힘을 실어주는 극적 효과를 노린 것으로 추정된다. 그 외에도 경색전투에서 위기에 몰린 항우를 극적으로 구하고, 또 한나라 이필 장군과 낙인 장군을 단칼에 쳐버린 포라는 장수는 그렇게 뛰어난 무용에도 불구하고 갑자기 사라져 버리는 모순을 만들었다. 이처럼 소설가의 손에서 허구와 윤색을 하다 보니 간혹 앞뒤에 모순이 되는 부분이 들어나기도 한다.

항우와 한신의 전략전술 비교

전투	항우	한신
장한과의 전투	• 9전 9승(장기전과 정면 공격으로 전승)	• 대승(폐구성 전투에서 유인계와 수공으로 단번에 제압)
제나라 대상의 전투	• 승리(오랜 지구전 끝에 항복) 잔인한 보복으로 제나라의 저항을 부름	• 승리(역이기의 항복 협상을 이용하여 기습공격) • 변측공격법
경색 전투	• 팽성전투에서 유방과 위표를 상대로 대승을 거두었으나 한신의 개입으로 경색전투에서 참패	• 팽성전투에서 관중에서 보급을 담당하였으나 유방의 팽성전투 참패로 개입하여 경색전투에서 유인계와 전차부대로 대승
광무산 전투	• 한신의 매복계에 걸려 대패 • 유방 가족을 대상으로 인질극(실패)	• 치밀한 매복계를 사용하여 항우를 고립시키고 보급로를 차단(대승)
구리산 전투	• 매복작전과 사면초가로 인하여 참패하고 최후를 마침	• 이좌거를 이용한 십면매복작전과 사면초가로 최후의 승리

　항우와 한신의 전투방식과 전략전술을 비교하면 상당히 다름이 발견된다. 장한과의 전투에서 항우는 9번이나 전면전을 하여 전승을 거두지만 한신은 단판 승부로 장한을 제압해 버렸다. 또 제나라와의 전투에서도 항우의 지나친 보복으로 제나라가 저항하는 바람에 지구전으로 가서 겨우 승리를 거둔 반면, 한신은 역이기가 항복 협상을 하는 틈을 이용해 단숨에 정복해 버린다.

　항우와 한신의 전면전은 경색 전투에서이다. 한신은 팽성 전투의 참패를 만회하려고 격장지계로 항우를 아군 진영 깊숙이 유인하여 부대의 전방과 후방을 차단한 다음 전차부대를 활용해 초토화하였다. 그리고 광무산 전투와 구리산 전투에서는 매복계와 이좌거의 사항지계, 그리고 사면초가의 심리전으로 항우군을 제압하였다. 항우는 강력한 힘으로 천하를 얻으려 했지만 전략전술의 지략으로 대응한 한신을 뛰어넘지는 못하였다.

② 한신의 북방정벌과 배수진

팽성 전투의 패배로 유방연합군은 처참하게 괴멸하였다. 이제는 배신하고 이탈해버린 제후들을 다시 제압하는 일이 급선무였다. 유방은 항우와의 정면승부보다는 이길 수 있는 세력을 먼저 제압하고 다시 항우를 압박하는 전략을 택하였다. 가장 먼저 유방을 배신하고 항우 쪽과 연계하려는 제후가 바로 위표였다. 유방은 우선 역이기酈食其를 보내 회유하였으나 실패하여 결국 한신을 파견하여 공격하였다. 떠날 때 한신은 역이기에게 위표군의 군사가 누구냐고 묻자, 역이기는 백직이라고 대답하였다. 그러자 옆에 있던 유방이 "그자는 구상유취口尚乳臭야. 백전백승의 한신을 당해 낼 수가 없다."라고 큰소리를 쳤다. 여기에서 입에서 아직 젖내가 난다는 의미의 구상유취라는 고사성어가 유래하였다. 역시 위표는 한신의 적수가 되지 못하였다. 한신은 일부러 임진지역으로 도강하는 척 위장한 다음, 주력부대는 은밀히 북쪽의 하양으로 도강하여 위나라의 수도인 안읍을 공격하였다. 앞뒤에서 양면 공격을 하자 위나라 군대와 위표는 그대로 붕괴되어 항복하였다. 즉 성동격서聲東擊西의 병법을 응용한 것이다.

다시 한신은 동북으로 북상하여 대나라에 입성하였다. 한신은 대나라를 간단하게 제압하며 순조로운 출발을 보였다. 그런데 한신이 대나라를 격파하고 다시 조나라를 향해 북진하려던 무렵, 유방은 한신의 정예병 일부를 형양으로 보내라고 통보하였다.

이처럼 조나라와의 대전은 여러모로 전황이 어려운 상황이었다. 이 상황에서 한신은 최후의 수단으로 배수진을 선택하였다. 배수진의 목적은 한신 부대의 단점을 일부러 보여줘 상대를 끌어내 초전박살 시키는 전략이다. 한신이 배수진을 치자 실제로 조나라 군대는 방심하여 공격해 왔다. 배수진을 치며 접전을 벌이는 사이에 한신의 별동대는 비어있는 적진 후방을 공격하는 양동작전으로 나왔다. 이처럼 기세등등하던 조나라 군대는 당황하여 우왕좌왕하다가 결국 무너졌다.

사실 배수진이란 패전할 때 쓰는 병법이다. 즉 뒤가 강물이기에 더 이상 물러날 수 없는 상황이므로 병사들은 죽기 살기로 싸울 수밖에 없다. 한신은 이처럼 적군은 물론 아군의 심리까지 이용하여 전략전술을 활용하였다. 배수진을 쳤다고 모두 성공을 보장하지는 않는다. 임진왜란 때 신립 장군은 탄금대에서 배수진을 쳤다가 전멸당하는 수모를 당한 일화도 있다.

한신과 조나라가 벌인 정형 전투야말로 초한전쟁에서 매우 상징적이고 파급력이 큰 전투였다. 조나라의 점령은 곧 북방을 장악하는 교두보 역할을 하였기 때문이다. 이는 천하 대부분을 장악하여 대세를 확정하는 상징성을 가지고 있었다.

조나라를 정복한 한신은 적장 이좌거를 회유하여 자신의 부하로 만들고자 하였다. 사실 이좌거는 조나라의 진여에게 협도공격을 진언하였으나 진여는 "군자는 불의한 방법으로 싸워서는 아니 된다."라고 하며 이좌거의 진언을 듣지 않았다. 협도를 무사히 통과한 한신은 배수진의 진법으로 조나라 군사를 손쉽게 격파할 수 있었다.

한신은 이좌거를 극진히 예우하며 연나라와 제나라를 쉽게 공략할 수 있는 전략을 가르쳐달라고 하였다. 이좌거는 "싸움에 패한 장수는 병법을 논하지 않는 법敗戰之將不語兵"이라고 하며 사양하였다. 그러자 한신은 포기하지 않고 "아무리 지혜가 있는 사람이라도 천 가지 생각 가운데 한가지쯤은 잘못된 것이 있지요.千慮一失"라며 위로한데서 천려일실이라는 고사성어가 유래되었다.

그러자 이좌거는 "한나라 군대는 지금 대단한 기세를 가지고 있지만 바로 움직이기에는 너무 지쳤소. 만일 움직여서 큰 성과를 못 내면 오히려 기세가 떨어지니 차라리 지금의 기세를 살려 연나라에 겁을 주면 바로 복속할 것입니다."라고 하였다. 과연 그의 말대로 연왕은 조나라의 항복 소식에 겁을 먹고 한나라에 백기를 들었다.

이처럼 한신의 위대한 점은, 적의 방심과 아군의 열세를 오히려 역으로 이용하여 대역전을 일구어낸다는 점이다. 결론적으로 유방이 형양과 성고 전역에서 항우의 발목을 잡고있는 동안, 한신은 정형 전투의 승리를 일구며 단숨에 판도를 바꿔버린 것이다.

떠나가는 측근들

❶ 수하의 이간계離間計와 영포의 투항

팽성 전투의 대패는 유방에게 위기를 불러왔다. 초나라 항우의 파죽지세를 본 제후들은 자기들만이라도 살아남기 위하여 서둘러 철새로 돌변하였다. 그런데 이 불리한 상황에서 장량은 구강왕九江王 영포英布에 주목하였다. 사실 영포는 항우의 으뜸가는 공신이지만 구강왕이 되고 나서는 항우의 호출에도 불구하고 제나라 원정에 와병을 핑계로 참전하지 않았다. 즉 양측의 미묘한 알력을 장량이 감지한 것이다.

장량張良이 유방에게 영포를 회유할 필요성에 대하여 진언하자 유방은 바로 수락하였다. 이에 유방은 영포와 동향인 수하隨何를 발탁하였다. 영포를 만난 수하는 항우의 원칙없는 정치와 인색한 포상에 대하여 성토하면서, 의제 살인사건의 죄를 영포에게 뒤집어씌우고 있다는 소문 등을 제시하며 항우와 영포를 반목시키는 이간계離間計를 시도하였다.

때마침 초나라의 사자가 영포를 찾아와 우유부단하게 처신하는 영포를 윽박지르는 서신을 보자 영포는 노여운 안색을 하였다. 수하는 곧바로 난입하여 "구강왕은 이미 한나라와 함께 한 지 오래다."라며 판을 깨어버렸다. 초나라 사신이 당황해서 밖으로 뛰쳐나가자, 영포는 수하의 계략에 말려버렸다는 사실을 그제서야 알게 되었다. 이러한 상황에서 영포는 어쩔 수 없이 초나라의 사자를 붙잡아 죽이고 유방에게로 전향하였다.

장량은 영포를 투항시키고 진평은 범증을 이간시키다.

② 진평의 반간계反間計와 범증의 퇴장

항우 진영에서 귀순한 진평은 불리한 형세를 타파하기 위해서는 우선 범증을 제거해야 한다고 생각하고 유방에 반간계를 제안하였다. 진평은 "항우는 인색하고 의심도 많은데, 사실 항우의 신하 중에서 진짜 충신은 범증과 용저, 그리고 종리매 정도가 전부입니다. 이들을 내부에서 분열시키는 계책이 있습니다."라며 반간계를 제시하였다. 이에 유방은 진평에게 황금 4만 근을 주고 전폭적으로 후원하였다.

진평은 막대한 자금으로 초나라군에 세객을 잠입시켜 유언비어를 퍼뜨렸다. 즉 종리매와 범증이 항우에 불만을 품고 유방과 내통하여 왕이 되려고 한다는 내용이었다. 처음에는 모두가 믿지를 않았지만 여기저기서 모두가 수군대니 속 좁은 항우도 뜬소문에 주목하기 시작하였다. 때마침 진평은 일부러 초나라의 사신에게 범증이 한나라와 연관되었다는 유언비어를 퍼트리자 항우는 범증에 대하여 본격적으로 견제를 하기 시작하였다.

한번은 우자기가 사신으로 한나라에 왔을 때, 장량과 진평은 우자기를 대대적으로 환대하였다. 그러면서 항우의 안부가 아닌 범증의 안부를 물었다. 그러자 우자기가 자신은 항우의 사신으로 왔다고 하니 갑자기 크게 놀라는 척 정색을 하며 "당신은 범증의 밀사가 아니라 항우의 사신으로 온 것이오?"하고 되물었다. 그러면서 갑자기 접견실을 바꾸어 조촐하게 접대를 하였다. 더군다나 그 방에 방치된 서간문 하나를 살펴보니 범증과 유방이 내통한 문건이었다. 우자기가 이 문건을 가지고 돌아와 항우에게 보이니 화가 난 항우는 범증의 권력을 박탈하고 처벌을 하려고 하였다.

이때 범증은 유방의 반간계에 걸린 것이라고 항변하였으나 항우는 믿지 않았다. 어처구니가 없어진 범증은 "저의 늙은 몸을 돌려주시어 고향으로 돌아가게 해 주십시오."라고 간청하여 겨우 낙향할 수 있었다. 그러나 범증은 고향에 도착하기도 전에 독창毒瘡이 재발하여 파란만장한 삶을 이렇게 접었다.

이이제이以夷制夷

한 나라를 이용해 다른 나라를 제압한다는 의미로 옛날 중국에서 주변 국가들을 다스릴 때 사용하던 전통적 전략이다.

장계취계將計就計

장계취계는 적의 계략을 감지하고 그 계략을 역이용하여 상대를 공략하는 병법으로 유방과 항우가 위표를 가운데 두고 이용한 병법이다.

이간계離間計

이간계는 상대를 반목하게 만들고 서로 싸우게 하는 계책이다. 수하가 영포를 찾아가 영포와 항우 사이를 이간시켜 배반하게 만들었다.

반간계反間計

반간계는 적의 첩자를 역이용하여 상대를 교란시키는 계책이다. 적을 매수하여 아군의 첩자로 만들거나 첩자인 줄 알면서도 그 첩자를 역으로 이용하는 방법도 있다. 진평이 반간계를 이용하여 항우와 범증을 교란시켰다.

성동격서聲東擊西

성동격서는 동쪽에서 먼저 소란을 피워 주의를 분산시킨 다음 서쪽을 공격하는 병법으로 출전은 병법《삼십육계三十六計》에 나온다.

배수진背水陣

배수진이란 강물을 등지고 진지를 구축하는 병법이다. 더 이상 물러날 수 없는 상황에서 목숨을 걸고 사생결단으로 싸우는 계책으로 매우 위험한 병법이다. 한신이 조나라를 상대로 펼친 진법이다.

패전지장불어병敗戰之將不語兵

싸움에 진 장수는 병법을 말하지 않는다는 뜻으로 이좌거가 한신에게 한 말이다, 현대에는 실패한 사람(혹은 패자)은 나중에 그 일에 대해 구구하게 변명하지 않는다는 의미로 사용된다.

천려일실千慮一失

천려일실은 천 가지 생각 중의 한 가지 실수라는 뜻으로, 아무리 똑똑하고 지혜로운 사람이라도 한번쯤 실수하기 마련이라는 의미로 한신이 이좌거를 위로하면서 한 말이다.

전략전술戰略戰術

전략전술이란 합성어로 군사적 의미의 전략이란 전쟁을 전반적으로 이끌어 가는 방법이나 책략을 뜻하며 전술보다 상위개념이다. 전술은 일정한 목적을 달성하기 위한 수단이나 방법을 의미한다.

구상유취口尙乳臭

구상유취는 입에서 아직 젖내가 난다는 뜻으로, 말과 하는 짓이 아직 유치함을 일컫는 고사성어로 위표와의 전투에서 유방이 한 말이다.

중국 성씨의 유래와 뿌리

고대의 '姓'과 '氏'는 서로 다른 개념이었다. 사마광司馬光의《資治通鑑·外紀》에 "姓이라는 것은 그 조상의 내원을 고찰하는 것이고, 氏는 자손들을 구별하는 것姓者, 統其組考之所自出. 氏者, 別其子孫子所者分."이라고 하였는데, 이는 姓은 하나의 대종족의 표지이며, 氏는 같은 姓을 가진 사람들의 분파라는 개념이다.

234

모계사회의 성姓 : 西王母, 姜, 姚, 姬.

'姓'이라는 문자는 '女'와 '生'의 결합으로 이는 상고시대 모계사회의 추정 근거로 자주 사용된다. 姜, 姚, 姬 등의 姓은 '女'字旁의 고대 姓氏이다. 남성이 사회의 주체가 되는 부계사회가 출현하면서 모계사회에서 사용되던 '女'字旁 성씨는 점차 사라지게 되었다.

부계사회의 씨氏

성姓과 씨氏는 진나라 이전에만 해도 서로 구별되면서도 서로 관련이 있는 개념이었다. 姓은 하나의 혈연으로 맺어진 종족의 호칭을 의미하지만, 氏는 귀족 남성의 신분을 표시하기 위해서 사용되었다. 즉 氏의 출현은 모계사회의 붕괴와 부계사회의 출현을 의미한다.

(1) 선조가 숭배하던 토템에서 출현한 성씨
    원시사회의 사람들이 숭배하던 토템에서 나온 성씨로는 용龍, 웅熊, 우牛, 마馬, 양羊, 어魚 등이 있다.
(2) 선조의 시호諡號에서 따온 성씨
    주周왕조의 문왕이나 무왕 이후 선조의 시호에서 따온 문文, 무武, 경景, 성成 등의 姓이 출현하였다. (예) 忠武公, 忠文公, 忠景公, 忠成公
(3) 개국공신이나 창업공신으로 봉해지면서 하사받은 성씨
    초楚, 제齊, 오吳, 월越, 한韓, 위魏, 송宋, 한漢, 조趙, 명明, 원元, 당唐, 진晉, 진陳, 진秦 등이 있다.
(4) 선조의 작위에 따라 나온 성씨
    왕王, 공公, 왕손王孫, 공손公孫 등이 있다.

(4) 선조의 관직에 따라 나온 성씨

사마司馬, 사공司空 등이 있다.

(4) 선조의 직업에 따라 나온 성씨

상商, 악樂, 사師, 도陶, 복卜, 무巫씨 등이 있다.

(4) 선조의 거주지에 따라 나온 성씨

남궁南宮, 동문東門, 서문西門, 동곽東郭, 동방東方씨 등이 있다.

중국인의 姓氏는 대략 4,000여 개의 성씨 중 單姓(2,200) 複姓(1,600) 및 기타로 구성되며 중국 대표 姓氏는: 이李, 왕王, 장張, 유劉, 진陳, 양楊, 조趙, 황黃, 주周, 오吳, 서徐, 손孫, 호胡, 주朱, 고高씨 순이다.

일인자一人者와
이인자二人者의 꿈

유방은 초나라 항우군이 너무 강하여 형양을 포기하고 성고로 탈출할 계획을 세웠다. 유방과 모습이 비슷한 기신을 이용하여 야밤에 항복하는 척, 초나라 군대를 기만하고 겨우 탈출에 성공하였다. 다행히 탈출 도중 영포를 만나 다시 초나라에 대항하였으나 또 패하여 결국 한신이 주둔하고 있는 조나라 땅으로 철수하였다.

유방은 한신의 실책을 문책하고 군대와 통수권을 접수하여 다시 세력을 구축한 다음에 한신에게는 제나라로 들어가 공격하라는 명령을 내리고, 자신은 팽월의 게릴라전을 지원하며 항우와 정면으로 대치하였다. 팽월의 게릴라전은 효력을 발휘해 항우에게는 큰 골칫거리가 되었다.

한편 한신은 모사꾼 괴철의 말을 듣고 역이기의 평화협상을 무시하고 제나라를 기습하여 점령하였다. 한신은 제나라를 정벌한 후 유방에게 자신을 제나라 왕으로 봉해달라고 요구하였다. 유방은 심기가 매우 불편하였지만 일단 야욕으로 가득찬 한신을 안심시키려 제왕에 봉해 주었다. 그 후 괴철은 지속적으로 한신에게 일인자로 독립하여 한·초·제나라로 천하를 삼분하자는 제안을 하였으나 한신은 고민하다가 거절하였다.

일진일퇴 끝에 항우는 다시 조구의 패전소식을 접하고는 광무산으로 철수하여 대치국면을 만들었다. 그러나 교활한 유방은 광무산 전투의 유리한 국면을 이용하여 인질로 잡혀있는 가족을 구하고자 홍구에서 평화조약을 맺는다.

일인자의 꿈

① 항우의 총공세와 유방의 야반도주

일인자의 꿈을 이루기 위해서는 수많은 충신의 피와 땀이 요구된다. 절체절명의 순간에 목숨을 건 충신들이 나타나 일인자를 구출하고 심지어 주군을 위해 목숨을 대신하기도 한다. 동서고금을 막론하고 성공한 군주 밑에는 항상 이러한 충신들이 즐비했다. 일인자를 향한 유방과 항우의 케이스에서도 극명하게 드러난다.

진평의 반간계에 속아 범증을 죽음까지 몰고 가버린 항우는 잘못을 크게 뉘우치고 원수를 갚기 위해 총공세를 취하며 유방을 압박하였다. 한나라군은 식량마저 떨어지고 있는 긴박한 상황이었다. 이때 한나라의 하급장교 중 한 사람인 기신紀信이 죽음을 무릅쓰고 유방 구출 작전에 자원하였다. 즉 사항지계詐降之計의 희생양으로 자원한 것이다.

이 작전을 주도한 진평은 먼저 항우에게 항복할 테니 성문 밖에서 멀리 떨어져 달라고 요구하였다. 그리고 한밤중에 형양성의 미녀들을 앞장세우고 천천히 나왔다. 그 뒤로 기신이 곤룡포를 입고, 마치 유방의 행차처럼 수레를 타고 유유히 나왔다. 당연히 미녀를 본 초나라 군사들은 전

열이 흐트러지고, 또 기신의 유인술에 항우는 깜박 속아버렸다. 그 틈을
이용하여 유방은 진평 등 측근 수십 명과 함께 형양의 서쪽으로 도망쳐
버렸다. 나중에야 상황이 파악된 항우는 대노하여 기신을 태워 죽였다.

유방을 대신하여 희생양이 되는 기신

유방은 도망치면서 왕릉에게는 팽성을 치는 척 팽성부근으로 진군하라고 하였고, 또 팽월에게는 게릴라전으로 기습 공격하여 항우의 식량 보급을 차단하라고 명령하였다. 팽월의 기습으로 식량 보급이 차단되고 또 왕릉이 다시 팽성을 공격한다는 소문을 듣자 항우는 더이상 유방을 추격하지 못하고 다시 팽성으로 돌아갔다.

이처럼 절체절명의 순간에 유방을 위해 목숨을 건 충신들이 나타나 극적 반전을 만들어 주었다. 예를 들어 팽성전투에서 대패하여 절망하는 유방에게 영포를 귀화시키고 한신을 다시 전방으로 복귀시킨 장량의 충성, 자신의 언변을 살려 영포를 설득하여 귀화시킨 수하의 충성, 유격전을 벌이며 항우를 견제하였던 팽월, 긴박한 위기에서 진평의 계략과 기신의 희생 등, 이와 같은 충신들이 나타나 일인자의 길을 탄탄하게 만들고 반석이 되어 주었다. 이처럼 일인자의 꿈을 향한 유방과 항우의 길은 달랐다.

기신의 고육지계苦肉之計와 유사한 이야기가 우리나라에도 있다. 즉 고려의 왕건과 신숭겸의 이야기이다. 고려의 왕건은 신라를 구원하기 위해 출전했던 공산전투에서 후백제의 견훤에게 참패를 당해 죽음의 위기에 처하였다. 이때 신숭겸은 왕건의 투구와 갑옷으로 바꿔입고 후백제군을 유인하였다. 그사이 왕건은 일반 군사의 옷을 입고 다른 방향으로 탈출하였다. 후백제군이 신숭겸을 왕건으로 오인하여 쫓아가는 바람에 왕건은 이 틈을 이용하여 극적으로 도망칠 수 있었다. 아마도 유방과 기신의 역사를 알고 있는 신숭겸이 이를 모방한 학습효과일 가능성이 높다.

유방이 야반도주하여 형양을 빠져나오자 형양은 속절없이 무너졌다. 그러자 인근의 성고성 역시 곧바로 위협에 노출되었다. 항우가 곧바로 군사를 몰아 성고성을 포위하려 하자 유방은 성고성을 버리고 한신이 점령하고 있는 조나라로 들어갔다.

유방은 한신과 장이가 술을 마시고 잠을 자는 사이에 기습적으로 군영에 들어가 군권을 빼앗아버렸다. 유방은 한신에게 자신이 형양성에 포위되어 위험에 빠졌을 때 지원하지 않은 죄와 성고성에 고립되었을 당시에도 알고 있으면서 달려오지 않은 죄를 물으며 병권을 빼앗았다. 한신입장에서도 딱히 변명의 여지가 없었다. 왜냐하면, 이것이 바로 일인자와 이인자의 차이이고 이것이 바로 이인자의 한계이기 때문이다.

이후 유방은 10만의 주력부대를 자신의 부대에 편입시키고 장이는 조나라 땅을 지키게 하고, 한신은 다시 병력을 양성해 제나라를 공격하라고 명령하였다. 그리고 자신은 항우와의 제2차 정면승부를 준비하였다.

② 유방의 반격과 광무산 전투

마침내 항우는 형양과 성고 두 지역을 모두 무너뜨리는 데 성공하였다. 물론 북방에 한신의 세력이 있었지만, 항우가 초한전쟁에서 승리를 거둘 수 있는 가장 유리한 국면에 있었다. 그러나 팽월의 게릴라전으로 식량 보급로 차단과 왕릉의 팽성 공격은 항우의 발목을 잡았다. 결국 유방으로 하여금 재정비의 시간을 벌어주었다.

한신에게서 정예병 10만을 빼내어 자신의 부대로 편입시킨 유방은 병력을 재편성하여 항우와의 전면전을 준비하였다. 먼저 초나라군의 후방에 있는 팽월과 연계하여 항우의 군량미와 군수물자 등을 태우고 또 후방의 보급로를 차단하게 하였다. 이처럼 팽월은 군사를 거느리고 항우의 후방을 교란하여 유방을 도왔다는 말로 팽월요초彭越撓楚라는 고사성어까지 만들어졌다.

擄梁地
絶楚糧
一興漢
而項亡
柰何烹
首於洛
陽彭越

게릴라전으로 항우를 괴롭히는 팽월

항우가 유방과 교전하는 사이 후방은 팽월에 의해 난장판이 되어버렸기에 항우는 팽월을 그냥 놔둘 수 없었다. 어쩔 수 없이 조구曹咎에게 성고를 잠시 맡기고 자신은 팽월을 정벌하기 위한 출정을 떠났다. 유방은 이때를 이용하여 성고를 탈환하려고 성고성 부근에서 싸움을 유도하였지만 조구는 꿈쩍도 하지 않고 수성에 전념하였다. 유방은 격장지계로 한나라 병사로 하여금 조구의 욕설을 내뱉으며 도발하자, 결국 조구는 더 이상 참지 못하고 군대를 이끌고 뛰쳐나오는 바람에 대패하였다. 이렇게 성고와 형양은 다시 고스란히 유방의 손으로 들어갔다.

이렇게 유방이 형양과 성고를 수복하였으나 몇 차례의 전란으로 두 성은 이미 폐허에 가깝게 파괴되어 제 역할을 하기가 힘들었다. 이때 장량은 오히려 광무산을 거점으로 삼아 항우와 대치하자는 묘책을 제시하였다. 이후 유방과 항우는 광무산을 사이에 두고 서로 지리한 대치 국면이 전개되었다.

어느 날 유방과 항우가 설전舌戰을 벌이다가 분노한 항우는 숨겨두었던 쇠뇌를 쏘아 유방을 저격하였다. 유방은 가슴에 상처를 입는 중상을 당했지만, 군대의 사기를 생각하여 아무렇지도 않은 척 연기를 하였다. 사실 부상이 심해 군영에 들어와 한동안 치료를 해야만 했다. 그러나 장량은 유방을 억지로 일으키고는 아무렇지도 않은 척 군사들을 위로하며 사기를 진작시켰다고 한다. 이러한 면이 바로 일인자의 길이고 일인자의 품격인 것이다. 유방은 비록 평민 출신이기는 하지만 지도력이나 통솔력에 있어서는 누구에게도 뒤지지 않는 자격을 겸비하고 있었다.

《사기》나《한서》와 같은 정사의 기록에서 확인할 수 없는 기록이 바로 광무산 전투이다. 사실《초한지》에서는 광무산 전투를 상당 부분 각색하였다. 각색한 내용인즉; 제나라를 제압한 한신이 제나라 왕을 시켜 달라고 상주하자 유방은 분노를 억누르고 한신을 제왕으로 임명하였다. 그러자 한신은 10만 군대를 이끌고 유방에 합류하였고, 또 팽월의 군대가 항우의 보급을 끊으니 항우는 광무산으로 들어가 결전을 하기로 하였다. 이때 한신은 광무산의 지형지물을 이용하여 매복계를 사용하여 항우를 철저하게 유린시켰다. 이때 항우가 매복에 걸려 위기에 몰리자 계포와 환초가 달려와 구하였고, 또 나중에는 주란과 주은의 구원군에 힘입어 겨우 본진으로 돌아갈 수 있었다.

이 부분은 소설 《초한지》에서만 보이는 부분으로 후대에 극적인 반전효과를 노리고 삽입한 것으로 보인다. 소설 《초한지》에서 반전효과를 노리고 크게 각색한 부분이 3군데 있는데, 그중 하나는 유방이 대패한 팽성전투에서 한신이 구원군을 데리고 와 항우를 크게 물리쳐 항우에게 1패를 안긴 부분, 두 번째가 바로 광무산 전투에서 한신이 10만 대군을 몰고 와서 매복계로 항우에게 2패를 안긴 부분이며 마지막 부분은 이좌거의 사항지계를 이용한 구리산 십면매복작전이다.

❸ 항우의 인질극

유방과 대치하고 있던 항우에게 절망적인 소식이 전해졌다. 제나라에서 한신과 대치하고 있던 용저가 유수전투에서 괴멸을 당했다는 소식이다. 광무산전투 이후 유방과 항우는 광무를 사이에 두고 지리한 대치를 하였다. 이때 유방은 소하의 치밀한 보급으로 군량을 확보하였지만, 항우는 팽월의 게릴라전으로 인해 군량의 보급에 차질이 생기면서 지구전으로 대치할 만한 힘이 부족했다.

항우는 처지가 급하다 보니 항우답지 않은 인질극을 구상하였다. 팽성대전 이후 사로잡은 유방의 아버지 유태공劉太公을 상대로 인질극을 벌이며 항복하라고 협박하였다. 그러나 말발 좋은 유방은 "우리는 이전에 의형제가 되기로 결의한 사이가 아닌가! 따라서 나의 부친은 곧 너의 부친이기도 하다. 네가 정 죽일 작정이면 너의 애비 삶은 국물이나 한 그릇 다오."라고 응수하였다.

이 소리를 들은 항우는 분노하여 진짜로 태공을 죽이려고 하였지만 항백의 만류로 겨우 목숨을 건졌다. 비록 항우가 유태공을 살해하지는 않았으나 패륜아라는 도덕적 오명을 벗을 수는 없었다. 여론의 부정적 이미지로 인하여 일인자를 꿈꾸는 항우에게는 치명적인 악수가 되고 말았다. 일인자가 되기 위해 인질극까지 벌인 항우를 누가 지지하고 따르겠는가!

이처럼 민심과 역주행하는 행위는 이전에도 여러 번 있었는데 이것이 바로 왕릉 어머니 사건이다. 팽성전투에서 유방은 대패하였지만 그나마 형양에서 왕릉의 기습으로 항우군을 크게 무찔러 위협한 일이 있었다. 이때 항우는 왕릉을 포섭하려고 그의 모친을 인질로 삼아 회유하고자 하였다. 그러나 왕릉의 모친은 항우의 호의를 저버리고, 내 아들 왕릉은 지금 인자하고 후덕한 한왕 밑에서 잘 지내고 있으니, 아들을 설득한 마음도 없고 또 아들의 앞날에 걸림돌이 되기 싫다며 자결한 사건이다. 이 사건은 왕릉으로 하여금 복수심만 불타게 하였을 뿐만 아니라, 여론에 있어서도 치명적으로 부정적인 이미지를 만들었다. 이처럼 백해무익한 인질극으로 인하여 항우가 간절히 갈망했던 일인자의 꿈은 점점 멀어져만 갔다.

항우는 비록 계속된 전투에서 승승장구하였으나 그것을 지켜내는 데는 항상 문제가 많았다. 즉 한마디로 말하면 인재 등용의 실패를 꼽을 수 있다. 항우의 휘하에 있었던 한신과 진평 및 영포 등 수많은 인재가 항우를 배반하고 유방에게 투항하였다. 심지어 항우는 핵심 참모였던 범증까지도 수용하지 못하는 작은 그릇이었다. 인재의 부족으로 인해 항우는 전쟁에서 어렵게 거둔 엄청난 성과를 손쉽게 상실하였다. 그러나 유방은 오히려 전쟁에서의 수많은 패배를 정치적 승리로 전환시키는데 성공하였다. 이것이 바로 리더십의 차이이다. 왜냐하면, 아무리 훌륭한 리더라도 혼자서는 천하를 얻을 수가 없기 때문이다.

이인자의 꿈

 일인자와 이인자의 기로에서

일인자가 될 것인가?

아니면 이인자로 남을 것인가?

이 문제는 결코 쉬운 결정이 아니다. 일인자는 실력과 능력이 있다고 누구나 되는 것이 아니기 때문이다. 여기에는 천지인天地人의 3요소가 조화를 이뤄야만 가능하다. 천天은 하늘에서 시운을 타고나야만 하고, 지地는 주변 여건과 환경이 나를 도와야 하고, 인人은 주변인들과의 인화가 있어야만 가능하기 때문이다. 역사에서도 일인자와 이인자의 기로에서 갈등하다가 사라지는 영웅들을 흔히 볼 수 있다.

그러면 천하의 명장 한신은 일인자의 자질을 갖추고 있는가?

한신은 파촉대원수가 되어 북벌을 통하여 삼진을 수복하였고, 팽성 전투에서 쓰러지는 한나라를 다시 수습하여 항우에게 첫 번째 패배를 입힌 장수이다. 또 위나라, 대나라, 조나라를 연이어 격파하고 연나라를 항복시켰으며, 또 제나라까지 북방 일대를 장악한 일등공신이다. 특히 조나라와의 정형 전투의 승리는 초한쟁패기를 결정지은 상징적인 전투라고 볼 수 있다.

한신이 자립을 꿈꾸게 했던 계기는 괴철을 만나면서 시작되었다. 괴철은 한신이 조나라를 격파하고 연나라와 제나라를 공격하려 할 때쯤에 등장한다. 유방이 한신에게 제나라를 정벌하라고 맡겼으나 역이기가 제나라 왕 전광을 설득하여 항복시키겠다고 나서자 유방은 이를 승인하였다. 역이기의 외교력이 먹히어 제나라가 항복할 마음을 굳히자 괴철은 이대로라면 역이기가 한신의 공을 가로채 갈 것이라며 한신에게 선제공격으로 제나라를 공격하라고 꼬드겼다. 그 말에 혹하여 한신은 무방비 상태의 제나라를 공격하여 손쉽게 점령하였다.

그리고 괴철은 한신에게 유방을 믿지 말고 독립하여 천하를 한나라, 초나라, 제나라로 삼분하자는 권유를 하였다. 즉 천하삼분지계天下三分之計를 들고나온 것이다. 그리고는 서신으로 제나라의 질서를 바로잡기 위해서는 한신을 제나라의 가왕假王으로 임명해 달라고 요청하였다. 유방은 한신의 월권행위에 격노하였으나 장량의 권유를 받고 오히려 한신에게 가왕이 아닌 진짜 왕으로 부임하라는 어명을 내렸다. 일인자에 대한 도전을 유방은 아주 의연하게 대처하여 한신을 안심시키고 현실에 만족하도록 만들었다.

또 얼마 후 유방의 공격으로 궁지에 몰린 항우도 책사 무섭을 보내 한신에게 유방과의 관계를 끊고 제나라로 독립하라고 부채질을 하였다. 이처럼 여러 가지 주변 여건이 자신에게 유리해지는 것을 파악한 한신은 천하삼분에 대하여 심각하게 고민하였다. 그러나 한신은 차마 유방과의 관계를 배반하지 못하고 결국에는 괴철의 제안을 거절하였다. 괴철은 자신의 의견이 수용되지 않자 거짓으로 미친 척하며 한신에게서 떠났다.

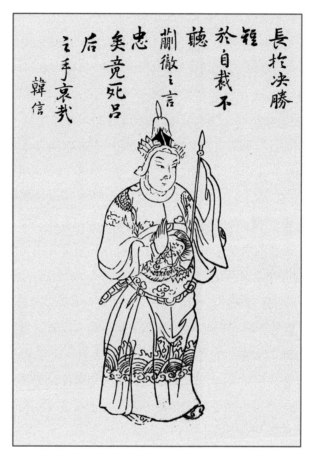

長扵決勝

程扵自裁不

聽

酈徹之言

忠矣竟死呂

后之手哀㢤

韓信

괴철의 천하삼분지계로 고민하는 한신

　이러한 면을 종합해 보면 한신은 일인자와 이인자 사이에서 마음이 많이 흔들렸던 것이 분명하다. 분명 일인자의 길을 가든, 아니면 소하나 장량처럼 철저하게 이인자의 길을 가든 처신을 분명하게 해야만 했다. 한신이 나중에 토사구팽당하면서 죄인으로 추궁당할 때 나열된 죄상으로 크게 4가지가 나온다. 형양에서 유방이 참패할 때 도와주려 하지 않은 죄, 유방이 성고성에서 포위되었을 때 알면서도 달려 오지 않은 죄, 유방이 곤경에 있을 때를 이용하여 제나라 왕의 자리를 강요한 죄, 홍구 강화조약을 파기하고 군사를 일으킬 때 바로 참군하지 않은 죄 등이 나온다. 이처럼 개국공신인 한신은 일인자와 이인자의 어중간한 자리에서 고민하다가 유방의 눈 밖에 나면서 결국에는 토사구팽의 수모를 자초한 것이다.

반면 소하는 만년 이인자를 자처하며 일인자의 영역을 넘보지 않고 이인자의 자리에 안주하였다. 소하는 막대한 역할 때문에 간혹 유방에게 여러 차례 의심받기도 하였지만 스스로 몸을 낮추는 뛰어난 처세술로 천수를 누릴 수 있었다. 소하가 이룩한 공훈은 다른 공신들과는 비교할 수도 없을 뿐만 아니라, 유방의 의심을 풀고자 심지어 자식들까지 유방 곁으로 참군시켜 충성을 다하였다. 또 식읍으로 내려진 재물을 사양하거나 헌납하며 철저하게 몸을 낮추며 이인자의 길을 걸었다. 장량 또한 모든 욕심을 버리고 물심양면으로 충성을 다하였다. 또 천하통일의 대업이 이루어지자 미련없이 권력의 중심에서 벗어나는 지혜를 보였다.

❷ 전투의 신神 한신韓信의 전략전술

한신은 천하장사 항우를 두려워하지 않는 유일한 인물이었다. 어느 날 유방이 항우의 능력을 물어본 적이 있었다. 그러자 한신은 "항우는 천하에 그 누구도 따를 수 없는 용맹한 장수입니다. 그러나 사람을 부리는 데에는 서툴러 인재를 구별하지 못하는 필부지용匹夫之勇입니다."라고 대답하였다. 사실 필부지용이라는 고사성어는 《맹자孟子》에 나오는 말인데 한신이 다시 인용하여 쓴 말이다. 이처럼 한신은 항우의 장단점을 정확하게 판단하고 있었기 때문에 두려움이 없었던 것이다.

초한전쟁에서 보여준 한신의 전공과 활약상을 보면 중국 전쟁사에 길이 남을 최고의 장수로 인정받는 전설적인 명장이다. 젊은 시절에 불량배의 가랑이를 기어다녔던 한신, 아낙네에게 밥이나 얻어먹던 무능한 한신, 항우의 부대에 있으면서도 두각을 나타내지 못했던 한신, 또 파촉 대원수가 되기 전까지 대군을 통솔 한번 해보지도 못했던 한신이다. 그러함에도 불구하고 일단 기회를 잡자 리더로서 완벽한 통솔력을 보여주며 두각을 나타냈다. 급기야 항우를 무너뜨리고 유방에게 천하통일을 안겨준 최고의 개국공신이 되었다. 이 정도라면 가히 전투의 신神이라고 불러도 손색이 없다.

한신의 전략전술은 종종 우리의 상상을 초월한다. 한신의 진가는 압도적으로 불리한 상황에서도 그 역경을 뚫고 전투를 승리로 만든다는 점이다. 즉 배수진이라는 금기의 진법을 오히려 승리의 발판으로 만들어 버리는 신기의 능력자였다. 또 그는 단순히 전술에만 능한 지휘관이 아니라 전략적 식견도 가지고 있었다. 오합지졸의 군대를 정비하여 단숨에 위나라, 대나라, 조나라, 연나라, 제나라, 초나라까지 6개국을 정복하는 괴력을 발휘하였다. 이는 천하를 통일시킨 진시황과도 견줄만한 대단한 성과였다. 또 그 과정에서 보여준 암도진창, 사항지계, 교병지계, 화공과 수공, 격장지계, 유병지계, 배수진, 매복지계, 성동격서, 사낭계 등 다양한 병법의 운용은 가히 천하의 명장이라 칭송할 만하다. 그중에서 암도진창과 배수진의 병법은 한신을 상징하는 트레이드 마크가 되어버렸다.

중국의 역사에서는 한신으로 인하여 만들어진 고사성어와 병법, 그리고 명언명구가 상당히 많다.

- 고서성어 : 한초삼걸漢初三傑. 과하지욕袴下之辱, 일반천금一飯千金,
  국사무쌍國士無雙, 천려일실千慮一失, 다다익선多多益善, 토사구팽
  兎死狗烹 등.
- 병법 : 암도진창暗度陳倉, 배수진背水陣 등.
- 명언명구 : 이좌거가 말한 패전지장불어병敗戰之將不語兵 등.

이 모든 것이 한신과 연관되어 만들어진 어휘들이다. 이처럼 한신은 중
국 역사는 물론 문화에도 한 획을 긋는 명장으로 지금까지 회자되고 있다.

마지막 초한대전의 향방을 결정짓는 전투가 바로 한신이 참전한 유
수전투였다. 유수전투는 한신이 제나라와 초나라의 연합군을 완벽하게
제압하여 항우에게 치명타를 안긴 전투이다. 초나라의 용저 장군과 제
나라의 전광이 연합하여 한신에 저항한 전투였다. 한신의 침공에 초나
라와 제나라는 오월동주처럼 적에서 동지로 바뀌어 한신에 대항하였다.
즉, 광무산 일대에서 발이 묶여있는 항우는 용저에게 20만 군대를 주며
한신을 꺾으라고 했고, 이에 제나라 전광도 패전에서 수습한 남은 병력
을 합하여 연합군을 만든 것이다.

한신은 이 전투에서 그의 주특기인 사낭계砂囊計와 유병지계誘兵之
計를 펼쳤다. 만반의 준비가 끝난 한신은 먼저 물줄기가 세지 않은 강을
건너가 용저에게 싸움을 걸었다. 그리고는 일부러 지는 체하고 달아나
기 시작하였다. 용저의 군대가 반쯤 건너갈 무렵 미리 상류에 막아놓은
물을 모조리 터트려버렸다. 갑자기 쏟아지는 물에 초나라군이 혼란에

빠져 우왕좌왕하자 한신은 방향을 돌려 반격을 하였다. 용저는 마지막까지 필사적 저항하였지만 이미 혼란에 빠진 군대를 수습하지 못하고 괴멸하였으며 이 전투에서 용저도 생을 마감하였다.

10만 군대를 이끌고 무대를 광무산으로 옮긴 한신은 이번에는 항우와 전면전을 벌였다. 이때 한신은 광무산의 지형지물과 절묘한 용병술로 항우를 유린하였다. 한신은 매복계를 사용하여 벌떼 작전으로 항우의 발목을 붙들고 늘어졌다. 이에 위기에 몰린 항우를 계포와 환초가 와서 겨우 구출하였다. 다시 혼전이 계속되어 항우가 또다시 위기에 몰리자 이번에는 주란과 주은이 지원하여 겨우 본진으로 돌아갈 수 있었다. 이처럼 한신은 전투에 있어서는 역발산기개세의 항우조차도 그를 당해내질 못하였다.

항우는 모든 전투를 힘으로 정면승부를 하여 제압을 하는 전통방식으로 일관하였지만, 한신은 전략과 전술로, 그리고 심리전 등 다양한 병법을 동원하여 변칙적으로 대응하였다. 아날로그 방식과 디지털 방식의 대결이기에 승부는 이미 정해진 것이기도 하다. 이와 같은 천하무적의 한신에게도 있어서 결정적 하자는 있었는데, 그것은 바로 정치력 부족이라고 할 수 있다.

❸ 한신의 정치력과 처세술

전략과 전술에 있어서 가히 전투의 신이라는 명칭이 부끄럽지 않은 완벽한 한신이지만 전투 이외의 영역에서는 무언가 부족한 모습이 많이 보인다. 특히 정치력과 처세술에 있어서는 오히려 다른 사람보다도 모자란 모습이 보인다. 이러한 면이 바로 한신이 일인자로 가지 못했던 한계였다. 한신은 일인자 체질이 아니라 이인자 체질이었다. 즉 한신은 비록 잠시 일인자의 꿈을 가지고 갈등하였으나 체질은 이인자에 길들여진 체질이었다.

예를 들어 유방이 역이기를 통해 사실상 성공한 제나라의 귀순을 한신 자신의 공으로 만들기 위해 참모 역이기를 죽게 만든 사건은 정말 한신답지 않은 행태였다. 제나라와의 화친 책을 자기 멋대로 깨트리며 역이기와 공로경쟁을 한 것부터가 처세술의 부족이라고 할 수 있다. 게다가 자신이 제나라를 제압하였으니 제나라 왕으로 삼아달라고 요구하는 행위는 정치력에 크게 하자가 있는 이인자 체질임을 증명하는 것이다. 또 유방이 매우 위급한 상황인데도 그 약점을 이용하여 제나라 왕위를 요구한 것은 정치적인 협상이 아니라 협박에 가까운 것이라는 점을 한신은 간과하였다.

그리고 한신은 인재들을 자기편으로 끌어들이는 능력이 부족했다. 그가 정복한 위나라와 조나라 그리고 연나라와 제나라 등 수많은 나라를 정벌하였으면 분명 인재들이 상당수 있었을 것이다. 그러한 인재들을 수용하여 자신의 가신그룹으로 만들 수 있는 최상의 기회가 있었으나 한신은 그 기회를 놓쳤다. 고작 자신의 편으로 만든 참모가 이좌거와 괴철 정도였다. 한신이 인재를 포섭하려는 시도를 전혀 아니한 것은 아니었지만, 이는 노력의 부족이거나 능력이 부족한 것이라 추정되는 부분이다. 즉 시키는 일만 잘하는 이인자의 한계를 벗어나지 못했다는 점이다.

시대를 막론하고 유명한 리더 옆에는 항상 수많은 인재가 모여들기 마련이다. 그러나 한신에게는 능력 있는 신하들과 참모들이 주변에 거의 없었다. 한신의 약점인 정치력과 처세술을 교정해 줄 가신그룹이 한

명도 없었으며, 기껏 있다면 이좌거와 괴철뿐이었다. 더군다나 괴철은 천하삼분지계의 바람만 넣었을 뿐 이에 대한 체계적인 계책이 부족하였다. 괴철 외에도 아첨만 해서 이득을 취하려는 소인배들은 많았으나 한신은 이 소인배를 걸러내지 못하였다. 즉 용병술用兵術에 있어서는 매우 출중하였으나, 용인술用人術에 있어서는 유방과 비교할 수 없는 역량 차이를 드러냈다.

또 한신에게 부족했던 점은 정치적 결단력이다. 한신의 정치적 행보를 보면 항상 결정적인 순간에 망설이는 문제점을 보인다. 즉 모시는 주군에게 충성을 다하려면 욕심을 버리고 철저하게 충성을 해야 하지만, 한신은 꼭 수고한 만큼의 댓가를 요구하였다. 이러한 면에서 한신은 철저한 모략가가 될 수 없었다. 그렇다고 철저한 충신도 되지 못했다. 어중간하게 처신을 하다가 결국 모든 것을 다 잃은 것이다. 종리매 사건을 보면 한신이 얼마나 상황 판단이 부족한 인간인지 알 수 있다. 종리매가 살려달라고 찾아왔으면 유방에게 보고하여 살길을 마련해 주든가 아니면 종리매를 붙잡아 처단하든가 하는 결판을 내렸어야 했다. 그러나 한신은 오히려 종리매를 어설프게 포용한 탓에 오히려 화근을 키웠다. 유방이 진상을 알고 대노하자 한신은 자신만 살고자 종리매를 역으로 몰아 결국 자살로 몰고 갔다. 이러한 모습은 전쟁영웅 한신의 품격과는 어울리지 않은 소인배의 모습이었다.

결론적으로 한신은 전투의 재능으로는 최고 경지에 도달했지만, 정치적 감각과 처세술은 상당히 부족한 영웅이었다. 일인자의 자질이 부족했기에 이인자의 길을 가야만 했으나 처세술의 부족으로 일인자도 이인자도 아닌 미완의 참모로 남게 되었다. 어중간한 그의 처신과 욕심은 결국 토사구팽을 자초하였다.

고육지계苦肉之計

고육지계는 제 몸, 혹은 아군을 희생해가면서까지 꾸며내는 계책으로 일반적으로 어려운 상태에서 벗어나기 위해 궁여지책으로 쓰는 병법이다. 병법서 《삼십육계》 가운데 제34계이다. 《초한지》에서는 기신이 유방 대신 고육지계로 희생양이 되는 장면이 나온다.

팽월요초彭越撓楚

팽월요초는 초나라와 한나라가 싸울 때, 팽월이 항상 군사를 거느리고 항우의 후방을 교란시키는 게릴라전법을 사용하여 유방을 지원한 데서 유래되었다.

천하삼분지계天下三分之計

천하삼분지계는 원래 《삼국지》에서 제갈량이 천하를 위·촉·오로 나누자고 제시했던 계책으로 널리 알려져 있다. 《초한지》에서도 초한쟁패기 때 한신의 모사꾼 괴철이 한신에게 한·초·제로 천하를 삼분하자는 제안을 하였으나 한신의 거절로 인해 실현되지 못하였다.

사낭계砂囊計와 유병지계誘兵之計

사낭계는 모래주머니로 둑을 쌓아 물을 모은 다음 일시에 터트려 물바다로 만드는 공격이 바로 수공水攻이다. 화공火攻과 수공水攻은 고대의 전통적인 전략전술 가운데 하나로 한신이 즐겨 쓰던 병법이다. 또 한신의 주특기로 상대의 심리를 기만하여 유인하는 유병지계가 있다. 유수전투에서 한신이 용저를 상대로 사용한 병법으로 유명하다.

초한지에 나오는 병법들

- **사항지계詐降之計** : 거짓으로 적에게 투항하는 계책으로 한신이 십면 매복작전을 하기 위해 이좌거를 항우에 거짓 투항시킨 일화 등 여러 곳에서 나온다.

- **삼십육계三十六計 走爲上計** : 위급할 땐 도망치는 것이 최상이라는 의미로 홍문연에서 범증이 유방을 죽이려 하자, 장량은 황급히 번쾌를 끌어들여 국면을 수습하고 은밀히 유방을 탈출시킨다.

- **완병지계緩兵之計** : 불리하면 적의 공격을 지연시키거나 느슨하게 만드는 계책으로 항우의 의심을 풀기 위해 잔도를 불태워 방비를 느슨하게 하였다.

- **이간계離間計** : 적을 반목하게 만들고 서로 싸우게 하는 계책으로 수하가 영포를 찾아가 영포와 항우 사이를 반목하게 하고 투항하였다.

- **반간계反間計** : 적의 첩자를 역이용하여 상대를 교란시키는 계책으로 진평이 반간계를 이용하여 항우와 범증을 이간시키고 교란시켰다.

- **이이제이以夷制夷** : 오랑캐를 오랑캐로 제압하는 계책으로 장량은 초나라와의 전투에서 제나라를 끌어들여 두 나라가 맞서 싸우게 하였다.

- **욕금고종欲擒故縱** : 큰 것을 얻기 위해 작은 것을 내어주는 계책으로 유방이 한신의 요구를 수용하여 한신을 제왕에 책봉하고 해하전투에 끌어들였다.

- **소리장도笑裏藏刀** : 웃음 속에 칼을 숨기고 있다가 기회를 엿보라는 것으로 유방은 천하를 얻기 위해 여러 차례 한신의 비위를 맞춰준 후에 토사구팽하였다.

- **공심계攻心計** : 상대의 마음을 공략하는 일종의 심리전을 말한다. 해하전투에서 유방은 항우에게 사면초가 전법을 사용하여 전투 의욕을 상실시켰다.

- **암도진창暗度陳倉** : 정면에서 공격하는 척하며 우회한 뒤 적의 배후를 치는 병법으로 잔도를 수리하는 척하면서 진창을 공격한 일화에서 유래되었다.

- **교병지계驕兵之計** : 일부러 약한 모습을 보여 적을 속이고 적의 교만심을 키워 방심할 때 반격하는 계략으로 한신이 종종 사용하는 병법이다.

- **화공火攻** : 불을 이용하여 공격하는 병법으로 한신은 장한을 적진 깊숙이 끌어들여 화공으로 초토화시킨 일화 등 여러 곳에 나온다.

- **수공水攻** : 물을 이용한 공격으로 장한이 폐구성으로 들어가 방어에만 치중하자 백수 상류의 물을 막은 다음 둑을 일시에 터트려 폐구성을 초토화하였다.

- **격장지계激將之計** : 적장의 약점이나 자존심을 건드려 분노하게 한 다음 공략하는 병법으로 성고성에서 유방이 조구를 성밖으로 끌어내어 섬멸시켰다.

- **유병지계誘兵之計** : 적을 기만하여 유리한 곳으로 꾀어낸 후 공격하는 계책으로 한신이 항우와 대치할 때 자주 구사하던 병법이다.

- **장계취계將計就計** : 적의 계략을 감지하고 그 계략을 역이용하여 상대를 공략하는 병법으로 유방과 항우가 위표를 가운데 두고 구사하였던 병법이다.

- **배수진背水陣** : 강물을 등지고 진지를 구축하는 병법으로 최후의 수단에 사용하는 매우 위험한 병법이다. 한신이 조나라를 상대로 펼친 진법이다.

- **사낭계沙囊計** : 모래주머니로 둑을 쌓아 물을 모은 다음 일시에 터트려 물바다를 만드는 병법으로 유수전투에서 한신이 용저를 상대로 사용하였다.

- **미인계美人計** : 미인을 이용하여 대응하는 계책을 말한다. 북방의 묵특이 침략하자 유방은 미인도(미인 그림)를 가지고 공략하였다. 후에 재차 침략해 오자 이번에는 유경이 제시한 미인계를 써서 대응하였다.

- **성동격서聲東擊西** : 동쪽에서 먼저 소란을 피워 주의를 분산시킨 다음 서쪽을 공격하는 병법으로 한신이 위표를 상대로 사용한 전법이다.

- **고육지계苦肉之計** : 제 몸(아군)을 희생시켜가며 구사하는 궁여지책으로 유방을 살리기 위해 기신이 유방 대신 고육지책으로 희생양이 되었다.

- **매복계埋伏計** : 적의 동태를 살피거나 불시에 공격하려고 몰래 숨어 있는 계책으로 한신이 주도한 구리산 십면매복 작전이 유명하다.

- **둔병지계鈍兵之計** : 싸움을 회피하고 적의 군사들이 지쳐 스스로 물러나길 기다리는 계책으로 고릉전투에서 장량이 쓴 병법이다.

사면초가四面楚歌로 무너지는
항우의 꿈

Key Word

사항지계詐降之計 · 십면매복지계十面埋伏之計 · 사면초가四面楚歌 · 해하가垓下歌 ·
역발산기개세力拔山氣蓋世 · 우미인초虞美人草 · 영웅英雄과 미녀美女

　홍구의 평화협상으로 부친 태공과 부인 여후를 겨우 구해 낸 유방은 얼마 후 평화조약을 파기하고 다시 전투태세로 들어간다. 그리고 전군을 소집하였으나 이번에도 한신과 영포 및 팽월은 소집에 응하지 않았다. 결국 유방은 고릉전투에서 참패를 하고 위기에 몰린다. 유방은 다시 장량의 계략을 받아들여 한신과 영포 및 팽월에게 상과 영지를 더 후하게 내려주고 그들의 마음을 회유하였다. 봉상封賞의 미끼가 효력을 발휘하여 다시 그들을 동원시키는데 성공한다.

　대장군 한신은 구리산 일대의 지형지물을 관찰한 다음 이좌거 장군을 활용하여 사항지계를 펼친다. 그리고 항우를 구리산으로 유인한 다음 십면매복十面埋伏을 구축하였다. 처음에 항우는 이좌거를 의심하였으나 결국에는 이좌거를 믿고 구리산으로 진격하는 우를 범한다. 이렇게 하여 항우는 해하지방에 포위되어 사면초가四面楚歌가 되어버리고 만다.

　역발산기개세의 항우는 엄청난 괴력을 발휘하며 분전하였으나 혼자서는 지탱할 수가 없는지라 결국 눈물을 흘리며 우희와 작별을 결심한다. 우희는 자신이 항우에게 짐이 됨을 알고 스스로 자결한다. 항우는 정예병 십만 대군을 모두 잃어가며 악전고투 끝에 탈출에는 성공하였으나 또다시 유방 군대의 집요한 추격을 받게 된다. 결국 항우는 재기를 포기하고 최후의 전투 속에 장렬하게 생을 마감한다.

최후의 일전

① **홍구협상과 고릉전투**

유수전투에서 대패하자 항우는 대단한 충격을 받는다. 북방지역이 모두 유방의 세력권에 넘어가자 항우는 압박을 느끼기 시작하였다. 또 광무산전투의 패배로 홧김에 인질극마저 벌였으나 모두 실패로 돌아갔다.

더군다나 초나라 입장에서는 군량의 보급에 문제가 생겼다. 초나라의 후방을 파괴하며 보급선을 어지럽히는 팽월의 게릴라식 공격과 가족의 원수를 갚으려고 호시탐탐 기회를 노리는 영포 등으로 사방이 적으로 둘러싸인 상황에서 유방하고만 대치하고 있기도 어려운 진퇴양난이었다. 반면 한나라는 소하의 치밀한 군량 보급으로 문제가 전혀 없었다.

그렇다고 유방 입장에서도 항우를 쉽게 공격하기도 어려웠다. 왜냐하면 항우가 유방의 가족들을 인질로 삼고 있었기 때문이다. 이러한 지구전은 시간이 갈수록 초나라에게 더 불리하게 작용하였다. 이러한 상황을 주시하던 장량과 진평은 사자를 보내어 휴전을 제의하였다. 현 위치를 경계로 삼아 천하를 양분하여 휴전하며, 유방의 가족을 석방하는 조건을 내걸었다.

잠시의 정비가 필요한 항우 입장에서는 어쩔 수 없이 홍구鴻溝의 휴전협정에 동의하였다. 유방 입장에서는 태공과 가족을 다시 구출하는 대단한 성과를 얻어낸 협상이었다. 그리하여 한신, 영포, 팽월 또한 모두 영지로 돌려보내고 일시적 평화의 분위기가 조성되었다.

하지만 인질을 모두 돌려받은 유방 입장에서는 더이상 장애가 없었다. 때마침 장량과 진평이 초나라를 섬멸할 절호의 기회라고 진언하였다. 유방은 곰곰이 생각하다가 진언을 받아들여 초나라를 공격하기로 마음의 결정을 내렸다. 그리고 고릉으로 들어가 군사훈련을 시작하며 한편으로 한신, 영포, 팽월 등에게 소집 명령을 내려 참전을 독려하였다. 그런데 이들은 출정을 차일피일 미루며 눈치를 보다가 끝내 응하지 않았다. 이는 한신과 영포 및 팽월 등을 너무 쉽게 생각한 장량의 판단 착오였다.

유방의 군사훈련 소식을 접한 항우는 크게 분노하여 대군을 이끌고 단숨에 고릉으로 진격하였다. 갑작스러운 항우군의 침략에 정비가 덜된 유방의 군대는 순식간에 무너졌다. 판단 착오로 위기에 몰린 장량은 황급히 유방을 성고성으로 도피시키고 장창 장군에게 항우의 식량기지를 급습하여 불태우라고 지시하였다. 또 한편으로는 한신이 출정하여 팽성을 공격한다는 거짓 정보를 퍼트렸다. 그러자 항우는 서둘러 팽성으로 철수하였다.

일단 위기를 넘긴 유방은 한신과 영포 및 팽월의 무관심이 괘씸하였으나 어찌할 방도가 없었다. 그리고는 장량의 제안에 따라 오히려 한신에게는 삼제왕의 직위를 내려 제나라 전역을 다스리게 하였고, 영포는 회남왕으로, 팽월은 대량왕으로 직위를 높혀주면서 참전을 회유하였다. 그러자 당근의 효과가 바로 나타났다. 한신과 영포, 그리고 팽월은 즉각 군대를 이끌고 성고와 형양부근으로 모두 집결하였다.

여기에 모여든 제후들과 병졸들을 합하니 군사가 총 120만에 달하였다. 유방은 한신을 대원수로 임명하여 출정을 위한 만반의 준비를 다하였다. 이 소식을 접한 항우도 당시 초나라 군사 50여만 명에게 전군의 동원령을 내려 전투태세로 돌입하였다.

② 이좌거의 사항지계詐降之計와 구리산 십면매복지계十面埋伏之計

한신은 그 일대의 지형지물을 면밀하게 살핀 다음 구리산을 지목하였다. 그곳에 백만대군을 매복시키고 그곳으로 항우를 끌어들이는 계략을 구상하였다. 그리고 이좌거를 은밀히 불러들였다. 비밀회의를 마친 이좌거는 은밀히 초나라 군영으로 잠입하여 항백을 만나 투항한다는 의사를 전달하였다. 처음에 항백은 이좌거가 사항지계詐降之計를 펼치는 것이 아닐까 의심하였으나 이좌거가 칼을 빼어 할복으로 결백을 증명하려 하자 항백은 이내 그를 믿어버리고 항우에게 소개하였다. 항우도 범증을 잃고 모사꾼이 필요한 상황이라 크게 기뻐하며 그를 참모로 영입하였다.

마침내 최후의 초한대전이 벌어지자 항우의 신하들은 팽성으로 돌아가 수성을 하며 대응하자고 하였다. 그러나 이좌거는 반대로 차라리 나아가 싸우는 것이 상책이며, 그러면 한나라는 우왕좌왕하다가 식량부족으로 스스로 물러날 것이라고 항우를 부추겼다. 그러자 항우도 전면전을 하기 위해 구리산 근처에 진지를 구축하였다. 그리고 항우는 직접 한나라 군대의 동향을 살펴보니 이좌거가 보고한 상황과 일치하지 않았다. 이에 의심을 품고 이좌거를 호출하니 이좌거는 이미 유방 진영으로 탈출한 후였다. 결국, 항우는 한신의 사항지계와 십면매복지계에 제대로 걸려든 것이다.

다음 날 한신은 유방에게 먼저 제일선으로 나아가 항우와 일전을 벌이는 척 약을 올리다가 도망치라고 요청하였다. 유방을 본 항우는 분노하여 유방을 추격하니, 이번에는 이좌거가 전방에 나타나 또 항우를 조롱하였다. 화가 치민 항우는 또 맹렬히 이좌거를 추격하였다. 이렇게 항우는 구리산 깊숙이 유인되었다. 주변의 장수들이 너무 깊숙이 적진에 들어왔다고 저지시켰을 때는 이미 구리산 십면매복에 걸려든 상황이었다. 결국, 한신의 격장지계와 유인책에 완전 포위가 되어 움직일 수가 없는 국면에 빠져들었다. 항우가 동쪽으로 가면 어느새 동쪽의 골짜기에서 매복군이 나오고, 서쪽으로 피신하면 뒤에서 매복군이 추격하여 도무지 탈출로가 보이지 않았다. 그 이유는 구리산 정상에서 번쾌의 일사불란한 지휘 아래 깃발과 햇불로 항우의 움직임에 소통과 대응을 하고 있었기 때문이다.

십면매복지계로 인하여 우왕좌왕하였으나 그 와중에서도 항우는 초인적인 힘을 발휘하며 저항하였다. 그는 하루에 50여 명이나 되는 적장의 목을 날려버리는 괴력을 발휘하였다. 그리고 악전고투 끝에 출구를 확보하여 해하 지역으로 대피하였다. 그 와중에 항우는 팽성의 함락 소식을 접하게 된다. 더이상 갈 곳이 없어진 항우는 해하에서 최후의 일전을 준비하였다.

③ 역사와 소설의 사이에서

역사 연의소설인《초한지》는 지난날의 역사적 사실을 그대로 재현시키려는 의도가 강하지만 간혹 허구적 요소를 가미하여 상업성에 부응하기도 하였다. 사실《초한지》는《삼국지》보다는 비교적 역사적 사실에 더 충실한 연의소설이다. 그러나 일부에서는 허구적 성향이 강한 부분도 나타난다.

홍구의 협상 후에 항우와 유방이 재격돌하는 상황에서 한신이 120만 대군을 동원하고, 또 한신이 이좌거를 이용해 사항지계를 하는 장면이나, 이좌거가 항우를 구리산으로 유인하는 부분, 그리고 구리산에서 펼쳐진 십면매복지계는 역사에는 없고 소설에만 나오는 내용이다. 사실, 이좌거는 생몰년도가 불확실하고 한신에게 2번의 계책을 올린 기록이 있으나 그외 다른 일화는 전해지지 않는다.

실제의 역사를 살펴보면, 장량과 진평은 초나라를 괴멸시킬 절호의 기회라며 협약을 깨고 전투를 하자고 진언하였고, 이 말을 들은 유방은 바로 군사를 모아 철군하는 항우를 기습하였다. 하지만 항우는 고릉固陵에서 유방의 군대를 크게 무찔러 오히려 유방이 위기에 몰리게 되었다. 비슷한 시기에 한신은 관영에게 초나라 지역을 평정토록 명령하였다. 관영이 항우가 없는 팽성을 손쉽게 함락시키니 주변에 있는 나머지 성읍들도 줄줄이 항복해 들어왔다.

그리고 관영은 유방이 고릉에서 위기에 처했다는 소식을 접하자, 곤경에 처한 유방을 구하기 위해 곧바로 기병대를 이끌고 고릉으로 진군하여 유방을 지원하였다. 지원군을 얻는 유방은 이 기회를 놓치지 않고 관영과 협공하여 항우를 공격하자 화들짝 놀란 항우는 결국, 오래 버티지 못하고 철군을 결정하였다. 그러나 이미 팽성이 함락되었다는 소식을 접하자 갈 곳을 잃은 항우는 망연자실하였다.

비록 항우는 고릉에서 대승을 거두었지만, 오히려 이 전투로 인하여 퇴로가 끊기는 위기에 빠지게 되었다. 항우는 어쩔 수 없이 군사를 해하 일대로 돌려 동쪽으로 후퇴하였다. 상황이 유방에게 유리하게 전개되자 한신과 영포 및 팽월도 마지막 전투에 합류하였다. 이것이 바로 역사에 나오는 기록이다.

이처럼 소설 부분과 실제 역사 부분은 다소 다른 내용이 보인다. 소설 《삼국지》에서 허구가 가장 강한 부분이 적벽대전이라면 《초한지》에서 허구가 강한 부분은 크게 경색 전투와 광무산 전투 그리고 구리산 전투 등 3부분이라고 할 수 있다.

첫 번째 경색 전투는 유방이 팽성 전투에서 참패를 당한 후, 급히 국면을 수습하고자 한신을 다시 전선으로 복귀시켜 항우에게 설욕전을 한 전투이다. 여기에서 한신은 항우를 유인하여 양면으로 고립시킨 다음 전차를 이용하여 항우에게 첫 패배를 안겼다.

두 번째 광무산 전투는 위기에 몰린 유방이 한신을 제나라 왕으로 봉해주면서 한신을 군대로 끌어들인 전투이다. 이 전투에서 한신은 광무산 일대에 아군을 매복시켜 항우를 위기에 빠트린다. 항우에게 또 한 번의 큰 굴욕을 안겨준 전투였다.

세 번째가 바로 구리산 십면매복작전이다. 이 전투는 《사기》나 《한서》에도 나오지 않는 내용이다. 그러기에 한신이 이좌거를 이용하여 쓴 사항지계도 없었고 또 한신의 십면매복지계도 없었다.

이상의 허구적 부분을 분석하면 모두가 한신의 공적과 연관이 있다. 역사의 미세한 언급을 크게 확대하거나 전혀 없는 이야기를 확대하여 한신의 공적으로 만들었다. 마치 《삼국지》의 옹유폄조擁劉貶曺(유비를 옹호하고 조조를 폄하함.)처럼 항우의 전투력을 깎아내리고 대신 한신을 다양한 방법으로 부각시켜 주었다. 아마도 일방적으로 항우에게 당하기만 하는 유방을 옹호하기 위해 한신을 등장시켜 그를 전쟁의 신으로 만들어 주려는 의도가 깔려있다. 이상의 세 전투에서 나타나는 공통점은 항우는 무력武力에 의존하여 전투에 임하였다는 부분을 강조하는 반면, 한신은 다양한 전략전술로 항우를 제압한다는 내용을 부각시켰다. 사실 항우 입장에서는 조금 억울하게 각색되었다고 할 수 있는데, 이는 소설 편찬자의 상업성을 고려한 의도적 각색이라 할 수 있다.

④ 문학사에 비추어진 항우

역사 연의소설을 읽다 보면 간혹 역사적 사실과 소설적 관점을 혼동하는 경우가 종종 발생한다. 그러기에 소설은 소설의 관점에서 이해해야지 역사적 관점으로 받아들여서는 안된다. 《초한지》 또한 역사적 관점이 아닌 소설적 관점에서 문학성과 예술성을 논해야지, 지나치게 역사적 관점에서 사실의 진실 여부에 치우치다 보면 오히려 문학적 미학과 창신을 상실하기 쉽다.

항우에 대한 문학작품에는 긍정과 부정적 평가들이 교차되어 있다. 당대 시인 두목杜牧은 항우가 죽은 오강에 와서 그를 기리는 시를 다음과 같이 지었다.

勝敗兵家不可期승패병가불가기 병가의 승패란 기약할 수 없는 것이니
包羞忍恥是男兒포수인치시남아 수치를 참는 것도 대장부의 일이로다.
江東子弟多才俊강동자제다재준 강동의 자제 중에는 준재가 많다 하니
捲土重來未可知권토중래미가지 흙먼지를 일으키며 다시 돌아올 수도 있었
　　　　　　　　　　　지 않았겠는가?

송대 문인이며 정치가인 왕안석의 답시는 다음과 같다.

百戰疲勞壯士哀백전피로장사애 수없는 전쟁피로에 장사들 사기는 떨어지고,
中原一敗勢難回중원일패세난회 중원의 대패에 이미 대세는 돌이키기 어렵네.
江東子弟今雖在강동자제금수재 강동의 자제들이 지금까지 남아있다 하더라도
肯與君王捲土來긍여군왕권토래 과연 군왕과 더불어 흙먼지를 일으키며 돌
　　　　　　　　　　아 올 수 있을까?

이처럼 긍정론과 부정론이 나타나며 후대에 항우에 대한 시가들이
상당수 존재한다. 또 여기에서 권토중래라는 고사성어가 출현하였다.
그 외에도 당대의 문인 한유韓愈가 마침 이곳을 지나며 이때의 싸움을
상상하며 쓴 회고시懷古詩로 과홍구過鴻溝가 있다.

龍疲虎困割川原용피호곤할천원 용과 범이 서로 지쳐 강과 들을 분할하니,
億萬蒼生性命存억만창생성명존 억만창생의 생명이 살아 남게 되었도다.
誰勸君王回馬首수권군왕회마수 누가 임금에게 말머리를 돌리게 권했는가.
眞成一擲賭乾坤진성일척도건곤 진정 하늘과 땅을 걸고 마지막 승부하자고…

여기에서 건곤일척이라는 고사성어가 유래되었다. 그 외 시는 물론

소설과 희곡에도 그의 일대기를 그린 작품들이 등장한다. 소설에 있어서 역시 《서한연의》를 꼽으며 경극 중에는 〈패왕별희〉가 대표적이다.

그 외 흥미로운 민간고사 하나가 전해진다. 옛날 조조가 항우를 보고 "바위 위를 기어다니는 이를 죽일 수 있습니까?"라고 하니 항우는 이내 바위를 들어서 이가 기어다니는 바위를 내리쳤다. 그러나 돌 틈에 숨어 있던 이들은 죽지 않고 여전히 기어다니고 있었다. 그러자 조조가 항우를 비웃으며 "천하장사가 요만한 이 한 마리 못 잡는가!"라고 하며 손가락으로 이를 꾹 눌러 죽여버렸다. 조조의 교활함과 항우의 우직함을 패러디한 민간고사라고 할 수 있다.

또 항우로부터 유래된 고사성어와 명언명구도 상당수 전해지는데 간략하게 소개하면 다음과 같다.

만인지적萬人之敵, 파부침주破釜沈舟, 홍문연鴻門宴, 서초패왕西楚霸王, 수자부족여모豎子不足與謀, 금의환향錦衣還鄉, 금의야행錦衣夜行, 목후이관沐猴而冠, 해하가垓下歌, 역발산기개세력力拔山氣蓋世, 우미인초虞美人草, 사면초가四面楚歌, 권토중래捲土重來, 건곤일척乾坤一擲 등 다수가 지금도 대중에 회자되고 있다.

사면초가四面楚歌와 영웅의 말로

① 사면초가四面楚歌와 심리전

《손자병법》의 〈모공편〉에 "적을 알고 나를 알면 백번 싸워도 위태롭지 않다. 적을 모르고 나만 알면 한번은 이기고 한번은 진다. 적도 모르고 나도 모르면 싸울 때마다 항상 패한다.知彼知己, 百戰不殆. 不知彼而知己, 一勝一負—, 不知彼, 不知己, 每戰必敗."라는 말이 있다. 여기에서 적을 안다는 의미는 상대에 대한 정보력을 말한다. 그 정보력 가운데 가장 중요한 것이 바로 상대의 심리상태이다. 전쟁에서 심리전이라는 것은 상대의 계략이나 계획을 파악하는 것일 뿐만 아니라, 상대의 심리상태 등을 파악하여 분석하고 또 그것을 적재적소 혹은 적재적시에 이용하는 전략전술을 의미한다.

전쟁에서 심리전은 전쟁의 기본이다. 적의 마음을 꿰뚫어야만 그것을 이용할 수 있기 때문이다. 적을 분노케 하는 격장지계, 적을 유인하는 유병지계, 적을 교만하게 만드는 교병지계, 적을 이간시키는 이간계와 반간계. 그리고 고육지계 등 모두가 상대의 심리를 이용하여 상대를 속여야만 성공할 수 있기 심리전이다.

《초한지》에서 가장 대표적인 심리전이 바로 사면초가四面楚歌이다. 사면초가란 사방이 적으로 둘러싸인 고립무원孤立無援의 상태를 말한다. 이때 한신의 120만 대군은 동서남북으로 공격하여 항우 군을 포위하는 데는 성공하지만, 항우의 기세도 만만치 않았다. 오히려 하루에 50여 명이나 되는 적장의 목을 치는 괴력을 발휘하기도 하였다.

한신은 이 문제를 장량과 상의하였다. 그러자 장량은 자신이 심리전으로 해결해 보겠다고 제안한다. 여기서 나온 장량의 심리전이 바로 항우가 해하에서 포위당하고 있던 어느 날 밤, 훈燻이라는 퉁소와 함께 사방에서 초나라 노래를 부르게 한 사면초가를 말한다. 사방에서 초나라의 구슬픈 노래가 들려오니, 그동안 전쟁으로 고달픈 초나라 병사들은 고향과 처자식을 그리며 전투 의지가 급속히 붕괴되었다. 이것이 바로 사면초가의 고사성어가 만들어진 역사적 배경이다.

순간적인 군심의 동요는 초나라 병사들의 탈영으로 이어지게 되었다. 한신은 전군에 군령을 내려 초나라 탈주병을 잡지 말고 그냥 지나가게 하였다. 이때 계포, 항백, 종리매까지 도망치니, 항우는 완전히 절망에 빠지게 되었다.

이처럼 사면초가야말로 중국에서 가장 상징적이고 대표적인 심리전이라고 할 수 있다. 《삼국지》에서도 비슷한 심리전이 나오는데 이것이 바로 공성계空城計이다. 즉 제갈량은 사마의의 10만 대군이 밀려오자, 성문을 활짝 열고 성루에 올라가 거문고를 탄주하며 허장성세虛張聲勢로 대응하여 사마의를 물리쳤다는 계책이 바로 대표적인 심리전이다.

또 현대의 전쟁에서 심리전은 총성없는 전쟁이라고 하여 최근까지도 많이 사용하는 매우 중요한 전략전술이다. 제2차 세계대전 때와 한국의 6.25 전쟁 때에도 사용되었으며 심지어 최근의 전방에서도 사용되는 전술이다. 즉 언론매체인 방송이나 삐라 등을 이용하여 상대방의 전투 의지를 무기력하게 만드는 방법으로 지금도 여전히 효력을 발휘하고 있다.

② 영웅의 말로

사면초가의 심리전은 엄청난 파급효과를 가지고 왔다. 초나라군은 순식간 동요하여 졸지에 군사가 800여 명만 남게 되었다. 철석같이 믿던 항백과 계포, 그리고 종리매까지 도망치고 장수라고는 오직 환초와 주란 장군만 남았다. 아무리 천하무적 항우라 할지라도 더이상 버틸 힘이 없었다. 결국에 항우는 우미인과 마지막 만찬을 하며 최후의 일전을 준비하였다.

그날 밤 항우는 잔존하는 800여 명의 병사를 이끌며 한신의 포위망을 뚫고 달아나고자 총력을 다하였다. 그러자 한신은 관영灌嬰을 시켜 5천여 기병으로 항우를 추격하도록 하였다. 치열한 사투가 벌어지며 환초와 주란이 목숨으로 저지하였다. 항우가 포위망을 뚫고 겨우 회하를 건너갔을 때는 불과 수십 명만 살아남았다. 달아나던 항우가 우연히 만난 농부에게 길을 물으니 그 농부는 정반대로 가르쳐주었다. 나중에 속은 것을 안 항우는 민심마저 자신을 떠났다고 좌절하며 한탄하였다.

포위망을 뚫고 간신히 빠져나와 오강에 이르렀을 때는 28명만이 살아남았다. 항우는 살아남은 병사들만이라도 무사히 고향으로 돌려보내고 자신은 여기에서 최후를 맞이하려고 결심을 하였다. 강동으로 달아나 후일을 도모하자는 권유를 거절하고 그는 추격대로 돌격한 끝에 스스로 목숨을 끊음으로써 초한전쟁은 마무리가 되었다. 그는 최후까지 "난 결코 힘이 없어 패한 것이 아니다. 단지 하늘이 유방을 택했을 뿐." 이라고 절규하였다. 또 오추마는 배에서 울다가 강물에 뛰어들어 항우와 목숨을 함께 하였다고 한다.

최고의 기병대장으로 활약하는 관영

항우와 유방의 일대기

연도	항우	유방
BC 232 / BC 247	• BC232년 : 하상현 항연의 손자로 출생 • 숙부 항량 밑에서 성장 • 글공부 보다는 만인을 대적하는 병법에 관심을 보임	• BC247년 : 패현의 농부 아들로 출생 • 유협의 무리들과 어울리며 사수정 장이 됨 • 진시황릉 공사인부 수송을 담당하다가 도망침
BC 209	• 진승의 난이 일어나자 숙부 항량과 봉기하여 위력을 과시	• 진승의 난이 일어나자 소하, 번쾌, 노관, 조참, 하후영 등과 봉기
BC 208	• 범증을 군사로 삼고 초 회왕을 왕으로 옹립 / 항량의 전사	• 항량의 군대에 합류
BC 207	• 관중에 먼저 입성자가 관중왕이 된다고 공포 / 송의를 죽이고 상 장군이 되어 장한을 항복시킴	• 관중에 먼저 입성자가 관중왕이 된다고 공포 / 서쪽으로 진격하여 창읍과 낙양을 거쳐 남양을 점령
BC 206	• 유방보다 늦게 함양에 입성 / 홍 문연 사건 / 자영을 죽임 / 서초 패왕으로 등극	• 함양에 입성하여 약법삼장 공포 / 한중왕이 되어 재기를 준비 / 한 신을 대원수로 삼아 다시 북벌
BC 205	• 의제를 죽이고 팽성으로 천도 / 팽성대전에서 다시 유방을 몰아 냄	• 낙양에 들어가 의제의 장례를 치 름 / 팽성의 선제공격은 성공하였 으나 항우의 공격에 다시 패배
BC 204	• 진평의 반간계로 범증이 죽음	• 항우의 공격으로 성고성으로 도망 갔다가 다시 한신의 군대와 합류
BC 203	• 광무산 전투에서 승리하고 유방 에게 부상을 입힘 / 홍구협약 및 인질교환	• 다시 성고성을 탈환하지만 광무산 에서 부상당함 / 홍구에서 휴전협 상 / 협상파기
BC 202	• 십면매복작전에 걸려 오강으로 후퇴 / 사면초가되어 자결함	• 고릉에서 항우에 패하지만 해하에 서 승리 / 천하통일 후 장안으로 천도 / 황제 등극
BC 195		• 즉위 7년 만에 사망

천하통일을 이룬 후 초나라의 잔여 세력은 대부분 한나라에 항복하였으나 마지막까지 저항한 곳이 옛 노나라의 노현魯縣으로 그들은 끝까지 항우와의 의리를 지키겠다며 저항하였다. 이때 유방은 회유책으로 항우의 수급을 보여주고 후하게 장례를 치루어 주었다. 그러자 노현 백성들은 스스로 항복하였고, 또 유방은 항우를 노공에 봉하고 노현 땅인 곡성穀城에 안장하였다.

③ 영웅과 미녀

영웅본색英雄本色이라는 유명한 영화가 있었다. 의미는 영웅이 가지고 있는 본래 특색이나 모습 혹은 진면목이라는 의미이다. 또 영웅호색英雄好色이라는 말도 있다. 의미는 "영웅은 미녀를 좋아한다."라는 의미이다. 여기에서 영웅본색의 색은 본래의 특색이나 진면목을 의미하지만, 영웅호색의 색은 여인을 의미한다. 또 중국 속담에 "영웅난과미인관英雄難過美人關"이라는 말이 있다. 즉 영웅은 미인을 그냥 보고 지나가기 어렵다는 의미이다. 이렇듯 자고이래 영웅과 미녀는 항상 밀접한 관련성을 가지고 있었다.

《초한지》의 양대 영웅 유방과 항우 역시 매우 흥미로운 애정관을 가지고 있었다. 유방의 애정관은 전형적인 영웅호색 스타일이다. 기록에 의하면 유방은 슬하에 8남 1녀를 두었다고 하는데 8명의 아들이 모두 어머니가 달랐다고 한다. 즉 부인이 최소 8명이 넘었다는 이야기다. 《초한지》에 나오는 여인만도 조씨, 여후, 척부인, 박희 등이 나온다.

유방은 본래 주색잡기를 즐기는 사람으로 여후와의 사랑은 거의 형

식에 불과했으며 주로 정치적 파트너로 이용하였다. 그 원인 중의 하나
가 바로 여후의 강한 성격에 있었고 또 여성미가 부족한 점을 들 수
있다. 그러하기에 유방은 오히려 여성적이고 애교가 많은 척부인을 더
사랑하였다. 말년에 척부인의 아들 여의如意를 태자로 삼고자 한 사실
로 보아도 유방은 강한 성격보다는 연약한 여인에 끌리는 애정관을 가
지고 있었다. 유방에 있어서 애정관은 일반적인 영웅들이 가지고 있는
전통적인 호색한好色漢의 범주에서 벗어나지 못하였다.

　그러나 항우의 애정관은 매우 특이하다. 우미인虞美人과의 사랑은
가히 세기적 사랑이라 할만하다. 우미인은 당대 최고의 절세가인으로
항우의 사랑을 독차지한 여인이다. 항우 또한 수많은 미인에는 관심도
없었고 오로지 우미인만을 끝까지 사랑하는 순정파 로맨티스트이다.
죽음마저 함께 나누는 그야말로 세기적 사랑의 순애보라 할만하다. 그
러기에 항우가 지금까지도 많은 여성에게 높은 평가를 받는 이유이기
도 하다.

　항우가 사면초가로 고립무원의 상태가 되었을 때, 항우는 사방에서
들려오는 초나라 노래를 듣고 "초나라는 이미 한나라로 넘어갔다는 말
인가? 어찌 적진에 초나라 사람들이 저렇게 많은가?"라고 말하면서 최
후의 만찬을 하며 부른 노래가 바로 해하가垓下歌이다.

力拔山兮氣蓋世역발산혜기개세	힘은 산을 뽑고 기세는 세상을 덮을만한데,
時不利兮騅不逝시불이혜추불서	때가 불리하니 오추마도 달리지 않는구나.
騅不逝兮可奈何추불서혜가나하	오추마가 달리지 않으니 이를 어찌할까나!
虞兮虞兮奈若何우혜우혜나약하	우희야! 우희야! 이를 어찌하란 말이냐?

이렇게 항우가 마지막 전투를 남기고 해하가垓下歌를 부르자 우미인이 답가로 부른 노래가 바로 이것이다.

漢兵已略地한병이략지　　한나라 군대는 이미 초나라 땅을 차지했고,
四方楚歌聲사방초가성　　사방에 들리는 것은 초나라 노래 소리 뿐.
大王意氣盡대왕의기진　　대왕의 의지와 기개가 점점 소진해 가니,
賤妾何聊生천첩하료생　　이 몸은 어찌 살아가란 말인가!

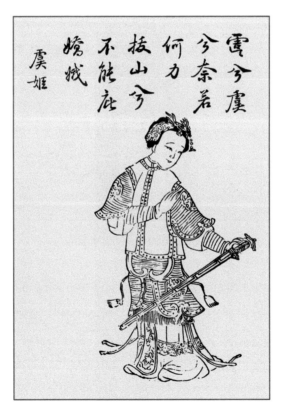

항우의 영원한 연인 우미인 우희

역발산혜기개세의 천하장사 항우

이렇게 우미인 자신이 항우의 앞길에 걸림돌이 된다며 이 노래를 부르고 자결하였다. 사실 정사에는 이 부분이 전해지지 않으며 후대에 나온 《초한춘추楚漢春秋》와 《서한연의西漢演義》에서 창작된 것이다. 우미인이 자결하자 그녀의 시신을 수습해 묻은 무덤 위에서 한 송이 꽃이 피었는데 이것이 바로 "우미인초"(일명 개양귀비)라고 후대에 전해진다. 그러나 정사에는 오직 항우가 준비한 최후의 연회에서 우미인이 슬프게 춤추며 노래하자 "모두가 눈물을 흘리며 울었다."는 이야기만 언급되어 있다. 그러나 후대에 항우와 우미인의 슬픈 사랑 이야기는 대중들에게 크게 인기를 끌면서 소설 및 희곡의 일종인 경극에도 패왕별희覇王別姬의 소재가 되어 많은 사랑을 받았다.

다만 우미인의 남동생으로 우자기가 나오는데 사실은 가공으로 만들어 낸 인물이다. 《서한연의西漢演義》에 나오는 인물 가운데 실제와 다른 가공인물이 몇몇 나오는데 그중 대표적인 인물이 초나라의 우자기와 우영이다.

십면매복지계十面埋伏之計

적의 동태를 살피거나 불시에 공격하려고 동서남북 사방에 몰래 숨어 있는 계책으로 한신이 주도한 구리산 십면매복 작전이 유명하다.

사면초가四面楚歌

사방에서 들려오는 초나라의 노래라는 의미로 적에게 포위되거나 몹시 어려운 일을 당해 고립무원의 상태로 해하에서 항우가 유방에게 포위된 데서 유래되었다.

해하가垓下歌

초나라 항우가 지은 노래라 전해지며 해하에서 유방에게 사면초가로 형세가 이미 기울어져 운명이 다한 것을 슬퍼하며 지은 노래이다.

역발산기개세力拔山氣蓋世

해하가에서 나온 가사 내용으로 힘은 산을 뽑을 만하고 기세는 세상을 덮을만한데… 라는 내용으로 천하장사 항우를 묘사한 말이다.

우미인초虞美人草

사면초가로 절망에 빠진 우미인이 자결하자, 우미인의 무덤 위에서 피어난 꽃이 우미인초이다. 일명 개양귀비라고도 한다.

권토중래捲土重來

당대 두목의 시에서 나온 말로 흙먼지를 일으키며 다시 돌아온다는 뜻이다. 실패하였지만 다시 실력을 키워 재도전한다는 의미이다.

건곤일척乾坤一擲

당대의 문인 한유의 시에서 유래한 말로 천지를 걸고 단판승부를 한다는 뜻으로, 운명과 흥망을 걸고 승부수를 띄우거나 어떤 일을 단행할 때를 비유하는 말이다.

중국의 미녀에서 연유된 고사성어

중국의 4대 미녀
서시·왕소군·초선·양귀비

중국의 미녀에서 연유된 고사성어나 명언명구들을 소개하면 다음과
같다.

• 달기妲己 : 은나라

주지육림酒池肉林 : 술이 연못을 이루고 고기가 숲을 이룬다는 뜻으
로, 호화롭고 사치스러운 주연을 비유한다. 그 외 장야지음長夜之飮
과 포락지형炮烙之刑이 있다.

• 포사褒姒 : 서주시대

단순호치丹脣皓齒 : 붉은 입술 사이로 드러난 흰 치아로 미인을 형용
한 고사성어이다. 한 번의 웃음으로 나라를 멸망으로 이끈 포사의
고사에서 연유되었다.

• 서시西施 : 월나라

침어낙안浸魚落雁 : "물고기가 헤엄치는 것을 잊어먹고, 기러기가 날
개 움직이는 것을 잃고 땅으로 떨어지다."라는 뜻으로 본의는 미인
을 형용하는 말이다. 침어는 서시를 의미하고, 낙안은 왕소군을 지
칭한다. 그 외에도 서시효빈西施效嚬과 와신상담臥薪嘗膽이 있다.

• 우미인虞美人 : 초나라

우미인초虞美人草 : 개양귀비를 의미한다. 그 외에도 패왕별희霸王別
姬와 사면초가四面楚歌가 있다.

- **이부인李夫人** : 한나라(한 무제 때 문인 이연년의 누이동생)

  경국경성傾國傾城 : 북방에 아름다운 여인이 있으니北方有佳人, 세상에 홀로 우뚝 서 있네絶世而獨立, 한 번 돌아보면 성이 기울고一顧傾人城, 두 번 돌아보면 나라가 기우네再顧傾人國에서 유래되었다.

- **왕소군王昭君** : 한나라

  침어낙안浸魚落雁 : 가운데 침어는 서시를 의미하고 낙안은 왕소군을 지칭한다. 모두 미인을 형용하는 고사성어이다.

- **초선貂蟬** : 한나라 말기(삼국시대)

  폐월수화閉月羞花 : "달이 부끄러워 구름 속으로 얼굴을 가리고 꽃이 부끄러워 시들어 버린다."라는 뜻으로 모두 미인을 형용하는 말이다. 폐월은 바로 초선을 의미한다.

- **양귀비楊貴妃** : 당나라

  폐월수화閉月羞花 : "달이 부끄러워 구름 속으로 얼굴을 가리고 꽃이 부끄러워 시들어 버린다."라는 뜻으로 모두 미인을 형용하는 말이다. 수화가 바로 양귀비를 의미한다. 또 해어화解語花라고도 하는데 해어화는 말을 알아듣는 꽃이라는 뜻으로 미인을 이르는 말이다. 그외 양귀비를 동양의 클레오파트라라고도 하며 별칭으로 절대가인絶代佳人 혹은 경국지색傾國之色이라고도 호칭한다.

황제皇帝의 꿈

Key Word

창업創業과 수성守成 · 리더십leadership · 다다익선多多益善 · 토사구팽兎死狗烹 ·
미인계美人計 · 처세술處世術 · 논공행상論功行賞 · 계포일낙季布一諾 · 대풍가大風歌
· 천시불여지리, 지리불여인화天時不如地利, 地利不如人和

천하를 재통일한 유방은 마침내 황제로 등극한다. 그리고 세력이 너무 커진 한신을 견제하여 제나라 왕을 취소하고 초나라 왕으로 좌천시켜 봉한다. 얼마 후 한신이 적장 종리매를 살려두고 있었다는 사실을 구실삼아 운몽에서 한신의 병권마저 빼앗아 버린다.

그 후 한나라는 흉노 묵특이 침범하여 내우외환에 빠진다. 이때 진평의 미인도와 유경의 미인계로 겨우 외부를 안정시키자 이번에는 내부에서 번왕이 반란을 일으킨다. 유방은 진희에게 이들을 정벌하라고 명하자, 진희는 은밀히 한신과 역적모의를 하여 자립을 도모하게 된다. 이를 안 유방은 팽월과 영포에게 진희를 치라고 명하나 이들은 병을 핑계로 나가지 않았다. 유방은 친히 대군을 이끌고 진희를 치면서, 여후에게는 한신을 처벌하라는 밀서를 보낸다. 결국 한신과 진희도 유방과 여후에게 제거되었다.

또 유방은 팽월과 영포를 참하여 모든 반란을 제압하였다. 이렇게 유방은 개국공신들을 차례로 제거하며 창업의 토대를 튼튼히 하였다.

한편 이러한 모습을 예감한 장량은 개국공신으로서의 부귀영화를 포기하고 속세를 떠나 신선처럼 노닐며 유유자적한 삶을 향유하였다. 이러한 그의 선택은 의심 많은 유방의 견제에서 벗어나 천수를 누리는 비결이 되었다.

논공행상論功行賞과 내우외환內憂外患

① 천하통일과 논공행상

해하전투에서 항우를 물리치고 천하를 통일한 유방은 논공행상論功行賞을 시작한다. 논공행상이란 공로를 의논하여 상을 주는 것을 말한다. 《한비자韓非子》에 "공을 따져 상을 주고 능력을 가늠해 일을 주어야 한다.計功而行賞, 程能而授事."라는 말이 나오고,《사기史記·고조본기高祖本紀》에 "공을 논하고 상을 주는데, 소하의 공이 가장 컸다.論功行賞, 蕭何功最盛"라는 말이 나온다. 그 외《삼국지三國志·위서魏書》에도 "위나라 조정은 각자의 공적에 차이를 두어 상을 내렸다.論功行賞各有差."라는 말이 나온다.

논공행상은 항상 많은 불평과 불만을 몰고 다닌다. 또 항상 주려는 자와 받으려는 자의 입장이 서로 다를 때가 많다. 유방의 걱정은 바로 한신에 있었다. 공적으로 따지면 단연 최고이다. 그러나 풍부한 물산과 인구를 가진 제나라 70여 성을 그대로 주면 훗날 큰 화근이 될 것이기 때문이다. 그리하여 유방은 한신의 고향이 초나라이고 초나라를 물리치는데 공로가 가장 많은 장수라는 논리를 내세워 한신을 초왕으로 좌천시켜 봉하였다.

이렇게 불공평하게 시작된 논공행상은 더 많은 문제점을 야기시켰다. 천하를 통일한 후 소하와 장량 등 몇 명만 열후에 봉하였고 나머지 사람들은 논공의 다툼이 길어지면서 봉작이 내려지지 않았다. 그러다 보니 일부 세력들은 오히려 숙청의 대상이 될까 불안해 밀담을 나누며 불평을 털어놓고 있었다. 혹 불평불만이 반란으로 이어질까 우려가 된 유방은 장량과 긴급하게 이 문제를 상의하였다.

심사숙고한 결과 유방은 특히 자신이 가장 미워하는 옹치를 십방후에 봉하고, 오히려 항우에게 쫓길 때 자신의 목숨을 살려준 정공에게는 주인을 배신한 죄를 적용하여 사형에 처하였다. 그러자 불안에 떨던 신하들은 "유방이 제일 증오하던 옹치까지 상을 내리니 안심해도 되겠구나." 하고 안심을 하였으며 오히려 유방의 공명정대함에 감탄을 하였다고 한다. 이것이 바로 고사성어 옹치봉후雍齒封侯의 유래이다.

그리고 논공행상에서 결과가 주목되는 3명의 인사가 있었다. 이들이 바로 항우 진영의 핵심 참모이며 장수였던 항백과 계포, 그리고 종리매이다. 이들은 사면초가로 고립되었을 때 오히려 항우 진영에서 탈영한 인물들이다.

그중 항백은 유방에게는 은인이며 장량과 친분이 깊었던 인물로 전쟁이 끝나자 오히려 한나라의 개국공신이 되었다. 그는 자기 가문과 초나라의 장래를 망친 장본인으로 긍정과 부정론의 기로에 있는 인물이다. 논공행상에서 그는 사양후射陽侯에 봉해졌다. 그리고 그는 "유씨의 세상에서 항씨를 자칭하면서 살 수 없다."라며 개명을 희망하였다. 결국, 유방에게 유씨 성을 하사받아 유전劉纏으로 개명하였다고 한다.

그리고 계포는 항우 휘하의 장군으로 각지에서 여러 번 유방을 곤경에 빠뜨린 명장이다. 계포는 몰래 도망쳐 숨어 살다가 개국공신 하후영을 찾아가 자수를 하였다. 하후영이 유방에게 권유하기를 "계포가 흉노로 도망가면 더 큰 일이니 차라리 포용하자."라고 하니, 유방 또한 계포를 용서해 주고 벼슬까지 주었다. 항우 측에 있다가 전향한 한신과 팽월 및 영포 같은 공신들과는 다르게 말년까지 토사구팽당하지 않고 평안하게 살았던 유일한 인물이다. 초한쟁패기에 그가 진정한 인생의 승리자가 된 것은 욕심을 버리고 끝까지 장수답고 사내다운 강직함을 유지한 면이 오히려 유방에게 긍정적으로 작용했기 때문이다.

한번은 초나라 출신 조구생이라는 자가 계포를 만나 아부를 하며 접근하였다. "초나라 사람들 사이에 황금 1백 근을 얻는 것보다 계포의 허락을 받는 것이 낫다는 말이 있는데 장군은 어떻게 그런 명성을 얻으셨소? 우리 모두 초나라 출신인데 제가 돌아다니며 장군의 공적을 널리 선양하면 더 높이 될 수 있습니다."라는 감언이설로 계포의 환심을 샀다. 여기서 나온 고사성어가 바로 계포일낙季布一諾으로 한 번 한 약속은 반드시 지킨다는 의미이다.

그러나 문제는 종리매에게 있었다.(※《사기》와 《한서》에는 종리말鍾離眛로 되어있고, 소설에는 종리매鍾離眛로 알려져 있다. 여기서는 일반적으로 알려진 종리매로 통일하였다.)

종리매는 평소에 안면이 있었던 한신에게 몸을 의탁하였다. 가뜩이나 유방의 견제를 받고 있던 한신에게 의탁한 것은 불행의 시작이었다. 한신이 종리매를 보호하고 있다는 소식이 유방에게 전해지자, 한신이 반란을 일으키려고 일부러 종리매를 숨겨준 것으로 와전되었다. 이 소식을 듣고 유방이 크게 분노하자 결국 종리매는 죽음을 강요당하여 자결을 선택하였다. 후에 한신마저도 진희의 반란에 연루되어 죽음에 이르게 되었다. 차라리 종리매는 한신이 아닌 다른 장수에게 자수해서 살 길을 모색했어야 했다.

한신의 죽음은 그의 참모 괴철에게도 불똥이 튀었다. 괴철은 한신에게 천하삼분론을 모의한 측근으로 그의 주장이 거부당하자 후환이 두려워 거짓으로 미친 척하며 살고 있었다. 괴철은 나중에 체포되어 유방에게 끌려왔으나 유방은 오히려 그의 충성심과 지략을 높이 평가하여 벼슬을 내리려 하였다. 그러나 그는 평생 한신의 무덤을 지키며 살겠다며 거절하였다. 유방도 그를 장하다고 격려하며 그의 뜻을 수용하였다.

② 내우외환內憂外患

천하가 통일되자 여기저기에서 통일의 후유증이 나타나기 시작하였다. 즉 내우외환內憂外患이 시작된 것인데 내부의 우환보다는 외부의 우환이 먼저 일어났다. 바로 흉노족 묵특의 침략으로 북방이 혼란에 빠지게 된 것이다.

흉노의 침략에 유방은 대군을 이끌고 친정을 떠났다. 하지만 유방은 흉노족의 계략에 말려 평성 일대에서 40만 흉노에게 포위를 당하고 말았다. 절박한 위기에서 진평이 계책을 내놓았다. 즉 묵특이 여색을 아주 밝히는 자이기는 하지만 부인에게는 꽉 잡혀서 사는 공처가라는 정보를 십분 활용하자는 계책이었다.

진평은 화공에게 미인도美人圖 한 장을 예쁘게 그리게 하고, 또 각종 보물과 함께 묵특의 부인을 찾아갔다. 그리고 "묵특 선우께서 미인을 좋아하신다기에 미인을 바칠 계획인데 먼저 그림으로 된 미인도를 가지고 와서 묵특 선우의 마음에 드실지 의중을 묻고자 합니다. 이 그림을 보시고 마음에 드신다면 곧 보내드릴 터이니 대왕께 물어봐 주십시오." 라고 하며 부인의 심기를 자극하였다. 그러자 묵특의 부인은 질투심이 폭발하였고 또 미인이 들어오면 자신이 묵특의 총애를 잃을까 우려하여 묵특에게 보고하지 않고, 묵특에게 "우리가 한나라를 정벌한다고 해도 한나라에서 살 수도 없으니 그냥 철군하자."라고 꼬드겨 철수하게 하였다.

이렇게 하여 유방은 겨우 살아 돌아올 수 있었다. 그러나 얼마 후 자신이 속은 것임을 안 묵특은 대군을 이끌고 다시 한나라를 침략하였다. 이에 유방은 이 문제를 다시 진평 및 유경 등과 상의하였다. 이번에는 유경이 진짜 미인계를 들고 나왔다. 즉 종실의 공주 하나를 묵특에게 시집을 보내자는 묘책이었다. 그러나 보낼만한 적당한 공주가 없다고 하자 유경은 궁녀 가운데 하나를 수양딸로 삼아 거짓 공주로 꾸미어 시집을 보내면 된다고 하였다. 과연 이 계책은 적중하였다. 이렇게 외환의 문제를 진평은 거짓 미인계를 써서 유방을 살렸고, 유경은 진짜 미인계를 써서 한나라를 구하였다. 그러자 다시 내부에서 우환이 발생하였다. 즉 진희의 반란이다.

천하가 평정되자 유방은 신망있는 진희를 열후에 봉하고 조나라 상국의 지위와 겸임하여 조와 대代나라 변경의 군사권을 넘겨주었다. 이렇게 진희가 실권을 쥐자 그를 따르는 빈객들로 문전성시를 이루었다. 또한, 진희도 사람을 가리지 않고 모두에게 예를 다하니 인근까지 그에 대한 칭송이 자자하였다. 이런 모습을 본 주창周昌이 유방에게 진희가 군사력을 가지고 혹 반란을 일으키지 않을까 우려스럽다고 보고하였다. 그러자 유방이 은밀히 뒷조사를 해보니 과연 불법적인 일들과 연관이 있음이 드러났다. 사태가 이렇게 되자 진희는 실제로 반란의 의도는 없었지만, 은근히 겁이 나기 시작하였다. 이때 유방은 사람을 시켜 진희를 입궁하라고 하였지만, 진희는 병을 핑계로 입성하지 않았다. 이윽고 진희는 정말로 반란을 일으켜 스스로 대왕代王이라 칭하고 대와 조나라를 공격하였다.

유방은 한신과 영포 및 팽월에게 진압을 명하였으나 그들은 출정하지 않았다. 그리하여 주발과 곽몽을 데리고 친히 출정하여 겨우 평정하였다. 사실 시작은 진희의 단순한 반란 사건이었지만, 그에 따른 파장은 엄청나게 불어났다. 가장 대표적인 인물이 바로 한신이었다. 한신은 진희의 반란에 내부의 동조세력으로 몰리어 소하와 여후에게 참살되었다. 그다음 순서가 양왕 팽월이었다. 팽월은 유방이 지시한 진희 반란을 진압하라는 명을 받아들이지 않아서 결국 비참한 최후를 맞이했다.

③ 한신과 토사구팽兎死狗烹

일인자와 이인자의 어중간한 자리에서 처신이 분명하지 않았던 한신에 대한 유방의 인상은 늘 부정적이었다. 본격적인 초한대전을 하면서 한신은 그의 욕심과 야망으로 인하여 이미 4가지 괘씸죄를 짓고 있었다. 첫째가 팽성전투에서 유방이 참패할 때 도와주려 하지 않은 죄, 둘째가 유방이 성고성에 포위되었음을 알면서 달려오지 않은 죄, 셋째가 유방이 곤경에 있을 때를 이용하여 제나라 왕의 자리를 요구한 죄, 넷째가 홍구 강화조약을 파기하고 다시 군사를 일으킬 때 참여하지 않은 죄 등 한신은 자발적인 참전이 아니라 꼭 댓가를 주어야만 움직였기 때문이다.

또 다른 괘씸죄가 있었는데 이것이 바로 다다익선多多益善의 고사성어가 만들어진 사건이었다. 한번은 유방이 한신과 대화를 나누면서; "과인과 같은 사람은 얼마나 많은 군사를 통솔할 수 있는가?" 하고 물으니, 한신은 "폐하는 한 10만 명쯤 거느릴 수 있습니다."라고 대답하였다. 그러자 유방은 다시 "그대는 어떠한가?" 하니 한신은 거침없이 "저는 많으면 많을수록 좋습니다.多多益善."라고 대답하였다. "그러면 자네는 어찌하여 내 밑에 있는가?"라고 되묻자 그때서야 한신은 황급히 말을 바꿔 "폐하께서는 일반 병사가 아니라 장수의 장수를 지휘할 수 있다는 의미입니다."라고 둘러대어 위기를 모면하였다. 그 후부터 유방은 한신의 야망을 우려하여 본격적인 견제를 하기 시작하였다.

이러한 괘씸죄는 천하통일이 되자마자 바로 견제가 들어오기 시작하였다. 그것이 바로 제나라 왕에서 초나라 왕으로 좌천시킨 일이다. 더군다나 항우군의 핵심 장수였던 종리매를 체포하라는 조서가 내려졌지만, 한신은 이를 무시하고 계속 그를 숨겨주었다. 종리매를 숨겨준 사건이 밝혀지면서 가뜩이나 미운털이 박힌 한신에게 이 사건은 일파만파로 확대되었다.

유방은 진평의 책략에 따라 초나라의 운몽雲夢에 순행한다는 구실로 제후들을 모이게 하였다. 이때 한신의 부하들이 종리매의 목을 베어 가지고 가면 유방이 기뻐할 것이라는 계책을 진언하였다. 한신이 종리매에게 이 일의 전모를 알려주자, 크게 낙심한 종리매는 한신을 꾸짖으며 스스로 자결을 하였다. 한신은 종리매의 목을 유방에게 바쳤으나 유방은 한신을 포박하였다. 그리고 모반의 진상조사를 한 다음 한신을 초나라 왕에서 회음후淮陰侯로 좌천시켰다. 그 후 진희가 반란을 일으켜 유방이 반란을 토벌하러 간 사이에 한신이 진희의 반란과 관련이 있다는 사실이 드러났다. 여후는 소하를 시켜 한신을 은밀히 장락궁으로 소환하여 곧바로 참수해버렸다.

송나라 홍매洪邁의 《용재속필容齋續筆》에는 "한신이 대장군이 된 것은 소하의 추천 때문이요, 이제 그가 죽음을 맞이한 것도 소하에 의한 것이었다. 그래서 항간에는 '성공하는 것도 소하에 달려 있고, 실패하는 것도 소하에 달려 있다.'라는 말이 떠돌게 되었다.信之爲大將軍, 實蕭何所薦, 今其死也, 又出其謀. 故俚語有成也蕭何敗也蕭何之語."라고 전해진다.

한신이 죽기 전에 말한 유명한 고사성어가 바로 토사구팽兎死狗烹이다. 즉, 한신이 죽기 전 "과연 사람들의 말과 같도다. 교활한 토끼를 다 잡고 나면 사냥개를 삶아 먹고, 새 사냥이 끝나면 좋은 활도 창고에 감추어지며, 적국을 타파하고 나니 신하들도 제거된다. 천하가 평정되니 나 역시 팽을 당하는구나.果若人言. 狡兎死良狗烹, 飛鳥盡良弓藏. 敵國破謀臣亡. 天下已定, 我固當烹"라고 한탄하였던 말에서 토사구팽兎死狗烹이라는 고사성어가 유래된 것이다. 필요할 때 요긴하게 써먹고 필요가 없으면 가혹하게 버린다는 의미이다. 사실 토사구팽은 춘추전국시대 월나라 범려가 한 말이었으나 후에 한신이 죽으면서 다시 인용하여 유명해진 고사성어이다.

범려는 춘추시대 월나라 구천句踐을 와신상담臥薪嘗膽을 통하여 오나라를 멸하고 춘추오패春秋五霸의 한 사람으로 만든 명참모이다. 월나라가 패권을 차지한 후 구천은 범려와 문종文種을 각각 상장군과 승상으로 임명하였다. 그러나 범려는 사양하고 은거를 하였다. 왜냐하면, 범려는 구천이 고난을 함께할 수는 있지만, 부귀영화를 함께 누릴 수는 없는 인간이라고 판단하였기 때문이다. 범려는 문종이 걱정되어 "새 사냥이 끝나면 좋은 활은 창고에 처박아 두고, 날랜 토끼를 다 잡으면 사냥개를 삶아 먹는다蜚鳥盡, 良弓藏, 狡兔死, 走狗烹."라는 글을 보내 충고하였으나 문종은 주저하다가 결국 반역으로 몰려 자결하고 말았다.

한신의 토사구팽 사건이 벌어지자 가장 불안한 사람은 바로 영포였다. 영포의 가신 가운데 분혁이라는 자가 유방에게 영포가 모반을 꾀하고 있다고 모함을 하였다. 일이 심상치 않다고 생각한 영포는 결국 모반을 일으켰다. 그러나 얼마 후에 그는 체포되어 최후를 맞이했다. 이렇게 하여 유씨가 아닌 이성異姓의 왕들은 모두 정리가 되었다.

젊은 시절 관상쟁이가 영포의 관상을 보고 "자네는 형벌을 받은 후에 왕이 될 상"이라고 말했다고 한다. 정말 영포는 범법자가 되어 칼로 죄인의 얼굴에 먹물로 문신을 하는 경형黥刑을 받았다. 그 후 영포는 정말 구강왕이 되었다. 그리고 후대에는 경형을 받은 이력 때문에 영포 대신 경포黥布라고 불리게 되었다.

꿈꾸는 자가 천하를 얻는다

❶ 창업인가? 수성인가?

제왕帝王의 업적 중 창업創業이 어려운가?

아니면 수성守成이 어려운가?

이 문제는 고대부터 이론이 분분했던 뜨거운 화두이다. 당나라를 건국한 당 태종은 문무백관을 모아 놓고 이러한 질문을 던졌다. 이때 창업의 과정에서 큰 공을 세운 방현령은 "나라를 창업할 당시에는 천하가 혼란스럽고, 군웅群雄들이 할거할 시기로 목숨을 걸고 이들을 극복해야 하기에 창업이 더 어렵습니다."라고 하였다. 그러자 수성의 과정에서 큰 공을 세운 위징은 "일단 제왕의 자리를 얻고 나면 교만과 방자에 빠지기 쉽습니다. 나라가 쇠퇴하고 멸망의 길을 걷는 이유는 항상 여기에서 나옵니다. 그러기에 이미 이룩한 창업을 지키는 수성이 더 어렵습니다."라고 하였다. 그러자 당 태종은 창업의 고통과 어려움은 과거의 일이 되었으니 이제 수성을 위해 최선을 다해 달라고 하였다. 이 일화는 창업의 교과서라 할 수 있는 《정관정요貞觀政要》에 나오는 말이다.

창업이수성난創業易守成難이란 말이 있다. 창업은 쉽고 수성은 어렵다는 의미인데 본의는 수성이 창업보다 더 어렵다는 뜻이다. 이는 《삼국지》에서도 확인된다. 조조의 위나라, 손권의 오나라, 유비의 촉한은 모두가 창업에는 성공하였다. 그러나 몇 대를 못가 수성에 실패하면서 결국 사마의의 손자 사마염에게 멸망하였다. 이처럼 수성이 어려운 것이다.

또 수성을 위하여 고심했던 초나라 장왕의 일화가 매우 흥미롭다. 오패五覇의 한 사람인 초나라 장왕楚莊王은 젊은 나이에 왕이 되자 3년이 되도록 음주가무에 빠져 방탕하였다. 이를 말리는 신하가 있으면 죽음을 내리겠다고 엄포까지 놓았다. 견디다 못한 신하 성공가成公賈가 들어와 자신은 간언하러 온 것이 아니라 수수께끼를 말씀드리러 왔다고 하며 "남쪽 언덕에 새 한 마리가 날아와 앉았는데, 삼 년 동안 꼼짝도 하지 않고, 날지도 울지도 않으니 도대체 이 새는 무슨 새일까요?" 하니 장왕은 "삼 년을 날지 않았으니 한 번 날아오르면 하늘을 향해 웅비할 것이고, 삼 년을 울지 않았으니 한 번 울면 세상을 놀라게 할 것이오." 라며 성공가를 돌려보냈다. 그리고 장왕은 더욱 방탕해졌다. 이에 대부 소종蘇從이 "이 한 몸 죽어 임금을 깨우칠 수 있다면 그것이야말로 신이 바라는 바입니다."라며 간언을 올렸다. 그 말을 듣자 장왕은 즉시 정사를 돌보기 시작하였다.

장왕은 3년이라는 시간을 통하여 간신과 충신을 구별할 수 있었고, 또 어떻게 정치를 해야 할지 방향성을 정한 다음, 대대적 숙청과 개혁을 통하여 초나라를 반석 위에 올려놓으며 수성에 성공하였다. 여기에서 유래된 고사성어가 바로 삼년불비우불명三年不飛又不鳴이다. 이 고사성어는 《여씨춘추呂氏春秋》에 나온다.

창업에는 일반적으로 3가지 요소가 필요하다고 한다. 첫째가 천시天

時로 시운時運이 따라야 하고, 둘째가 지리地利로 주변환경과 여건이 맞아야 하며, 셋째가 인화人和로 구성원의 화합이 되어야 성공할 수 있다고 한다. 《맹자孟子》에 천시불여지리天時不如地利, 지리불여인화地利不如人和라는 말이 있다. 의미는 때가 좋은 것보단 환경이 좋아야 하고 환경이 좋은 것보다는 인화가 더 중요하다는 뜻이다. 즉, 그중에서도 인간관계의 인화가 가장 중요한 것이다.

예를 들어, 천시를 타고난 인물이 바로 항우이다. 그는 시대적 배경뿐만 아니라 또 초나라 귀족의 후예이며 천하장사라는 잇점 등 천운을 타고났다. 그리고 지리地利를 타고난 인물 역시 항우이다. 비옥한 남방의 지리적 환경과 주변의 여건 등 모두가 항우가 자립하기에 유리한 환경이 조성되었다. 인화를 타고난 인물은 유방이라고 할 수 있다. 유방은 특유의 친화력과 관인대도寬仁大度한 스케일, 그리고 포용의 리더십으로 천시와 지리의 불리한 점을 모두 극복하였다. 그러기에 천시와 지리, 그리고 인화 가운데 인화를 으뜸으로 치는 이유가 여기에 있다. 평민 출신인 유방의 입장에서는 내세울 만한 것이 인화 외에는 아무것도 없었다. 그러기에 유방은 오직 인화를 금과옥조로 여기며 부단한 노력으로 창업에 성공한 것이다.

유방이 천하를 통일한 후, 마지막으로 영포의 반란을 제압하고 돌아오던 길에 고향인 패현에 들려 잔치를 베풀었다. 여기에서 유방은 축하의 노래를 불렀는데 이것이 바로 대풍가大風歌이다.

大風起兮雲飛揚　　큰 바람 일어나니 구름이 휘날리며 날아가네.
威加海內兮歸故鄕　　위엄을 해내외에 떨치고 고향에 돌아 왔도다.
安得猛士兮守四方　　어떻게 용맹한 군사를 얻어 사방을 지킬까?

한나라의 황제로 등극하는 한 고조 유방과 여후

유방이 부른 대풍가에서도 수성의 근심이 배어있다. 이제 창업이 끝났으니 어떻게 지켜야 할지를 걱정하고 있었다.

그 외 유방이 지었다고 하는 대풍가大風歌 외에 홍곡가鴻鵠歌가 전해진다. 이 노래는 유방이 척부인에게 춤을 추게 하고 자신이 이 노래를 불렀다고 한다.

鴻鵠高飛　一擧千里　고니새 높이 날아서 한 번에 천리를 날아가네.
羽翮已就　橫絶四海　날개짓을 하자마자 사해를 쏜살같이 날아가네.
橫絶四海　當可奈何　사해를 쏜살같이 날아가 버리니 내 어찌하리오.
雖有繒繳　尚安所施　비록 화살이 있다 하여도 어찌 쏠 수 있으리오.

유방이 여후 소생 태자를 폐하고, 둘째 부인인 척부인戚夫人 소생 여의를 태자로 세우려고 연회를 베풀었다. 그러나 주위에서 반대하는 세력이 많아 실패하였다. 이때 실패를 감지한 유방은 척부인에게 이미 정해진 태자를 자신이 어찌할 수 없는 상황이 되었음을 암시하는 시가 이다.

① 유방의 리더십leadership

일반적으로 장수는 용장勇將과 지장智將 그리고 덕장德將으로 분류한다. 용장은 용맹한 장수를 말하고, 지장은 지혜로운 장수를 말하며, 덕장은 덕성을 겸비한 장수를 의미한다. 《초한지》에 나오는 3대 주인공인 항우와 한신 그리고 유방을 3대 장수의 분류기준에 적용하면 용장은 항우라 할 수 있고, 지장은 한신, 그리고 덕장은 유방이라 할 수 있다. 유방이 덕장이 될 수 있었던 것은 바로 관인대도한 포용력과 리더십에 있었다고 할 수 있다.

유방이 자신의 리더십에 대하여 언급한 명언이 하나 전해진다.

유방이 황제로 즉위하고 베푼 연회석상에서 그는 평민 출신인 내가 어떻게 황제가 될 수 있었는지 기탄없이 말해보라고 하였다. 그러자 고기는 "항우는 불쌍한 사람들을 동정하는 아녀자와 같은 인정은 있으나, 어질고 착한 사람을 꺼리고 공이 있는 신하에게 상 주는 것을 싫어해 천하를 잃었습니다."라고 하였다. 그러자 왕릉은 "폐하는 사람을 업신 여기는 교만함이 있으나 공이 있는 신하에게는 반드시 상을 내리어 천하와 함께 이익을 나누었으니 천하를 얻은 것입니다."라고 하였다.

그러자 유방은 손을 저으며 "본영에서 지략을 짜고 천리 밖에서 승리를 결정짓는 일에 있어서 나는 장량을 당하지 못하고, 내정을 충실하게 하고 민생을 안정시키며, 군량의 조달 및 보급로를 확보하는 일에 있어서 나는 소하에 미치지 못하며, 백만대군을 자유자재로 지휘하며 전투에서 백전백승하는 일에 있어서 나는 한신에 미치지 못하오. 하지만 내가 천하를 얻을 수 있었던 것은, 바로 이 사람들을 능히 부릴 줄 알았기 때문이오. 항우에게도 범증이라는 걸출한 인재가 있었지만, 항우는 그 한 사람조차도 제대로 쓰지 못하였기에 천하를 잃은 것이오."라고 하였다. 여기에 리더십에 대한 일체가 함축되어 있다.

유방의 리더십은 크게 4가지로 정리할 수 있다. 첫째는 기회포착 능력, 둘째는 소통의 능력, 셋째는 위기관리 능력, 넷째는 포용의 능력이다.

첫째, 유방은 기회포착 능력이 뛰어난 사람이다. 진승의 난이 일어났을 때 거사를 도모하는 것부터, 관중왕이 되기 위한 인내와 노력, 그리고 항우와의 전면전을 선언하면서 먼저 항우 토벌의 격문을 띄워 시국을 자신에게 유리한 국면으로 전환시키는 재주를 가지고 있었다. 즉 대의명분을 이용하거나, 없으면 대의명분을 만들어 내는 재주도 있었다. 북벌과 동진 등 각종 초한대전에서 일단 기회가 포착되면 빈틈을 주지 않고 그 기회를 이용하여 목표를 달성하였다.

둘째가 소통의 능력이다. 유방의 장점 가운데 하나가 남의 말을 잘

경청한다는 것이다. 왜냐하면, 소통은 바로 경청부터 시작되기 때문이다. 잘못이 있으면 즉석에서 고치고 바로 잡았다. 진나라의 함양에 입성하여 음주가무에 빠져 방탕하고 있는 유방을 보고 번쾌가 "우리가 이러면 진시황과 다를 바가 무엇인가?"라고 하자 유방은 다시 정신을 차리고 마음을 바꾸었다.

또 유방은 무식한 평민 출신이라서 사서四書를 인용하며 잘난 척하는 문인들을 아주 싫어하였다. 심지어 학자를 미워해 죽은 문인의 관에다 오줌을 누어 혐오감을 표시한 일도 있었다고 한다. 유방은 "난 말 위에서 천하를 얻었는데, 저런 시서詩書가 무슨 소용인가?"라고 짜증을 내었다. 이때 육가는 "말 위에서 얻은 천하를 말 위에서 다스릴 수 있겠습니까?馬上得之, 馬上治之"라고 하였다. 유방은 화가 났지만 참고 육가에게 나라의 흥망성쇠에 대한 서적을 만들라고 명하였다. 이에 육가가 지은 책이 《신어新語》라는 책인데, 이 책이 나오자 유방은 매우 흡족하여 칭찬을 아끼지 않았다고 한다.

셋째는 위기관리 능력을 꼽을 수 있다. 유방은 위기가 있을 때마다 엄청난 능력으로 위기를 극복하였다. 홍문연 사건에서도 그러했고, 관중왕이 아닌 한중왕으로 좌천되었을 때도 그러했으며, 팽성전투의 패배 등 수많은 전투에서 철저하게 패배했을 때에도 유방은 오뚜기처럼 상황을 수습하며 재기하였다. 유방의 위기관리는 자신이 직접 능력을 발휘하기보다는 부하들의 의견을 경청하며, 그들이 최고의 활약을 할 수 있게 무대를 만들어 주었다. 이러한 무대 위에서 자신의 능력을 발휘한 장수와 책사들의 활약은 급기야 절망적으로 보이던 작전을 성공으로 만들었으며, 또 위기를 기회로 만들기도 하였다. 이러한 면에서 유방은 위기관리를 할 줄 아는 뛰어난 리더이면서 또 교활한 리더이기도 하다.

한나라 초기의 독보적인 문장가 육가

넷째는 포용의 능력으로 유방의 포용력은 주목할 만하다. 유방에게
는 관인대도라는 말이 늘 따라 다닌다. 항우가 잔인한 보복으로 패권을
잡을 때 유방은 용서와 관용으로 적을 끌어들였다. 역이기와 육하 및
진평, 심지어 계포와 옹치까지 모두 포용하였다. 그러나 유방이 모두
포용한 것은 아니다. 유방은 자기의 대권가도와 수성에 장애가 되는 사
람은 냉정하게 제거하였다. 한신과 팽월, 그리고 영포처럼 일인자의 아
성에 걸림돌이 된다고 판단되거나 이용가치가 없어지면 과감하게 토사
구팽을 하였다. 이러한 점은 《삼국지》의 조조와 일치하는 면이 있다.

결론적으로 유방이 훌륭한 리더로 성공할 수 있었던 점은, 그는 황제의 꿈을 이루려는 비전과 목표를 가지고 있었으며, 그리고 여기에 대의 명분이라는 바른 방향성의 지침을 장착하였다. 또 출중한 리더십의 자질을 바탕으로 강력한 추진능력의 시스템을 가지고 있었다. 이러한 동력은 기회와 위기에서 오히려 시너지효과를 만들며 성공 가도를 달릴 수 있었다.

그 외 중국의 역사와 문화에서 유방과 연관되어 만들어진 고사성어와 명언명구들도 상당수 전해진다. 일패도지一敗塗地, 참사기의斬蛇起義, 홍문연鴻門宴, 약법삼장約法三章, 옹치봉후雍齒封侯, 양약고어구良藥苦於口, 사면초가四面楚歌, 구상유취口尙乳臭, 대풍가大風歌, 마상득지, 마상치지馬上得之 馬上治之? 등이 있다.

③ 개국공신開國功臣의 삶과 죽음

하나의 나라를 세우기 위해서는 수많은 충신의 피와 땀을 요구한다. 그토록 어렵게 개국을 하고 나면, 개국공신 모두가 부귀영화를 누리는 것은 아니다. 옛말에 "고난은 함께 할 수 있어도, 영화는 함께 나누기 어렵다."라는 말이 있다. 그만큼 동고동락同苦同樂이 어렵다는 의미이다. 가난할 때는 우애가 깊다가도 부자가 되면 갈라지는 경우가 비일비재한 이치와도 같다. 역사를 통하여 개국공신의 삶과 죽음을 살펴보면 그들의 행복과 불행이 딱 한 가지로 귀결된다. 이것은 바로 욕심慾心과 무욕無慾의 차이에서 나온다.

유방과 함께 한나라를 개국한 인물로는 장량, 한신, 소하, 영포, 팽월, 노관, 번쾌, 조참, 왕릉, 진평, 주발 등이 있다. 이들 개국공신의 삶과 죽음 그리고 그들의 생존법을 살펴보면 다음과 같다.

장량은 명문가 출신으로 진승의 난이 일어났을 때부터 유방의 참모가 되어 수많은 전공을 세웠다. 특히 선견지명이 있는 책사로 홍문관 연회 등 유방이 위기에 처할 때마다 유방의 구세주가 되었던 인물이다. 군신간 정치적 이상이 같은 최고의 파트너이자 동지였다. 또 장량은 이인자로서 처신과 무욕의 지혜로 천수를 누렸다. 개국공신의 토사구팽을 예상하고 모든 관직을 버리고 장가계로 들어가 유유자적하게 살다가 죽었다. 장가계는 바로 장량의 후예들이 모여 살았다고 하여 연유된 지명이다. 후대에 최고의 참모로 인정받는 이유는 물론 그가 최고의 지략가이기도 하지만 그의 절제와 무욕의 지혜가 더 큰 작용을 하였다.

한신은 항우 진영에 있다가 유방에게 전향한 인물로 항우를 두려워하지 않는 유일한 인물이다. 최고의 무장으로 전략전술과 전투능력이 당대 최고였다. 그러나 상황판단 미숙과 야욕으로 유방에게 여러 차례 견제를 받다가 결국 숙청되었다. 전쟁에 있어서 유방과는 최고의 파트너였지만 어중간한 처세술 및 부족한 정치력, 그리고 1인자와 2인자의 한계를 극복하지 못하고 죽음을 자초하였다.

소하는 유방이 군사를 일으킬 때부터 함께한 개국공신으로 영원한 이인자의 전형적 인물이다. 초한전투에서 군량과 군사보급을 담당하며 최고의 공적을 세웠고, 진나라 함양에 입성해서는 도적문서圖籍文書를 입수하여 한나라 경영의 기초를 다졌다. 논공행상에서 으뜸가는 공신으로 봉해졌던 최고의 정치 파트너였다. 특히 이인자로 절제하며 끝없는 충성심을 보인 소하야말로 군신 간의 이상적 파트너십을 보여준 인물이다. 그러기에 부귀와 영화까지 누린 지혜로운 이인자였다.

영포는 항우의 부하로 거록전투 등 진나라와의 전투에서 용맹을 떨치던 장수였으나 항우와의 갈등으로 유방에 투항한 인물이다. 유방에 진영에 들어와서도 많은 공을 세웠다. 특히 해하의 전투에서 큰 공을 세워 왕에 봉해졌지만, 한신과 팽월 등이 토사구팽당하는 것을 보고 반란을 일으켰다. 그러나 반란은 성공하지 못했고 최후를 마감하였다. 영포는 철새와 같은 처신도 문제이지만 항상 멋가가 있어야 움직이는 독자적 실용노선도 문제였다. 또 거만한 처신과 독불장군의 행동으로 수많은 적을 만들었다. 사마천은 영포에 대해 "그는 늘 포악한 일의 우두머리였고 공도 제후 중 으뜸이기에 왕이 되었지만, 화근의 원인은 애첩으로 인한 질투로 환난을 불렀기에 결국 멸망하였다."라고 논평하였다.

토사구팽 당하는 영포와 팽월

팽월은 본래 항우의 부하였으나 논공행상의 불만으로 유방에 투항한 인물이다. 그는 게릴라전법으로 독자적인 군사 행동을 하면서 항우의 후방을 괴롭혔다. 항우는 이러한 팽월을 여러 차례 공격하였으나 뜻대로 되지 않았다. 한나라는 이 틈을 이용하여 초나라를 압박하였다. 또 팽월은 해하전투에서도 많은 공을 세워 유방은 팽월을 제왕에 봉했지만 후에 반란죄로 숙청되었다. 팽월은 상당히 억울한 영웅으로 평가된다. 유방의 명령에 몇 번 거슬린 불경죄가 그의 발목을 잡았다. 즉 황제의 눈치를 보며 납작 엎드려야 하는 시점에서 옛날의 군웅처럼 처신한 것이 문제였다. 한마디로 이인자의 현명함이 부족했다.

노관은 유방과 같은 날에 태어났으며 어려서부터 친한 친구였다. 사실은 유방 덕분에 과분하게 연왕燕王이라는 왕이 되었다. 진희의 반란에 가담했다는 진술이 나오자 화가 난 유방은 노관을 질책하고 소환령을 내렸다. 그러나 노관은 두려워 바로 응하지 않고 눈치만 보고 있었다. 상황을 보다가 직접 입조하여 진희의 사건을 차근차근 설명하며 사죄할 생각이었다. 그러나 유방이 죽어버리는 바람에 결국 여후의 보복이 두려워 흉노에 투항하였다.

번쾌는 미천한 백정 출신이며 유방의 오랜 친구였다고 전해진다. 또 부인이 여후의 여동생이기에 유방과는 동서지간이 된다. 그는 행정 능력은 다소 부족하지만, 홍문연에서 죽음의 위기에 처했던 유방을 구해낸 일화가 있으며, 유방에게 진언을 올리는 충직한 신하였다. 무장으로서 뛰어난 용장으로 명성을 쌓았으며 관직도 순탄하여 천수를 다하였다. 말년에 유방에 의해 숙청의 위기를 맞아 죽을 뻔하였으나 유방이 먼저 죽는 바람에 목숨을 건지고 반역혐의도 벗을 수 있었다. 사마천은 《사기》에서 번쾌와 하후영에 대하여 파리가 준마 꼬리에 붙어 천 리를 가듯이, 유방에게 붙어 출세한 인물로 묘사하고 있다.

　조참은 진나라 때부터 관직에 있었으며 유방의 천하통일에 지대한 공헌을 한 개국공신이다. 전쟁터에서 살다시피 할 정도로 막대한 전공을 세웠던지라, 전쟁이 끝나고 논공행상에서 소하를 누르고 최고의 공신이 되어야 한다는 주장까지 나왔던 인물이다. 또 조참의 공로를 회음후 한신의 공로에 비유하기도 하였다. 조참은 개국 후에도 승승장구를 하였던 인물이다. 그는 상국이 되어 도가의 원칙과 가장 부합하는 무위이치無爲而治로 정치를 안정시켰다. 조참이 죽자, 천하가 모두 조참의 공덕을 칭송하였다고 한다.

　왕릉은 유방과 동향인으로 수많은 전공을 세운 개국공신이다. 협객 기질과 소문난 효심으로 알려진 인물이다. 유방과는 다소 껄끄러운 면이 있었으나 왕릉이 먼저 고개를 숙이고 충성을 다하면서 승승장구하였다. 험악한 여태후 시절에는 잠시 관직에서 물러나는 지혜를 보인 결과 유방과 여후보다 더 오래 살았던 인물이다.

　진평은 항우 진영에서 유방에게 투항한 책사이다. 초한대전에서 보여준 범증을 제거한 반간계, 유방을 살리기 위해 기신을 이용한 고육지계 등 장량의 지략에 견줄만한 책사였다. 물론 학처럼 고고하게 살다간 장량과 비교하면 정반대로 살아온 인물로, 권모술수와 미래를 보는 혜안을 가지고 처세술의 달인으로 살다간 인물이다. 그는 유방 생전에 여씨 천하를 예견하고 처신하였으며, 여태후 집권 시기에는 몸을 엎드려 있다가 다가올 미래까지 생각하는 혜안을 가진 인물이다. 즉 양보를 통해 주변의 경계를 허물며 한편으로는 자신의 실리와 기반을 공고히 한 노련한 정치꾼이었다.

　주발은 유방이 거사할 때부터 참여한 개국공신이다. 학문이 부족하지만 화통하고 단순하며 강직한 인물로 여태후가 죽자, 여씨들을 숙청하여 유씨 천하의 안정을 가져온 인물이다. 유방은 평소에 묵묵하게 일을 수행하는 주발을 높이 평가하였다. 유방의 예언적 유언에도 잘 나타나 있다. "왕릉은 지혜가 부족하여 진평의 보좌가 필요하고, 진평은 지혜로우나 도량이 부족하다. 주발은 학식이 부족하나 믿음직스러워 장차 유씨 왕조를 위해 충성을 다할 사람이다."라고 예언에 가까운 말을 하였는데 정확하게 일치하였다.

이상에서 살펴보았듯이 권력이란 함께 고생할 수는 있어도 함께 나누기는 어려운 법이다. 한신과 팽월, 그리고 영포와 노관 등은 지나친 야망과 욕심, 그리고 일인자와 이인자 사이에서 어중간하게 처신하다가 스스로 죽음을 자초하였다. 반면 소하와 조참, 그리고 왕릉과 주발 등은 야망과 욕심을 버리고 끝없는 충성으로 살아남을 수 있었다. 또 장량은 아예 부귀영화를 버리고 무욕의 신선처럼 살면서 천수를 다하였다.

논공행상論功行賞

논공행상은 각자의 공적의 크고 작음 따위를 논의하여 그에 알맞은 상을 주는 것을 말한다. 《한비자》와 《사기》 등에서 유래되었다.

다다익선多多益善

다다익선은 많으면 많을수록 좋다는 의미로 유방이 한신에게 "얼마나 많은 병사를 통솔할 수 있느냐"고 묻자 한신은 "저는 많으면 많을수록 좋다"고 한데서 유래되었다.

토사구팽兔死狗烹

토사구팽은 토끼 사냥이 끝나면 사냥개를 삶아 먹는다는 뜻으로 본의는 필요할 때는 이용하다가 필요 없을 때는 야박하게 버리는 경우를 빗대어 쓰는 말이다.

천시불여지리, 지리불여인화天時不如地利, 地利不如人和

때가 좋은 것보단 환경이 좋아야 하고 환경이 좋은 것보단 인화가 더 중요하다는 의미로 출전은 《맹자孟子》이며 인화의 중요성을 강조한 말이다.

계포일낙季布一諾

계포일낙은 한 번 한 약속은 반드시 지킨다는 의미이다. 초나라의 계포는 한 번 승낙한 일은 꼭 약속을 지켰다는 데서 유래하였다.

대풍가大風歌

유방이 고향인 패현에서 친족과 친구들을 불러놓고 잔치를 베풀며 부른 노래이다. 이 노래에는 유방의 웅대한 기상이 잘 나타나 있다.

마상득지, 마상치지馬上得之, 馬上治之?

말 위에서 천하를 얻을 수 있었지만, 말 위에서 천하를 다스릴 수 있겠습니까? 라는 의미로 육가가 유방에게 한 말이다.

중국인의 이름

중국인의 성씨姓氏 가운데 성姓는 모계사회부터 유래되었고, 씨氏는 부계사회로 넘어오면서 만들어졌다. 성씨보다도 먼저 나온 것이 이름이다. 이름은 사람이 성장하면서 다르게 사용되었다. 보통 명名, 자字, 호號, 휘諱 등으로 분류하여 사용하였다.

(1) 명名은 보통 아명兒名을 의미한다. 즉 태어나면서부터 사용하던 이름이다. 예를 들어 항우의 경우 성은 항項, 이름은 적籍이고 자字는 우羽이다. 그는 본명보다는 자로 더 알려져 있다.

(2) 자字는 어릴 적 불리던 이름을 성인이 되면서 다시 지었는데 이것이 바로 자字이다. 장량의 경우, 성姓은 희姬이고, 씨氏는 장張이다. 휘諱는 량良이며, 자字는 자방子房이다. 장량은 장자방으로 많이 알려져 있다.

(3) 호號는 이름이나 자字 외에 간편하게 부를 수 있도록 지은 이름이다. 일반적으로 별호別號를 가리킨다. 즉 그 사람의 개성이나 성품 혹 기호나 특기 등을 반영하는 짓는 경우가 많다. 예를 들어, 당송 팔대가 이백李白이나 소식蘇軾은 이름보다도 호인 이태백李太白이나 소동파蘇東坡로 더 알려져 있다.

• 시호謚號는 죽은 인물에게 국가에서 내리는 특별한 이름으로 주로 공신들에게 나라에서 하사하였다. 소하의 경우, 찬후酇侯로

봉해지고 상국相國에 임명되었으며 구석九錫을 수여 받아 한나라 최고의 명예를 누렸다. 시호인 문종文終과 합하여 차문종후酇文終侯 라고 하였다. 그리고 번쾌는 시호가 무후武侯 이다.

- 묘호廟號는 보통 황제 또는 군왕과 같은 군주의 무덤에 붙이는 명칭이다. 유방의 경우 능묘를 장릉長陵이라 하였다.

(4) 휘諱는 원래 죽은 사람의 생전이름으로, 감히 부르지 않는다는 뜻에서 나온 말로 후대에는 생전의 이름 자체를 휘라 하였다. 그래서 휘 대신 자字나 호號 등으로 불렀다. 죽은 자 혹은 산자의 이름을 피하여 피휘避諱라고 하였는데 진시황 때부터 시작되었다고 한다.

그리고 이름 가운데 형제의 서열에 따라 특정한 글자가 들어가는 경우가 많다. 형제들 간에는 돌림자를 사용하여 맏이부터 백伯·중仲·숙叔·계季 순으로 자字를 짓는 경우가 많았고, 또 아들이 5명이 넘는 형제일 경우 막내는 유幼로 끝났다.

예를 들어, 항백은 초나라 명장 항연의 아들이며, 서초패왕 항우의 숙부이다. 백伯은 자字이고 본명은 전纏이다. 본명보다 자인 항백으로 더 알려진 인물이다. 항백은 항연의 큰아들이다.

그리고 공자孔子의 이름은 구丘이고, 자는 중니仲尼이다. 또 《삼국지》에 나오는 사마의 자는 중달仲達이다. 모두가 중仲자가 들어간 것으로 둘째 아들임을 추정할 수 있다.

또 수양산에 은거하여 나물을 캐 먹고 살다가 죽었다는 상나라의 충신 백이伯夷와 숙제叔齊의 경우, 백이는 큰아들이고 숙제는 셋째 아들이다. 두 사람 모두 상나라 군주의 아들로, 첫째 아들 이름은 묵윤墨允, 자는 공신公信, 시호는 백이伯夷이다. 셋째 아들 이름은 묵지墨智, 자는 공달公達, 시호는 숙제叔齊이다.

그 유방의 경우 본명은 방邦이고, 자는 계季이다. 황제가 되어 피휘

避諱 하면서 방邦은 자연스레 휘諱가 되었다. 즉 유태공의 넷째 아들임을 알 수 있다.

그리고 백伯·중仲·숙叔·계季에서 백부伯父와 중부仲父, 그리고 숙부叔父와 계부季父라는 호칭이 연유되었다. 즉 이들이 성장하여 어른이 되자, 후대의 자녀들이 이름을 함부로 부를 수 없어 백중숙계伯仲叔季의 글자에 부父자를 붙여 백부(큰아버지)와 중부(둘째 큰아버지), 그리고 숙부(작은아버지)와 계부(막내 작은아버지)로 호칭하였다. 후대에 더 간편하게 축소되어 백부伯父(큰아버지)와 숙부叔父(작은아버지)만 남게 되었다.

삶과 죽음,
어떻게 살 것인가?

Key Word

인체人彘 · 만가輓歌 · 소규조수蕭規曹隨 · 좌단左袒 · 외척세력外戚勢力 · 회자정리會
者定離

　국·내외의 반란을 평정한 유방은 조정으로 돌아와 척부인의 아들인 여의如意를 태자로 세우려고 하였으나 군신들의 완강한 반대에 부딪히게 된다. 이때부터 조정은 다시 태자를 세우기 위한 암투가 벌어지며 혼란에 빠지게 된다. 네 명의 국가 원로들까지 동원되어 장자 책립 원칙을 주장하는 바람에 결국 여후의 소생 영이 태자로 책봉되었고, 척부인의 아들 여의는 조왕에 봉하고 주창으로 하여금 보좌케 하였다. 얼마 후 한 고조 유방이 죽자 유영이 즉위하는데 그가 곧 혜제이다. 그 후 소하가 죽자 조참이 승상 자리를 이어가며 천하는 태평성대가 이어졌다.

　【소설《초한지》는 이처럼 해피앤딩으로 끝나지만 사실 역사에서는 여태후의 외척세력들이 권력을 장악하는 바람에 조정은 한동안 혼란에 빠지게 된다. 그 후 어린 황제를 대신하여 여태후와 여씨 일족들이 권력을 장악하게 된다. 여태후는 공신들을 무자비하게 주살하고 여의 모자를 주살시킨다. 특히 척부인을 인체人彘로 만들어 죽이는 잔혹성을 보였다. 이 때문에 유씨 황족들은 거의 유명무실해졌다가 여태후가 사망한 뒤 주발周勃의 쿠데타로 외척인 여씨 세력을 몰아내고 마침내 유씨가 다시 권력을 되찾았다. 주발이 옹립한 황제가 바로 제5대 황제 문제文帝로 유방劉邦의 넷째 아들이며 여태후와 척부인의 소생이 아닌 측실 박희의 아들이었다.】

유방의 죽음과 외척들

① 후계자 구도와 유방의 죽음

유방은 창업創業에 성공하고 나서 수성守成을 고민하였다. 그 고민은 집착에 가까웠다. 한신과 영포, 그리고 팽월까지 처단한 후에야 겨우 안심하는 듯 보였다. 그러나 수성에 장애가 되는 문제가 생기면 민감하게 반응하여 때로는 패현에서 거사를 일으킨 평생동지들까지 의심하기 시작하였다. 소하의 경우 상림원을 개간하였다는 죄목으로 수감까지 되었다가 풀려나기도 하였고, 노관의 경우는 진희의 반란에 가담했다는 죄목으로 소환령을 받았으나 혹 숙청될까 두려워 소환을 거부하고 눈치만 보고 있다가 유방이 죽자 아예 흉노로 망명하였다. 왜냐하면, 여후의 보복이 더 두려웠기 때문이다. 또 번쾌의 경우는 좀 특이하다. 유방은 척부인 소생 여의를 후계자로 삼고 싶었지만, 공신들의 반대로 무산되어 결국 여후의 아들로 결정하였다. 특히 번쾌는 여후와 처형 사이이기에 항상 밀접한 관계였다. 유방은 훗날 번쾌가 척부인과 소생 여의를 죽일지도 모른다는 소문을 듣고 번쾌를 먼저 죽이려 하였다. 다행히 유방이 먼저 죽는 바람에 그는 겨우 목숨을 건졌다. 이렇듯 유방은 자신의 수성에 장애가 된다고 판단하면 모두가 제거 대상이 되었다.

수성에 있어서 가장 큰 문제는 후계자 구도의 문제이다. 척부인은 이 부자리 송사로 자신의 소생 여의를 염두에 두고 있었다. 유방도 여후의 소생 영은 건강하지 못하고 심약하기에 여의를 세자로 책봉하려고 하였다. 또 여후의 여장부 같은 강한 성격도 수성에 문제가 된다고 우려하였다.

그러나 이를 눈치챈 여후는 장량에게 도움을 청하였다. 장량은 시대의 현사賢士인 "상산商山의 사호四皓"를 찾아가라고 힌트를 주었다. 문무백관들은 물론 유방이 존경하는 상산의 사호마저 유영을 지지하자 유방은 더이상 척부인 소생 여의를 고집하기 어려웠다. 이렇게 하여 여후의 소생 유영으로 후계가 결정되었다.

유방은 성격이 강한 여후보다는 부드러운 척부인을 더 사랑하여 장락궁이 아닌 서궁에 거처하였다. 그러면서 은연중 척부인과 여의의 신변이 걱정되었다. 그래서 여의를 조왕으로 봉하고 척부인에게 자신이 죽으면 그곳으로 가서 노후를 보내라고 일러두었다. 그리고 어사대부 주창에게 척부인을 모시라고 조치하였다.

태자를 책봉하고 얼마 지나지 않아 유방은 이전의 전쟁에서 얻은 지병들이 재발하여 드러누웠다. 이때 여후는 슬쩍 들어와 소하가 사임하면 누가 좋은가 하고 물었다. 유방은 조참이라고 말하였다. 그러자 조참 다음은 누가 좋으냐고 되묻자 유방은 "왕릉이 적임자인데 왕릉은 지혜가 모자라 보필자 진평이 있어야 하오."라고 하였다. 그러면 진평을 직접 임명하면 어떠냐고 묻자 "진평은 도량이 부족하여 직접 운영하기는 부족하다."라고 하였다. 또 주발은 어떠냐고 하자 "주발은 학식이 부족하지만 믿음직한 사람이오. 유씨 일가에 충성을 다할 사람."이라고 하였다. 또 그다음으로 믿을만한 사람이 누구냐고 집요하게 묻자 유방은 갑자기 "내가 죽으면 태자가 알아서 잘할 텐데, 당신이 왜 이 문제에 관심을 보이오?"라며 짜증을 내었다고 한다.

한나라 개국 후에 승승장구했던 조참과 주발

여후는 이미 마음속으로 다 계획이 세워져 있었다. 얼마 후 유방이 죽자 유영이 즉위하였는데 그가 바로 혜제惠帝이다. 여후는 여태후가 되어 본격적인 청정을 시작하니 권력은 순식간에 여태후로 기울었다. 자연스레 여태후의 일가친척들이 요직을 차지하며 드디어 외척세력의 발호가 시작되었다.

❷ 여태후의 꿈과 외척 문제

여태후의 이름은 여치呂雉이며 유방을 내조하면서 많은 수모를 스스로 감내하였던 여장부라 할 수 있다. 그녀는 초楚나라에 인질로 잡혀서 초한전쟁이 끝나기 직전까지 포로 생활을 하다 석방되기도 하였다. 유방이 황제가 되면서 그녀도 황후가 되어 한나라의 왕권을 공고히 하는데 주도적인 역할을 하였다.

여태후는 아들 영盈이 즉위하자 자신의 세력기반을 공고히 하기 위해 유방의 측실 왕자들을 4명이나 죽이는 만행을 저질렀다. 그리고 혜제가 즉위한 지 7년 만에 병사하자 여태후는 혜제의 아들 유공과 유홍을 차례로 황제로 내세우며 자신은 15년간 섭정을 하였다. 당연히 여태후는 자신의 여씨 일족들을 대거 등용하며 세력을 굳건히 하였다. 그리고 그녀는 그동안 맺혔던 분풀이 잔치를 시작하였다.

이것이 바로 척부인을 잔인하게 보복한 인체人彘 사건이다. 이 "인간 돼지" 사건은 여태후의 잔혹성을 보여주는 대표적인 사건으로 후대에 그녀가 중국 3대 악녀惡女로 꼽히는 이유가 되었다. 유방은 척부인을 매우 총애하였다. 그녀는 유방의 총애를 독차지하며 자신의 소생 여의를 태자로 책봉하려 모사를 꾸몄다. 유방이 죽고 아들인 혜제가 즉위하자, 여태후는 조왕 여의를 독살시켰다. 그리고 이번에는 척부인의 팔과 다리를 자르고, 벙어리와 장님으로 만들어서 그녀를 변소에 내다 버렸다. 그리고 그녀를 인체人彘, 즉 사람 돼지라고 불렀다. 며칠 후 여태후는 혜제에게 이 모습을 구경시켰다. 혜제는 그것이 척부인이라는 사실을 알고 충격을 받아 정사를 돌보지 않고 시름시름 앓다가 죽었다.

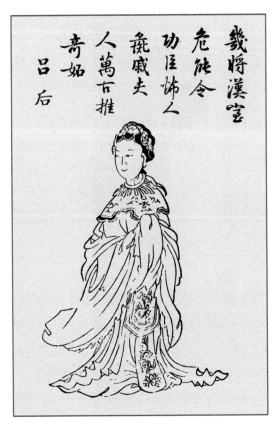

한 고조 유방 사후에 정권을 장악한 여태후

한나라 제2대 황제 혜제

혜제가 재임한 7년 동안은 소하에 이어 조참이 재상을 담당하고 있었다. 그러나 조참은 아무 일도 하지 않고 있었다. 어느 날 혜제가 답답하여 도대체 왜 그랬느냐고 나무랐다. 이때 조참이 "폐하께서는 고제보다 누가 더 총명하다고 생각하십니까?" 하니 혜제는 자신이 더 부족하다고 하였다. "그럼 폐하께선 저와 소하중 누가 더 낫다고 생각하십니까?" 하니 혜제는 소하 재상이 더 나은 듯하다고 말하였다. 그러자 조참은 "고제께서 천하를 평정하시고, 또 소하 재상이 법령을 바르게 정했습니다. 그러기에 두 사람보다 못한 우리는 직분을 지키며 옛 법도를 따르기만 하면 되지 않겠습니까?"라고 한 유명한 이야기가 있다. 이것이 바로 "소하가 규정하면 조참이 따라간다."라는 뜻으로 고사성어 소규조수蕭規曹隨의 유래이다. 즉, 이전의 기틀을 그대로 물려받아 보전한다는 의미이다. 과연 조참의 정책은 헛되지 않았다. 진시황의 가혹한 법가 정책으로 시달렸던 백성들에게 조참의 무위이치無爲而治 정책은 자생력을 만드는 활력소가 되었다. 또 한나라가 빠르게 안정을 되찾고 태평성세를 이루는데 적지 않은 기여가 있었다. 조참이 죽자 백성들은 조참의 덕을 추모하며 다음의 노래를 지었다고 한다.

蕭何爲法 若畵一,   소하가 법을 세우니 획 하나까지 분명하다네,
曹參代之 守而勿失,   조참이 그를 이으니 그를 지키고 착오가 없네,
載其淸淨 民以寧一.   맑고 공정하게 이를 돌보니 백성들은 한결같이 편
                                안하네.

여태후가 죽은 후에 진평과 주발 등의 공신들이 황족과 협력하여 여씨 일족을 주살하고, 유방의 4남인 유항(한 문제)을 새로운 5대 황제로 책립하였다. 여씨 일족 외척세력의 정권 장악은 후대에 나쁜 선례를 남기었고 후유증 또한 심각했다. 그 후유증이 바로 왕망王莽의 황제 등극으로 나타났다. 성제成帝는 나라의 정사를 돌보지 않은 무능한 황제였기에 조정의 대권은 외척의 손으로 넘어갔다. 특히 성제의 어머니인 황태후의 동생 왕망은 결국 유씨 황제를 밀어내고 자신이 황제가 되어 국호를 신新나라로 고치기도 하였다.

후대에 광무제가 겨우 나라를 되찾아 후한을 재건하였지만 후에도 외척의 발호는 좀처럼 수그러들지 않았다. 이러한 외척의 득세 원인에는 황제의 수명도 한몫하였다. 즉, 후한 14명의 황제 가운데 40세를 넘긴 황제는 단 3명에 불과했고 대부분 20-30대에 죽었으니 후사가 없거나, 있다고 한들 많아야 10여 세 정도였다. 이러한 상황에서 정치와 권력은 자연히 태후의 친정세력인 외척으로 넘어갈 수밖에 없었다. 태후의 입장에서도 권력을 지키기 위해서는 가장 믿을 수 있는 사람이 바로 자신의 친정 사람일 수밖에 없었다.

이처럼 역대 황제들의 단명은 태후의 수렴청정을 만들며 외척을 끌어들이는 결과를 초래하였다. 그러나 그 황제가 성인이 되어 직접 친정을 하려고 하면 이미 권력은 외척에게 넘어가 황제는 허수아비일 경우가 많았다. 황제가 이런 폐단을 바로잡고자 하면 외척이 반발하여 황권을 바로잡기란 쉬운 일이 아니었다. 일반 신하들조차도 항상 외척의 눈치를 살피기에 급급하기에 진정한 황제의 편은 아무도 없었다. 황제에 있어서 오직 자기편은 어린 시절부터 함께한 내시內侍뿐이었다.

내시들은 황제의 묵인 아래 매관매직을 하는 정치 브로커로 성장하며 황제의 정치자금을 조달하였다. 그 후 내시들은 점점 대담해지기 시작하여 자신들에게 걸림돌이 되는 정치인들을 제거하는 일까지 하기 시작하였다. 또 황제의 입장에서도 신하의 권한을 누르고 황권을 강화하는데 일석이조의 효과가 있었기에 내시들을 적절히 이용하였다. 이러다가 터진 대표적 사건이 "당고黨錮의 화禍"이다. 황제가 번번이 내시의 손을 들어 주다 보니 어느새 내시의 세력이 신하들의 세력을 능가하였다. 후한 말기에 수장 장양을 비롯한 10명의 내시들이 세력을 잡았는데 이를 십상시十常侍라 하였다. 환관의 정치농락은 경제의 부패로 이어지며 백성들은 도탄에 빠지게 되었다. 이러한 경제의 붕괴는 급기야 황건적黃巾賊의 난이 일어나는 계기가 되었다. 이것이 바로《삼국지》의 출현 배경이 되었다.

한나라의 멸망원인은 크게 두 가지로 꼽을 수 있는데, 하나는 외척 세력의 발호이고 또 하나는 내시의 득세이다. 이처럼 외척의 발호에 대한 폐단은 후대에 역사적 교훈이 되기도 하였다. 특히 조선시대 태종 이방원은 외척의 발호를 경계하여 부인 민씨의 세력과 며느리 심씨의 집안(세종의 처가)을 철저하게 도륙한 것도 이러한 학습효과에서 나온 것이다.

❸ 박희의 꿈과 한나라의 꿈

여태후가 죽자 진평과 주발은 은밀히 여씨 잔당들을 제거하기로 밀약하였다. 그리고 진평은 여록에게 상장군의 직위를 반납하게 하고 북군의 군권을 주발에게 넘기도록 만들었다. 군권을 넘겨받은 주발은 즉시 병사들을 모아 놓고 "여씨를 위하여 충성하고자 하는 사람은 오른쪽 소매를 벗고, 유씨를 위하여 충성하고자 하는 사람은 왼쪽 소매를 벗어라."라고 하자 병사들이 모두 유씨 편을 들었다. 그는 그 여세를 몰아 여씨 세력들을 모두 처단하였다. 여기에서 나온 고사성어가 바로 좌단 左袒이다. 좌단은 왼쪽 소매를 벗어 어깨를 드러내는 것을 말하며, 어느 한쪽의 편을 든다는 의미로 쓰이고 있다.

태위 주발과 승상 진평의 주도로 여씨 세력이 제거되고 대왕代王을 황제로 옹립되었다. 그가 바로 한나라의 5대 황제 한 문제漢文帝이다.

한 문제는 즉위 후에 유방의 군국제郡國制를 계승하여 정치를 바로잡고 경제를 크게 부흥시켰다. 대외적으로는 흉노와 화친 정책을 하여 민생 안정과 국력 배양에 많은 기여가 있었다. 그 뒤를 이은 경제景帝와 함께 "문경지치文景之治"로 태평성대를 이루어낸 황제이다.

한 문제의 어머니는 유방의 후궁인 박희薄姬이다. 박희는 후대에 박 태후薄太后 혹은 효문태후孝文太后라 부른다. 그녀는 한 문제의 생모이 다 보니 사후에 여후를 밀어내고 고황후의 자리에 올랐다. 박희의 이력 은 매우 특이하고 흥미롭다.

본래 박희는 서위왕西魏王에 오른 위표의 후궁이었다. 위표는 처음에 는 항우 쪽의 사람이었다가 배신하여 유방에게 붙었다. 그 후 다시 유방 을 배신하고 항우에게 붙었다가 유방에게 사로잡혀 결국엔 유방 측 인 사에게 처형당한 배신의 아이콘이다. 위표와 함께 포로가 된 박희는 직 조실에서 베를 짜는 궁녀로 있다가 운 좋게 후궁이 되었으나 한 번도 유방의 성은을 입지 못하는 처지였다.

어느 날 우연히 유방은 그녀와 함께 후궁이 된 관부인과 조자아 등에 게 "누가 먼저 총애를 받게 되든 서로를 잊지 말자."라고 약속하였다는 이야기를 전해 듣고 호기심이 생겨 박희를 불렀다고 한다. 그리하여 아 들 유항을 낳았지만 사실 유방이 박희를 총애했던 기간은 매우 짧았다 고 한다. 박희는 유방의 총애를 별로 받지 못한 덕분에 오히려 권력의 중심에 멀어졌고 또 여태후의 견제도 받지 않았다. 유방 사후에도 여태 후는 박희를 바로 대나라로 보내주었다. 박희 모자는 대나라에 부임하 여 몸을 낮추며 조용히 살고 있었는데 갑자기 행운이 찾아왔다. 즉, 주 발과 진평이 여씨 세력들을 모두 척결하고 살아남은 유방의 자식들 가 운데 박희의 소생인 대왕 유항을 황제로 옹립하였던 것이다. 결국에는 유방의 총애도 못 받던 잊혀진 여인 박희가 여후와 척부인의 소생 등을 물리치고 최후의 승자가 되었다.

더 흥미로운 일화가 하나 전해진다. 박희가 위표의 아내로 있을 당시 유명한 관상쟁이 허부許負가 박희의 관상을 보고는 천자를 낳을 상이라고 하였는데 이 말을 들은 위표는 기뻐하며 자기의 아들이 천자가 될 것이라 속단하고 항우와 유방 사이에서 독자노선을 시도하다가 목숨까지 잃었다.

결론적으로 박희의 아들이 황제로 등극하면서 한나라 400여 년의 황통은 박희의 후손으로 적통이 이어졌다. 전한은 물론 후한의 황제들 역시 모두 박희의 후손이며, 심지어 촉한의 황제 유비까지 모두가 박희의 후손으로 황통을 이어갔으니, 박희의 꿈은 이렇게 누구도 예상하지 못한 상황에서 이루어졌다.

삶과 죽음, 그리고 어떻게 살 것인가?

① 영웅의 삶과 죽음

과연 《초한지》에서 최후의 승자는 누구일까?

천하를 통일시킨 진시황인가?

서초패왕 항우인가?

아니면 초한전쟁의 승자 유방인가?

이 질문에 대한 최종판단은 필자가 내릴 수는 없다. 왜냐하면, 최종판단은 독자 여러분의 몫이기 때문이다. 대부분의 사람은 최종승자로 한나라 초대황제 유방을 꼽고 있다. 더러는 "강한 자가 살아남는 것이 아니라, 살아남은 자가 강한 자이다."라는 이론을 제시하며 여태후를 꼽는 사람도 있다. 또 혹자는 한나라 400여 년의 황통을 이은 박희를 꼽는 사람도 있다.

그러나 필자는 "일시적 승자는 있어도 영원한 승자는 없다."라는 논리를 제시하고자 한다. 그러한 관점에서 진시황과 항우 및 유방의 삶과 죽음, 그리고 그들의 창업과 수성에 대하여 살펴보고자 한다.

진시황은 왕족으로 태어나 킹메이커 여불위의 도움으로 천하를 통일시키고 진나라의 황제가 되었다. 그러나 만리장성과 아방궁 등 무리한 토목공사로 민심이 이반되어 반란이 일어났다. 또 본인은 영생을 향한 불사지약에 지나치게 집착하여 오히려 죽음을 자초하였다. 결국 창업에는 성공했지만, 수성에 있어서는 3대를 채우지 못하고 실패하였다.

　또 항우는 비록 몰락한 귀족 출신이지만 조상의 명성을 기반으로 천하를 도모할 수 있는 기반을 만들었다. 그 기반 위에 범증과 같은 책사의 도움으로 서초패왕의 자리까지 올랐다. 그러나 지나친 오만과 우직함으로 모든 것을 전부 잃고 해하의 전투에서 장렬하게 자결을 하였다. 결국에 항우는 제대로 된 창업도 수성도 모두 실패하였다.

　그리고 유방은 평민 출신임에도 천하를 도모하여 결국 황제에 올랐던 인물이다. 미천한 신분을 극복하고, 또 소하와 장량 및 한신 같은 인재들을 효율적으로 기용하여 결국에는 황제의 꿈을 이루었다. 이렇게 창업에 성공한 유방은 수성을 위해 창업 공신들까지도 토사구팽하며 수성에 집착하였다. 그 결과 400여 년의 수성에 성공할 수 있었다.

　이들의 성공과 실패의 원인은 바로 대의명분大義名分에서 결정되었다. 대의명분이란 사전적 의미로 "어떤 일을 꾀하려 할 때 내세우는 합당한 구실이나 이유"를 말하고 또 "사람으로서 마땅히 지켜야 할 도리나 본분"을 의미한다. 그러기에 대사를 도모함에 있어서는 대의명분의 유무가 성패를 좌우하는 방향타가 되기 때문이다.

　천하를 통일시킨 진시황도 초반에는 나름 대의명분을 가지고 있었다. 그러나 분서갱유와 그리고 만리장성과 아방궁의 축조 등으로 민심의 이반을 초래하였다. 지나친 폭정과 함께 대의명분도 잃어버렸다. 그러기에 진승의 난을 시발로 천하의 영웅들은 다시 "폭정의 타도와 백성의 구제"라는 명분을 가지고 의거를 하였다. 항우와 유방 역시 이러한 명분을 가지고 의거에 동참하여 초반에는 모두가 성공할 수가 있었다. 그러나 항우의 경우에는 잔인한 보복과 초 의제 암살 등으로 인하여 다시 대의명분을 잃게 되었다. 반대로 유방은 관인대도의 정신으로, 또 포용의 리더십과 처세술로 대의명분을 얻으며 승승장구하였다. 유방은 필요할 때에는 명분을 만드는 재주도 가지고 있었다.

결론적으로 대의명분을 얻은 유방은 창업은 물론 동시에 수성도 함께 얻을 수 있는 진정한 영웅이 되었다. 그러나 시시각각 다가오는 죽음 앞에 한 시대의 영웅 유방도 피해갈 수는 없었다. 결국 기원전 195년 즉위 7년 만에 찬란한 영웅의 삶을 마감하였다.

❷ 회자정리會者定離와 만가輓歌

유방은 사후에 장안長安(지금의 서안) 인근에 묻혔는데 이곳을 장릉長陵이라 한다. 또 항우는 죽어서 노공魯公으로 봉해지고 곡성지방에 안장되었으며 묘호를 서초패왕묘西楚霸王墓라고 하였다. 승자와 패자는 이렇게 죽어서도 릉陵과 묘墓로 구분되었다.

한국에 전해오는 말에 생거지진천生居地鎭川, 사거지용인死居地龍仁이라는 말이 있다. 즉 살아서는 진천에 살고, 죽어서는 용인에 묻힌다는 의미이다. 중국에도 유사한 말이 있다. 활재소항活在蘇杭, 사재북망死在北邙이라는 말이 있는데 "살아서는 소주蘇州나 항주杭州에서 살아야 하고, 죽어서는 북망에 묻힌다."라는 의미이다. 여기에 나오는 북망北邙은 바로 낙양의 동북쪽에 있는 산 이름이다. 한나라 시기 서한의 수도는

330

장안이었고, 동한의 수도는 낙양이었는데, 낙양에 있는 북망은 산수가 수려해 황제는 물론 만백성의 공동묘지로 유명한 곳이다.

사람이 죽으면 상여와 함께 부르는 노래가 있는데 이것이 바로 만가 輓歌이다. 輓歌(만가)는 죽은 사람을 애도하는 노래로 바로 한나라부터 유래되었다. 한신이 기습적으로 제나라를 공격하자 제나라 전횡은 분풀이로 유방이 보낸 세객 역이기를 죽여버렸다. 그 후 유방이 한나라 황제로 즉위하자 전횡은 보복이 두려워 부하와 함께 섬(전횡도)으로 도망갔다. 그 후 유방은 전횡이 반란을 일으킬까 우려하여 그를 사면하고 벼슬까지 하사하며 불러들였다. 그러나 전횡은 일단 부름에 응하기는 하였으나 유방을 섬기는 것이 부끄럽다며 낙양 근처에서 자결하였다. 후에 문인이 해로가와 호리곡이라는 노래를 지어 그의 죽음을 애도하면서 이 만가 輓歌가 출현하였다고 전해진다.

薤露歌   해로가

薤上朝露何易晞해상조로하이희 부추 잎의 이슬은 어찌 그리 쉬이 마르는가,
露晞明朝更復落로희명조경복락 이슬은 말라도 다음 아침이면 또다시 내리건만,
人死一去何時歸인사일거하시귀 사람은 한번 죽으면 언제 다시 돌아올까나!

여기에서 해로는 부추 잎에 묻은 이슬이라는 의미로 햇빛이 나면 이슬이 바로 사라지기에 인생무상을 의미한다.

蒿里曲   호리곡
蒿里誰家地호리수가지   호리는 누구네 집 땅이더냐!

聚斂魂魄無賢愚취렴혼백무현우 혼백을 거둘 땐 현명함과 우둔함이 없네.

鬼伯一何相催促귀백일하상최촉 저승사자는 어찌 그리 급하게 재촉하는가.

人命不得少踟躕인명불득소지주 인명은 잠시도 머뭇거릴 틈도 주지 않네.

호리蒿里는 중국 산동성 태산 남쪽에 있는 산 이름으로 일반 백성들이 묻혔던 공동묘지이다. 해로가와 호로곡 두 곡은 한나라 7대 황제인 무제 때에 악부시의 대가인 이연년李延年에 의해 작곡되었다. 해로가는 공경귀인公卿貴人, 호리곡은 사부서인士夫庶人의 장례 때 상여꾼이 부르는 만가로 사용되었다.

해로가와 호리곡의 가사 내용을 보면 결국 권력도 무상한 것이고, 인생 또한 무상한 것으로 느껴진다. 불경佛經에 "회자정리會者定離, 거자필반去者必返"이라는 말이 있다. 인연으로 이루어진 이 세상 모든 것이 덧없음無常으로 귀착되나니, 은혜와 애정으로 모인 것일지라도 언제인가 반드시 이별하기 마련이며, 떠난 것은 반드시 돌아오기 마련이다."라는 의미이다. 여기에 "생자필멸生者必滅, 사필귀정事必歸正"이라는 사자성어도 함께 덧붙여서 사용된다. 즉 생명이 있는 것은 반드시 죽게 마련이고, 모든 일은 결국에 가서는 반드시 올바르게 귀결된다."라는 의미이다. 이 명언명구는 실로 《초한지》를 읽고 나서 느껴지는 공통적인 감상이라 할 수 있다. 그러기에 우리는 수많은 영웅의 삶과 죽음을 통하여 "어떻게 살 것인가?" 하는 문제를 다시 한 번 되새겨볼 필요가 있다.

❸ 어떻게 살 것인가?

불경의 《잡아함경雜阿含經》에서 어떻게 살 것인가? 하는 문제의 해답을 찾을 수 있다.

옛날 네 명의 아내를 둔 사람이 있었다. 첫 번째 부인은 주야로 사랑을 한 부인이고, 두 번째 부인은 눈을 뜨고 있을 때만 사랑한 부인이며, 세 번째 부인은 가끔씩 생각날 때만 사랑해 주었던 부인이며, 네 번째 부인은 평소 거의 무관심하였던 부인이다.

어느 날 남편은 다시는 돌아올 수 없는 나그네의 길을 떠나야만 했다. 그래서 그는 첫 번째 부인에게 동행을 요구하였다. 그러나 그녀는 냉정하게 거절하였다. 할 수 없이 두 번째 부인에게 요구하니, 그녀는 눈치를 보며 상황파악을 하더니 "첫 번째 부인도 안 가는데 왜 내가 가야 하느냐?"면서 거절하였다. 다시 세 번째 부인에게로 갔다. 세 번째 부인은 곰곰이 생각하더니 "당신이 나를 가끔 돌보아 주었으니 저도 동네 어귀까지만 동행하겠습니다."라고 하였다. 마지막 네 번째 부인에게로 가니, 그녀는 "당신이 가는 곳 어디라도 따라가겠습니다."라고 하였다.

여기에서 다시는 돌아올 수 없는 나그네의 길이란 곧 죽음을 의미한다. 그리고 주야로 사랑해줬던 첫 번째 부인은 우리의 "육체와 영혼"을 의미한다. 즉 육체와 영혼은 살아있는 동안 평생을 함께하였지만 죽는 순간 육체와 영혼이 분리되게 마련이다. 또 눈을 뜬 낮에만 사랑해 주었던 두 번째 부인은 곧 "부귀와 권력"이다. 부귀와 권력은 눈을 뜨고 있을 때만 내 것이지 눈을 감는 순간 사라져 버리고 만다. 그리고 가끔 생각날 때만 사랑해 주었던 세 번째 부인은 곧 "일가친척과 친지들"이다. 우리는 평소 생활에 쫓기어 일가친척과 친지들에게 거의 무관심하게 대하며 살아간다. 어쩌다 가끔 생각나면 한두 번 관심을 표하는 정도가 전부이다. 그러기에 그들도 장례식장이나 장지에 와서 잠시 슬픔만 표하고 돌아가 버린다. 평소 무관심했던 네 번째 부인은 바로 "나 자신의 이름과 명예"이다. 명예로운 이름이야말로 살아서는 물론 죽어서도 다른 사람들에 의하여 영원히 기억되는 것이다. 그 이름은 이순신의 이름으로 남기도 하고 이완용의 이름으로 남기도 한다. 그러기에 우리는 어떻게 살 것인가? 하는 문제를 다시 한 번 점검해볼 필요가 있다.

과거는 해석에 따라 바뀌고, 미래는 결정에 따라 바뀌며, 현재는 행동에 따라 바뀐다고 한다. 즉 과거를 어떻게 해석하느냐에 따라서 긍정과 부정이 결정되고, 미래는 어떤 결심을 하느냐에 따라서 운명이 바뀌며, 현재는 지금 어떤 행동을 하느냐에 따라서 성공과 실패가 결정된다는 의미이다.

약 2200여 년 전에 두 황제를 꿈꾸었던 두 영웅은 생과 사의 한가운데에서 치열한 승부수를 던졌다. 결국 항우는 실패로 삶을 마감하였고, 유방은 성공으로 승자의 독식을 누릴 수 있었다. 그러면 2,200여 년이 지난 지금, 우리는 과연 이 《초한지》를 통하여 무슨 교훈을 얻을 것인가?

필자가 생각하는 《초한지》의 교훈은 크게 두 가지로 분류된다. 하나는 "꿈꾸는 자가 천하를 얻는다."이고 또 하나는 명심보감明心寶鑑에 나오는 "영경욕천榮輕辱淺, 이중해심利重害深"이라는 명언으로, 그 의미는 "영화를 적게 누리면 오욕을 적게 받고, 이익을 너무 밝히면 손실도 심해진다."라는 의미이다. 한마디로 요약하면 야망을 크게 갖고 항상 절제節制와 무욕無慾으로 정도正道를 가자는 것이 필자의 결론이다.

인체人彘

인체는 사람 돼지라는 의미로 여태후가 척부인의 팔과 다리를 자르고 장님과 벙어리로 만든 다음 변소에 내다 버리며 인체人彘라고 한데서 유래하였다.

만가輓歌

만가는 상여喪輿를 메고 가며 죽은 사람을 애도하며 부르는 노래이다. 한나라 때 전횡의 죽음을 애도하면서 이연년이 만들었으며 해로가薤露歌와 호리곡蒿里曲 두 곡이 전해지고 있다.

소규조수蕭規曹隨

소규조수는 소하가 만들어 놓은 규정을 조참이 그대로 따른다는 일화에서 유래되었다. 즉 전인이 남겨놓은 제도를 그대로 답습하는 것을 의미한다.

좌단左袒

좌단이란 왼쪽 소매를 벗어 어깨를 드러내는 것을 의미한다. 즉 어느 한쪽에 편을 든다는 뜻의 고사성어로 진평과 주발이 여씨 잔당들을 제거하는 사건에서 유래되었다.

회자정리會者定離

회자정리會者定離는 거자필반去者必返과 함께 쓰이며 의미는 "만나면 반드시 헤어지기 마련이고, 떠난 사람은 반드시 돌아오게 되어있다." 라는 의미이다. 이 말은 불경에서 유래되었다.

영경욕천, 이중해심榮輕辱淺, 利重害深

영경욕천, 이중해심榮輕辱淺, 利重害深은 명심보감明心寶鑑에 나오며,

"영화를 적게 누리면 오욕을 적게 받고, 이익을 너무 밝히면 손실도 심해진다."라는 의미이다.

진평과 가후의 처세술

《초한지》에 나오는 인물 가운데 매우 독특한 처세술을 한 사람이 하나 보이는데 그가 바로 진평이다. 진평은 한나라 공신서열 47번째로 곡역후에 봉해졌던 인물이다. 그는 위魏나라 사람으로 기골이 장대하고 풍채가 좋은 호남형 인물이라서 어느 부호가 그의 재능을 보고 사위로 삼았다고 한다.

그는 진승의 난이 일어나자 위나라 공자 위구를 섬기며 계책을 내놓았으나 받아들여지지 않자 항우의 휘하로 들어갔다. 범증이 유방을 죽이려 계획한 홍문관 연회에서 그는 일부러 유방의 술잔에 술을 조금씩만 따르며 은연중 그를 도와주었다. 그 후 그는 항우의 리더십에 대한 실망과 또 문책이 두려워 유방에게 귀순하였다.

귀순한 진평은 화려한 말재주로 유방의 마음을 흔들어 마침내 장수들을 감시하는 호군護軍의 벼슬을 얻었다. 주발과 관영 등 여러 장수들이 그를 집요하게 비난하였지만 유방은 그를 더욱 총애하였다. 심지어 진평은 형수와 사통하였고, 위나라와 초나라를 배신한 배신자이며, 뇌물을 받은 비리까지 들먹이며 진평을 탄핵하였으나 유방은 여전히 그의 비상한 능력을 신임하였다.

어느 날 진평은 유방에게 반간계로 항우와 범증의 관계를 이간시키겠다고 공작금을 요구하자 유방은 진평에게 황금 4만 근을 내주었다. 진평은 그 돈을 이용해 유언비어를 퍼뜨리며 반간계를 사용하여 마침내 범증을 제거하였다. 또 항우가 전력을 다해 형양성을 공격하자, 진평은 기신紀信을 희생양으로 하는 고육지계로 유방을 탈출시키며 유방에게 절대적 신임을 받았다.

한나라 개국 후에는 한신을 체포하는 지혜를 발휘하였고 또 팽월과 영포를 숙청하는 데 큰 공을 세웠다. 이처럼 진평은 장량의 빈자리를 자신으로 메꿔가며 유방의 제일가는 모사로 활약하였다. 특히 흉노 묵특에게 포위되어 위기에 처하자 진평은 미인계로 유방을 구출하기도 하였다.

한 번은 유방이 진평과 주발에게 번쾌를 잡아 죽이라고 명했다. 이때 진평과 주발은 상의하여 번쾌를 바로 죽이지 않고 집행을 유예하며 시간을 보냈다. 얼마 후 유방이 죽자 그때 국정을 좌우하던 여후에게 자초지종을 보고하여 자신의 목숨을 보존시켰다. 번쾌의 처형(번쾌 아내의 언니)이 바로 여태후이기에 대세를 보는 안목을 가진 진평은 교묘한 처세술과 융통성을 발휘하여 살아남았다. 진평이 즐겨 사용했던 처세술은 바로 양다리 처세술이다.

유방이 죽고 또 상국 소하와 조참도 죽자, 유방의 유언대로 왕릉은 우승상, 그리고 진평은 좌승상이 되어 국정을 운영하게 되었다. 그러나 이때는 이미 여태후의 위세가 천하를 찌를 기세였다. 여씨 일족의 전횡에도 진평은 숨을 죽이며 아무것도 하지 않으며 눈치만 보고 있었다. 얼마 후 여태후가 사망하자 주발과 연합해 재빨리 여씨 일족을 제거하고 유방의 넷째 아들인 유항을 문제文帝로 옹립하였다. 문제의 통치하에서 진평은 승상에 오르며 부귀영화와 천수를 누렸다.

이처럼 진평은 유방 휘하에 철새로 들어온 인물이지만, 유방의 입맛에 맞는 계책을 제시하여 수많은 공로를 세웠던 특급 참모였다. 혹자는 한초삼걸에 진평을 추가해 "한초사걸"을 주장하는 사람도 있다. 그러나 그는 한나라의 창업과 수성에 지대한 공을 세운 인물이기는 하지만 대 전략가 장량과는 전혀 다른 행보를 보인 인물이다. 그는 타인의 기질과 성향 그리고 취약점을 간파하여 그것을 역이용하는 전략

을 구사하였다. 그의 계략은 긍정적인 부분보다는 주로 부정적인 부분
이 더 많았다. 심지어 비윤리적인 계책도 승리를 위해서라면 서슴지
않고 구사하는 잔혹함도 가지고 있었다. 또한, 그는 항상 양다리 처세
술로 신변을 보호하는 이기주의자라고 할 수 있다. 그는 계략의 천재
로 초한전쟁에서는 반간계와 이간계 및 고육지계 등의 전략을 자유자
재로 사용하였으며, 천하통일을 이룬 한나라 조정에서도 모략과 암투
그리고 교묘한 처세술로 치열하게 살아남았던 인물이다.

이와 유사한 철새 지략가가 《삼국지》에도 하나 있다. 그러나 그는
진평과 다르게 처세술을 하여 죽을 때까지 존경을 받으며 살다간 인물
이다. 그가 바로 가후라는 인물로, 그는 시대를 보는 정확한 판단력과
겸허한 처신으로 77세의 천수를 누리며 부귀와 영화까지 거머쥔 독특
한 인물이다

가후는 본래 동탁의 부하이며 사위였던 우보의 참모였다. 동탁이
죽자 그는 이각과 곽사의 참모가 되었다. 그러나 이각과 곽사의 횡포
가 심해지자 이번에는 동향 출신인 단외의 참모로 들어간다. 처음에
단외는 그를 신임하였으나 점차 그를 두려워하며 거리를 두었다. 그는
다시 장수의 휘하로 들어갔다. 그러나 시대가 급변하여 장수는 다시
조조나 원소에게 귀순을 고민하고 있었다. 이때 가후는 비록 원소의
세력은 강력하나 그릇이 작아 우리를 중용하지 않을 것이며, 조조는
현재 세력이 열세이나 천자를 받들고 인재를 좋아하므로 우리를 중용
할 것이라며 조조에게 투항하자고 권하였다.

이렇게 조조의 책사가 된 가후는 그 후 수많은 책략을 내놓으며 혁
혁한 전공을 세웠다. 관도 전투에서도 조조에게 결단을 촉구하여 승리
로 이끌었고, 서량에서 마초와 한수가 반란을 일으켰을 때도 가후의
이간책으로 토벌에 성공하는 등 수많은 전공을 세워 조조의 두터운
신임을 받으며 승승장구하였다.

벼슬이 올라갈수록 가후는 주변 사람들이 자신의 재능과 전공에 시

기와 경계심을 품지 않도록 항상 겸손하고 겸허한 생활을 하였다. 절대로 사사로운 교류를 하지 않으며 또 부당한 이익을 취하려 하지 않았다. 심지어는 자녀들의 혼인 상대도 명문가 출신을 고르지 않고 분수에 맞는 상대를 고르는 신중함을 보였다. 이처럼 가후는 철저히 몸을 낮추고 항상 신중하게 행동을 하였다. 그 결과 누구도 그를 견제하거나 탄핵하는 사람이 없었다. 조조가 죽고 조비가 즉위해서도 가후는 태위에 임명되는 등 부귀영화를 누렸다. 그는 77세까지 천수를 누리며 살다가 죽었는데, 죽어서도 숙후肅侯라는 시호가 내려졌다.

현대적 관점에서 보면 진평과 가후는 전형적 철새형 정치가들이다. 그러함에도 불구하고 그들은 부귀영화를 누리며 마지막까지 천수를 누렸다. 이러한 원동력은 바로 처세술에 있었다. 그러나 그들이 사용한 처세술의 방법에는 서로 다른 차이가 있었다. 그러기에 서기 2000년대를 살아가고 있는 우리는 2000년 전에 살았던 이들의 처세술을 살펴보면서 "어떻게 살 것인가?" 하는 문제를 다시 한 번 되새겨 볼 필요가 있다.

| 저자 소개 |

민관동(閔寬東, kdmin@khu.ac.kr)

• 忠南 天安 出生.
• 慶熙大 중국어학과 졸업.
• 대만 文化大學 文學博士.
• 前 : 경희대학교 외국어대 학장. 韓國中國小說學會 會長. 경희대 比較文化 研究所 所長.
• 現 : 慶熙大 중국어학과 教授. 경희대 동아시아 서지문헌연구소 소장

著作
• 《中國古典小說在韓國之傳播》, 中國 上海學林出版社, 1998年.
• 《中國古典小說史料叢考》, 亞細亞文化社, 2001年.
• 《中國古典小說批評資料叢考》(共著), 學古房, 2003年.
• 《中國古典小說의 傳播와 受容》, 亞細亞文化社, 2007年.
• 《中國古典小說의 出版과 研究資料 集成》, 亞細亞文化社, 2008年.
• 《中國古典小說在韓國的研究》, 中國 上海學林出版社, 2010年.
• 《韓國所見中國古代小說史料》(共著), 中國 武漢大學校出版社, 2011年.
• 《中國古典小說 및 戲曲研究資料總集》(共著), 학고방, 2011年.
• 《中國古典小說의 國內出版本 整理 및 解題》(共著), 학고방, 2012年.
• 《韓國 所藏 中國古典戲曲(彈詞・鼓詞) 版本과 解題》(共著), 학고방, 2013年.
• 《韓國 所藏 中國文言小說 版本과 解題》(共著), 학고방, 2013年.
• 《韓國 所藏 中國通俗小說 版本과 解題》(共著), 학고방, 2013年.
• 《韓國 所藏 中國古典小說 版本目錄》(共著), 학고방, 2013年.
• 《朝鮮時代 中國古典小說 出版本과 飜譯本 研究》(共著), 학고방, 2013年.
• 《국내 소장 희귀본 중국문언소설 소개와 연구》(共著), 학고방, 2014年.
• 《중국 통속소설의 유입과 수용》(共著), 학고방, 2014年.
• 《중국 희곡의 유입과 수용》(共著), 학고방, 2014年.
• 《韓國 所藏 中國文言小說 版本目錄》(共著), 中國 武漢大學出版社, 2015年.
• 《韓國 所藏 中國通俗小說 版本目錄》(共著), 中國 武漢大學出版社, 2015年.
• 《中國古代小說在韓國研究之綜考》, 中國 武漢大學出版社, 2016年.
• 《삼국지 인문학》, 학고방, 2018年. 외 다수.

翻譯

• 《中國通俗小說總目提要》(第4卷-第5卷) (共譯), 蔚山大出版部, 1999年.

論文

• 〈在韓國的中國古典小說翻譯情況研究〉, 《明淸小說硏究》(中國) 2009年 4期, 總第94期.
• 〈中國古典小說의 出版文化 硏究〉, 《中國語文論譯叢刊》第30輯, 2012.1.
• 〈朝鮮出版本 中國古典小說의 서지학적 考察〉, 《中國小說論叢》第39輯, 2013.
• 〈한·일 양국 중국고전소설 및 문화특징〉, 《河北學刊》, 중국 하북성 사회과학원, 2016.
• 〈小說《三國志》의 書名 硏究〉, 《중국학논총》제68집, 2020. 외 다수

경희대학교 동아시아 서지문헌 연구소 서지문헌 연구총서 09

초한지 인문학

초판 인쇄 2024년 2월 15일
초판 발행 2024년 2월 23일

저　　자 | 閔寬東
펴 낸 이 | 하운근
펴 낸 곳 | 學古房

주　　소 | 경기도 고양시 덕양구 통일로 140 삼송테크노밸리 A동 B224
전　　화 | (02)353-9908 편집부(02)356-9903
팩　　스 | (02)6959-8234
홈페이지 | www.hakgobang.co.kr
전자우편 | hakgobang@naver.com, hakgobang@chol.com
등록번호 | 제311-1994-000001호

ISBN 979-11-6995-480-8 94820
　　　 978-89-6071-904-0 (세트)

값 : 25,000원